한국
상대시가와
참요의
발생론적
탐구

한국 상대시가와 참요의 발생론적 탐구

이영태 지음

한국학술정보㈜

머리말

제목에서 알 수 있듯이 한국 상대시가론과 참요론을 묶은 책이다. 전자는 한국시가사를 기술하는 데 반드시 거론해야 할 노래들이고, 후자는 어느 시대건 존재했던 참요들이다. 상대시가와 참요를 동일한 곳에 묶을 수 있었던 것은 그들을 발생론적 입장에서 다루었다는 데 있다. 단순히 상대시가의 주제나 소재 혹은 자구를 해석하는 일을 넘어 각각의 노래가 어떠한 과정을 겪어 현전하는 노래가 될 수 있었는지에 대한 고민이 논의의 출발이었다. 물론 참요의 경우도 생성과정 위주로 논의했기에 전자의 고민과 별반 다를 바 없다. 상대시가와 참요를 같은 공간에 둔 이유는 여기에 있다.

이 책은 제1부 '상대시가의 제양상'에서 시작한다. 상대시가의 사적 전개나 장르체계를 완성하려는 의도가 아니라 상대시가의 제양상을 자료 중심으로 일별하여 향후 논의의 단초로 삼기 위해서이다. 기존의 논의가 있는 경우 그것을 간략히 적시하고 앞으로의 논의 방향 혹은 주목해야 할 점 등을 부기해 놓았다. 「공무도하가」에 대한 연구는 작자, 작품의 명칭, 작자의 국적, 설화의 이해 등 연구성과가 적지 않았지만 여전히 이설이 분분하다. 이 노래에 대한 관심과 혼란은 한치윤의 『해동역사』에 최표의 『고금주』가 소개되면서 시작되었는데 중국 측 자료에 기댈 수밖에 없는 상황에서 기량 처와 관련된 기록이 『금조』와 『고금주』, 그리고 『예기』와 『맹자』, 「열녀전」에 동시에 수록돼 있어 「공무도하가」의 배경설화에 나타난 광부 처의 행동을 이해하는 데 시사를 받을 수 있다. 즉 「공무도하가」 배경설화는 대동강변에서 일어난 '남편의 익사와 처의 처연한 곡성'이라는 단순한 사건을 계기로 출발했다. 이후 단순설화가 전승되면서 '광부', '백수광부', '援琴而鼓之'와 같은 수사적 표현과 '여옥', '여용'이라는 새로운 인물들이 첨가되면서 복합설화로 바뀌었다. 특히 남편의 죽음에 부인이 공후를 연주하며 노래를 부르는 모습(鼓箜篌而歌 …… 曲終自投河而死)은 부인을 신비로운 성향을 지닌 인물로 파악하게 하는 단서였다. 하지만 이는 배경설화가 전승되면서 생긴 것으로 선율감을 동반한 부인의 처연한 곡성(乃號天噓唏 …… 哭終)을 의미한다. 광부의 처와 관련된 신비스런 요소를 걷어 낼 수 있었던 것에 曲終이 哭終과 발음이 동일하다는 점도 고려했다. 그래서 「공무도하가」는 곡성에 섞여 나오거나 곡성과 곡성 사이에 진술된 사설이라 할 수 있다. 「황조가」의 경우, 『삼국사기』와 『시경』의 글자용례를 통해 해당기록과 노랫말을 이해할 수 있었다. '雉姬慙恨亡歸 王聞之 策馬追之 雉姬怒不還 王嘗息樹下 見黃鳥飛集 乃感而歌曰'이란 문맥을 이해할 수 있는 기반을, 『삼국사기』에 나타난 '상'과 '가'의 용례를 통해 확보했다. 「황조가」를 부른 시기는 왕비를 맞이하기 전, 왕비가 죽은 후, 두 여자를 맞이하기 전, 두 여자의 불화 상태, 치희가 친정으로 가 버린 후일 수 있지만 '상'의 용례를 통해 볼 때 부여를 생활공간으로 삼았던 시기에서 또 다른 해석의 가능성을 찾을 수 있었다. 유리왕 3년의 기록 '……雉姬怒不還 王嘗息樹下 見黃鳥飛集 乃感而歌曰……'에서 '상'을 중심으로 전반은 유리왕의 애정문제와 관련된 것이며 후반은 전반의 부연으로 왕이 되기 이전 부여에서조차 전반의 경우와 유사하게 애정문제의 실패와 관련된 노래를 부른 적이 있다는 점을 『삼국사기』 담당자가 '철저한 시경투'로 기록했던 게 유리왕 관련 텍스트였던 것이다. 물론 유리의 애정실패는 그의 '완악'한 성격에서 찾을 수 있었다. 끝으로 시경투에 익숙한 기록 담당자의 의도를 감안해서 기존의 해석과 『시경』의 조어와 대비시켜 본 결과 '염아지독'은 단순히 외로움과 관련된 게 아니라 타인들은 모두 조화로운 '여귀'를 하고 있지만 '남들과 달리 나만' 그러지 못하고 있는 처지에서 진술될 만한 것이었다. 「구지가」의 경우, 수록경위를 고려했을 때 김수로왕 시조설화의 윤색에 가담했던 후손들에 의해 견인된 노래에 해당한다. 노래의 원형은 수로의 천강에 비추어 볼 때 여항의 노래가 아니라 제의와 관련된 것으로 추정할 수 있었다. 물론 김해 壇廟條에 나타나는 山名들은 제의를 떠나 생각할 수 없는 것들이었다. 결국 「구지가」는 기우(혹은 풍어)와 관련된 제의와 더불어 수로신화에 견인됐으며 노래 해석의 관건인 '首'와 '掘峯頂撮土'는 각각 수로(왕)를 지칭하거나 희구와 주관자 사이에 위치한 매개물에 대한 학대행위로 파악할 수 있었다. 「도솔가」와 관련된 '始製兜率歌 此歌樂之始也'의 구절을 이해하기 위해 『삼국사기』 글자용례에 기대 보았다. '製'와 '歌樂'의 용례를 통해 보건대 앞의 구절은 기존과 변별되는 통합 형태의 歌舞樂이 등장한 것을 의미하는 것이었다. 그에 따라 「도솔가」는 개인의 정서보다는 '악장의 성격을 지녔을 만한 도솔가'로 이해할 수 있었다. 「'사뇌(詞腦)'의 정체」라는 보론을 부기하여 「도솔가」 이해의 폭을 확장해 보았다. 그리고 '사뇌'라는 양식이 화랑집단과 밀접한 양식이었기에 향가작가 문제를 중심으로 향가론의 전개와 과제에 대해 논의하여 보론으로 삼았다.

　제2부에서는 신라, 고려, 조선시대의 참요를 다루었다. 참요가 단순히 예언성을 띤다는 데에서 벗어나 그것이 예언성을 획득하는 과정을 재구성하는 데 주목하였다. 형혹성이 동자로 변하여 미래를 계언하는 노래를 부르는 과정을 아이들이 지닌 지연모방, 놀이, 운율적 경향이라는 특성에 기대 재구할 수 있었다. 참요는 '현실에 대한 어른들의 판단 및 직관'과 '아이들의 지연모방' 그리고 '특정 사건고의 우연'과 '어른들의 의미부여' 단계가 순차적으로 결합된 것이었다. 단순한 동요가 참요로 격상된 후, 참요는 사적 공간에서 운운하던 어른들의 판단과 직관을 공적 공간으로 옮기는 데 결정적인 역할을 하기 마련이다. 참요의 생성과정을 도외시하고 단순히 동요관에 기대 의미부여에만 매달렸던 사례가 훨씬 많았는데 이른바 정치민요가 그것이다. "고금의 참요가 대부분 견강부회에서 나오며 전사를 부회한 것古今讖謠率出於附會 而此則前史之所以附會者)"이라는 서포의 지적은 참요의 특성을 간파한 데서 나온 것이었다. 각 시대의 참요를 다루되 그것의 생성과정에 주목한 만큼 반복 진술되는 경우가 있었다. 끝으로 동요를 통해『삼국지』판본을 검토한 글을 부기해 보았다.『삼국지』에서 동요는 선인들의 동요관과 동일하게 등장인물의 죽음이나 특정 사건을 예고하는 기능을 하고 있었다. 하지만 판본 담당자[역자]들이 동요를 독자적으로 재해석하거나 유언비어로 파악하거나 혹은 일부러 삭제한 경우가 있었다. 판본별 변화는 모종강, 요시카와, 평역[독자적 재창작] 계열에서 더욱 컸다. 특히 동요 발생과 관련한 부분을 검토해 보았을 때, 특정 계열을 따르는 판본이라고 해서 끝까지 그것을 견지해 나가는 게 아니라 경우에 따라 다른 계열을 수용·윤색·

첨가하는 경향도 있었다. 그리고 이것이 『삼국지』 판본의 다양한 양상과 맞물려 있었다. 결국 한국어 『삼국지』 판본들은 모종강 본과 요시카 본을 완역한 초창기 판본을 '수용·윤색·첨가'라는 방식을 동원한 셈이었다.

향가와 고려속요와 관련된 글을 각각 묶은 적이 있었다. 어찌 보면 상대시가론을 먼저 내놓았어야 순서상 합당할 터인데, 해당 노래를 이해하는 자료들이 파편처럼 흩어져 있고 이를 꿰맞추는 능력이 여의치 않아 이제야 앞부분을 성글게나마 챙길 수 있었다. 상대시가론, 향가론, 속요론을 완성한 셈이지만 뒷맛이 개운치 않다. 전에 썼던 글이기에 행간에 숨어서 현재나 미래에 튀어나올 허점을 생각하니 모골이 송연할 따름이다. 하지만 미구에 '시조와 가창공간'이란 책을 내놓을 생각이기에 그에 앞서 그동안 공부했던 것을 정리하며 튼실하지 못한 사유를 올곧게 하는 계기로 삼고자 과욕을 부렸다.

2011년 여름
이영태

목 차

제1부

상대시가의 제양상

  '上代詩歌'라는 명칭은 고정적이지 않다. '상대가요', '상고시가', '고대시가' 등 다양하게 부르는 이 용어는 우리 시가사에서 이른 시기에 나타난 작품들을 편의상 지칭할 때 사용한다. 대체로 기원전후의 「공무도하가」, 「황조가」, 「구지가」를 가리키지만 3~4세기 원삼국시대의 시가작품들까지 조합시켜 상대시가라 칭하는 게 일반적이다. 어찌 보면 '상대시가'는 시대구분이나 형식에 기댄 용어가 아닌 것이다. 그럼에도 불구하고 한국 고시가의 형성과 발전과정을 기술하면서 없어서는 안 될 위치에 있는 게 '상대시가'이다. 그러나 현전하는 시가로는 앞서 언급한 세 편에 지나지 않고, 다만 주목할 만한 부전시가로 유리왕대의 「도솔가」와 「회소곡」 정도이다. 고구려와 백제의 상대시가 자료가 『삼국사기』와 『삼국유사』, 『고려사』 악지에 부분적으로 남아 있다.

  상대시가에 대한 자료의 영성함은 노래가 향유되던 시기와 그것이 문헌에 정착하는 시기와의 시차 때문에 발생한다. 노래가 향유됨과 동시에 기록된 게 아니라 구비의 단계를 일정하게 거친 후 비로소 문헌에 정착했다는 것이다. 그에 따라 상대시가는 가창 당시의 노랫말

(原詞)을 파악하기 힘든데, 예컨대 「공무도하가」나 「황조가」, 「구지가」
도 원래의 노랫말이 아니라 漢譯歌이다. 그나마 이런 경우는 다행으
로 상대시가의 상당 부분은 한역한 노래조차 없고 단순히 노래명이
나 또는 간략한 배경설화만 있을 뿐이다.

상대시가의 특수한 경우를 바탕으로 고조선, 고구려, 백제, 가야를
비롯해 신라 상대시가의 양상을 나열하면 다음과 같다.[1] 다만 상대시
가의 제양상을 기술하면서 중요한 노래로 판단되는 것을 주로 『삼국
사기』, 『삼국유사』, 『고려사』 악지 등에서 찾아 약술하되 '노래명'은
문학사전류에서 자주 거론되는 것을 그대로 따른다.

1. 고조선의 시가

1) 공무도하가

공후인은 조선의 진졸 곽리자고의 처 여옥이 지은 것이다. 자고가
새벽에 일어나 배를 저어 가는데, 머리가 흰 광부(狂夫)가 머리를
풀어헤치고 술병을 들고서 어지러이 흐르는 강을 건너려고 하였다.
그의 아내가 멈추라고 소리치면서 따라왔으나, 아내가 강가에 이르
기 전에 그는 마침내 물에 빠져 죽었다. 이에 아내는 공후를 끌어
당겨 연주하면서 공무도하의 노래를 불렀다. 노랫소리가 매우 구슬
펐는데, 노래가 끝나자 자신도 물에 몸을 던져 죽었다. 곽리자고가
돌아와 그 소리를 아내 여옥에게 말해 주었다. 여옥은 슬퍼하면서
공후를 끌어당겨 그 소리를 흉내 내니, 듣는 사람마다 눈물을 흘리
고 울음을 삼키지 않는 사람이 없었다. 여옥이 그 소리를 이웃에

---

1) 이 글의 목적은 상대시가의 사적 전개나 장르체계를 완성하려는 데에 있는 게 아니라 그것의 제양상을 자
   료 중심으로 일별함으로써 향후 논의의 단초를 마련하는 데 있다. 다만 기존 논의가 있는 경우에는 그것의
   경향을 진술하고 앞으로의 논의 방향 혹은 주목해야 할 점 등에 대해 적시해 놓았다.

사는 여용에게 전하고, 공후인이라 하였다.[2]

공후인은 조선의 진졸 곽리자고가 지은 것이다. 자고가 새벽에 일
어나 배를 저어 가는데, 광부(狂夫)가 머리를 풀어헤치고 술병을 들
고서 물을 건너려고 하였다. 그의 아내가 쫓아오면서 말렸으나, 강
가에 이르기도 전에 둘에 빠져 죽었다. 이에 하늘을 우러러 탄식하
면서 공후를 연주하며 노래를 불렀다. 노래에 이르기를 …… 노래
가 끝나자 자신도 물에 몸을 던져 죽었다. 자고가 듣고 나서 슬퍼
하면서 금(琴)을 끌어당겨 연주하였고, 그 노랫소리를 본떠 공후인
을 지었으니, 이른바 공무도하곡이다.[3]

채옹의 『금조』와 최표의 『고금주』에 배경설화와 한역한 노래가 있
다. 배경설화의 주요 부분은 낯선 남자의 投河와 쫓아온 부인의 공후
연주, 그리고 부인의 투하와 이를 지켜보던 뱃사공의 공후 연주이지간
등장인물들의 행동을 일관되게 이해하기란 쉽지 않다. 그래서 이에 대
한 연구는 신화적 해석, 무격적 해석, 민요적 해석으로 이어졌다. 근자
에 광부의 모습과 관련된 '一狂夫被髮提壺'를 신화나 구격에 기대기보
다 '狂夫'는 '고집이 센 사내'이고 '被髮'은 하층민의 모습을 묘사한 것,
'提壺'는 음주와 무관하게 강을 건널 때 사용되는 '浮具'로 이해하기도
했다. 그리고 최근에는 남편의 죽음에 대처하는 부인의 낯선 행동, 예
컨대 공후를 연주하며 노래를 부른(鼓箜篌而歌) 이후에 스스로 투하(曲
終自投河而死)한 것도 해명하기에 이르렀다. 남편의 죽음을 목격한 부
인이 공후를 연주하며 노래를 부르는 모습(鼓箜篌而歌 …… 曲終自投

---

2) 箜篌引 朝鮮津卒霍里子高妻麗玉所作也 子高晨起 刺船而濯 有一白首狂夫 被髮提壺 亂流而渡 其妻遺呼
止之不及 遂墮河水死 於是援箜篌而鼓之 作公無渡河之歌 聲甚悽愴 曲終 自投河而死 霍里子高還 以其聲
語妻麗玉 玉傷之 乃引箜篌而寫其聲 聞者莫不墮淚飮泣焉 麗玉以其聲傳隣女麗容 名曰 箜篌引焉(『고금주』).

3) 箜篌引者 朝鮮津卒霍里子高所作也 子高晨起 刺船而濯 有一狂夫 被髮提壺 涉河而渡 其妻追止之不及 墮
河而死 乃號天噓唏 鼓箜篌而歌曰 公無渡河 公竟渡河 公墮河死 當奈公何 曲終 自投河而死 子高聞而悲
之 乃援琴而鼓之 作箜篌引以象其聲 所謂公無渡河曲也(『금조』).

河而死)은 그녀를 신비로운 성향을 지닌 인물로 파악하게 하는 단서였다. 하지만 이는 배경설화가 전승되면서 생긴 것으로 선율감을 동반한 부인의 처연한 곡성(乃號天噓唏 …… 哭終)을 가리킨다. 광부의 처와 관련된 신비스런 요소를 걷어 낼 수 있었던 것에 曲終이 哭終과 발음이 동일하다는 점도 고려되었다. 그에 따라「공무도하가」는 곡성에 섞여 나오거나 곡성과 곡성 사이에 진술된 사설이라 할 수 있다. 노랫말이 기억하기 알맞은 단형이면서 시간순서로 진술돼 있으며 망자를 보내는 자의 심사가 개입돼 있는 것도 위와 같은 까닭에서 기인한다. 결국「공무도하가」배경설화는 대동강변에서 일어난 '남편의 익사와 처의 처연한 곡성'이라는 단순한 사건을 계기로 출발했고 이후 단순설화가 전승되면서 '광부', '백수광부', '援琴而鼓之'와 같은 수사적 표현과 '여옥', '여용'이라는 새로운 인물들이 첨가되면서 복합설화로 바뀌었던 것이다. 남편의 투하와 부인의 善哭이 기원전 3~4세기 대동강에서 있었고 그것이 2~3세기 동안 주변으로 점점 광포화되다가 한사군 설치(B.C. 108)를 계기로 중국으로 전승될 수 있었던 것이다.

2. 고구려의 시가

1) 황조가

3년 7월에 골천(鶻川)에 이궁(離宮)을 지었다. 10월에 왕비 송(松)씨가 죽자 왕이 다시 두 여자를 취하여 계실을 삼았는데, 하나는 화희로 골천인의 여자요, 하나는 치희로 한인(漢人)의 여자였다. 두 여자가 사랑다툼으로 서로 불화하므로, 왕이 양곡이란 곳에 동서

(東西) 두 궁을 짓고 그들을 각각 두었다. 그 후 왕이 기산이란 곳에서 사냥을 행하고 7일 동안 돌아오지 않았는데, 두 여자 사이에 싸움이 일어나, 화희는 치희를 꾸짖어 말하기를, “너는 한가(漢家)의 비첩으로 무례함이 어찌 그리 심하냐?”고 하니, 치희는 부끄럽고 분하여 도망갔다. 왕이 듣고 말을 채찍질하여 쫓아갔으나 치희는 노하여 돌아오지 않았다. 왕이 일찍이 나무 밑에서 쉰 적이 있었는데(王嘗息樹下) 황조가 날고 모여드는 것을 보고 느낀 바 있어 노래하기를(見黃鳥飛集 乃感而歌曰)……4)

『삼국사기』에 배경설화와 한역가가 실려 있다. 유리왕의 繼室 화희와 치희의 다툼이 있었고, 치희가 ‘亡歸’하자 사냥에서 돌아온 유리왕이 ‘追之’했지만 그녀는 돌아오지 않았다. 이어 일찍이 유리왕이 나무 밑에서 쉬다가 황조들이 飛集하는 것을 보고 느낀 바 있어 노래를 불렀는데 이것이 「황조가」이다. 암컷, 수컷의 황조는 서로 의지하고 있는 반면 자신은 그렇지 못하다는 「황조가」의 노랫말은 해석하기 힘들지 않지만, 배경설화를 꼼꼼히 살펴보면 작자와 가창시기에 대한 검토가 필요하다. 특히 치희의 ‘亡歸’와 유리왕의 ‘追之’ 이후의 ‘雉姬怒不還 王嘗息樹下 見黃鳥飛集 乃感而歌曰’이란 기록에서 ‘嘗’이 가리키는 시기가 치희의 ‘亡歸’와 무관할 수 있다는 점과 ‘乃感而歌’가 개인의 창작과 관련된 ‘作歌’의 의미가 아니라는 점에서 노래의 가창시기와 작가문제는 재론할 여지가 있다. 물론 유리왕의 가창시기와 밀접한 ‘상’이라는 글자는 기록에서 가장 앞서는 『삼국사기』에만 있고 이후의 기록들에서 발견할 수 없다. ‘雉姬怒不肯返 王息樹下 見黃鳥飛集 乃感而歌曰(『삼국사절요』)’과 ‘雉姬怒不肯返 王息樹下 見黃鳥飛集 感而歌

---

4) 三年 秋七月 作離宮於鶻川 冬十月 王妃松氏薨 王更娶二女以繼室 一曰禾姬 鶻川人之女也 一曰雉姬 漢人之女也 二女爭寵 不相和 王於涼谷造東西二宮 各置之 後王田於箕山 七日不返 二女爭鬪 禾姬罵雉姬曰 汝漢家婢妾 何無禮之甚乎 雉姬慙恨亡歸 王聞之 策馬追之 雉姬怒不還 王嘗息樹下 見黃鳥飛集 乃感而歌曰……(『삼국사기』).

曰(『신증동국여지승람』)’ 그리고 ‘雉姬不還 王息樹下 見黃鳥飛集 感而作歌曰(『동사강목』)’과 ‘雉姬慚恨亡歸 王親追之 息林下 見黃鳥飛集歌曰(『대동운부군옥』)’처럼 이후의 기록들은 치희의 ‘망귀’를 유리왕의 가창 계기로 파악하고 있다. ‘상’을 감안하더라도 그것이 가리키는 시기에 따라 노래 해석이 다양해지는데 왕비를 맞이하기 전, 왕비가 죽은 후, 두 여자를 맞이하기 전, 두 여자의 불화 상태, 치희가 친정으로 가 버린 후일 수 있다. 어쨌건 ‘상’의 시기에 따라 해석이 다양성을 띠는데 이것이 「황조가」의 연구사와 다름 아니었다. 그러나 ‘상’이 가리키는 시기에 따라 노랫말을 달리 이해해야 하기에 이에 대한 섬세한 고증이 전제돼야 하는데 예컨대 『삼국사기』 안에서의 글자용례에 기대는 것이 한 방법이 될 수 있다. 『삼국사기』에서 ‘상’은 치희의 ‘亡歸’와 무관하게 유리왕이 부왕의 유물을 가지고 친자 확인의 길을 나서기 이전일 가능성도 있고 ‘歌’는 유리왕의 창작과 관련된 게 아니라 기존의 노래를 부른 것으로 이해하는 게 이치에 가깝다. 즉 유리왕 3년 기록에서 ‘상’의 전반이 ‘왕비의 죽음과 두 여자의 다툼’으로 애정문제를 조율하지 못한 왕의 처지를 주요 내용으로 삼고 있다면 후반 또한 전반의 경우와 유사하게 왕이 되기 이전 애정문제의 실패와 관련된 적이 있다는 점을 부연한다는 것이다. 결국 ‘상’의 용례로 보건대 ‘……雉姬怒不還 王嘗息樹下……’에서 ‘상’은 치희와 무관하게 유리가 왕이 되기 이전 애정의 실패사례를 가리키고 있기에 「황조가」는 화희나 치희 혹은 송씨와 무관한 노래인 것이다. 유리왕 3년 기록에서 유리가 부여에서 애정실패에 따른 노래를 부른 적이 있었다는 것을 『삼국사기』 해당 담당자가 부연하기 위해 「황조가」를 부기했다는 것이다.

2) 명주가

세상에 전하는 말에 서생이 유학(遊學)하다가 명주에 이르러 한 양가 처녀를 보았는데 얼굴이 곱고 자못 글도 알았다. 그 서생이 매번 시로써 유혹하였더니 처녀가 대답하기를 "여자는 망령되게 사람을 따라가지 않습니다. 당신이 과거에 급제하고 부모가 명하시면 일이 성공될 것입니다."라고 하였다. 서생은 즉시 서울로 가서 과거 공부를 하였다. 처녀의 집에서는 사위를 맞이하려 하였다. 처녀는 평소에 못(池)에서 물고기를 길렀는데 물고기들도 처녀의 기침소리만 나면 반드시 모여들어 먹이를 받아먹었다. 처녀가 물고기에게 먹이를 즈면서 이르기를 "내가 너희들을 기른 지도 오래됐으니 응당 나의 뜻도 알 것이다."라고 하면서 비단에 쓴 편지를 물에 던지니 큰 물고기 한 마리가 펄떡 뛰면서 편지를 받아 물고 유유히 사라졌다. 서생은 서울에서 어느 날 부모의 먹을 찬을 사러 저자에 가서 물고기를 사 가지고 집에 돌아와서 배를 가르다가 비단에 쓴 편지를 발견하고 놀라 이상히 여겼다. 즉시 그 편지와 아버지의 글을 가지고 그 처녀의 집으로 달려가니 사위가 벌써 그 집 문전에 와 있었다. 서생이 그 편지를 처녀의 집 사람들에게 보이고 드디어 이 곡을 노래 불렀다. 처녀의 부모들도 이상스럽게 여기고 말하기를 "이것은 정성에 감동된 일이지 사람의 힘으로는 능히 하지 못할 바이다."라고 하면서 그 사위를 돌려보내고 서생을 맞아들였다.[5]

『고려사』악지에 노쾌명과 배경설화가 있지만 가사는 부전이다. 물고기를 기르는 여성과 과거공부를 하던 다른 지역 출신의 남성과의 연애가 부도의 정혼의지와 충돌해 위기에 빠졌을 때, 물고기가 편지를 전달함으로써 결혼에 성공할 수 있었다는 동물보은담이다. 그러나 『고려사』기록과 달리 『증보문헌비고』에 이르러 '溟州'가 고구려

---

5) 世傳 書生遊學 至溟州 見一良家女 美姿色頗知書 生每以詩挑之 女曰 婦人不妄從人 待生擢第 父母有命 則事可諧矣 生卽歸京師 習擧業 女家將納壻 女平日臨池養魚 魚聞警咳聲 必來就食 女食魚謂曰 吾養汝久 宜知我意 將帛書投之 有一大魚跳躍含書 悠然而逝 生在京師 一日爲父母具饌 市魚而歸 剝之得帛書驚異 卽持帛書及父書 徑詣女家 壻已及門矣 生以書示女家 遂歌此曲 父母異之曰 此精誠所感 非人力所能爲也 遣其壻而納生焉(『고려사』).

의 멸망 이후 신라시대에 설치되었고 고구려에 '과거제'가 없었던 것으로 미루어 고려의 음악으로 추단하기도 한다. 한편 유득공은 「二十一都懷古詩」에서 '명주'의 지명 및 연혁, 그리고 『강계지』를 고증하여 '명주곡'이 신라 왕의 아우 무월랑과 연화 부인의 연애담에 따라 생성된 신라악으로 이해하였다. 이 노래에 대한 연구가 시대문제에 집중될 정도였다. 하지만 동물보은담을 통한 결혼 성사가 특정지역에 한정된 것도 아니고 특정 단어가 구비전승되면서 시대에 맞춰 적절히 변한다는 점을 염두에 둘 때, 논의의 합일점을 찾을 수도 있다. 즉 구전을 담당하는 자는 전승물에 해당할 당시의 특정한 단어를 담당자의 처지에 맞게 변개한다는 점을 감안해야 한다는 것이다. 여러 구전담당자들이 가담하기 이전의 설화는 위의 것보다 훨씬 간단했을 터, 예컨대 옛날 강릉에 살던 한 처녀와 타관출신의 남자 사이에 일어난 만남과 이별, 그리고 극적인 재회가 초기형태의 설화였다는 것이다. 여기서 재회를 매개했던 게 단순히 편지이지만 둘의 재회를 극적으로 만들려는 구전담당자들의 욕구에 따라 동물이 등장했다는 것이다. 동물의 보은을 매개로 이야기가 전개되는 사례는 특정 지역과 시기에만 국한된 게 아니다. 황순원의 「비늘」(『현대문학』 106호)이 위의 설화를 소설화한 작품이란 데에서도 이런 점을 확인할 수 있다.

3) 내원성가

> 내원성은 정주(靜州)에 있는데 곧 물 가운데 있는 땅이다. 북방 오
> 랑캐가 투항하여 오면 이곳에 두었기에 그 성 이름을 내원성이라
> 불렀으며 이 노래로써 기념하였다.[6]

『고려사』 악지에 노래경과 간략한 배경설화가 있지간 가사는 부전이다. '내원성'은 義州의 압록강 물의 중간에 위치했기에 자의에 나타난 대로 먼 곳의 狄人이 투항해 오면 그들을 두었던 城과 관련된 노래이다. 가사부전이지만 이 노래의 태생적인 부분을 군사들이 부른 민요에서 찾아 노랫말이 나라의 위엄을 자랑하는 것과 관련됐을 것으로 상상하기도 했다. 이러한 생각은 '노래로써 그것을 기념(歌以紀之)'했다는 기록, 그리고 성의 위치와 기능으로 보건대 頌禱와 관련된 내용이라 추단할 수 있기에 크게 어긋남이 없다. 『고려사』 악지에 「종경」의 경우 가사부전이지만 '신하와 아들이 임금과 부친에게, 비천한 자와 젊은이가 존귀한 이와 연장자에게, 아내가 남편에게 다 통'하는 '송도지가'라는 기록으로 보건대, 「내원성가」도 이와 유사한 기능을 하던, 즉 고구려인에게 자긍심을 주었던 노래일 것이다.

4) 연양가

연양(延陽)에 어떤 사람이 다른 사람에게 거두어져 쓰였다. 그 사람은 죽음으로써 자신의 정성을 다할 것을 나무에 비유하여 이르기를 "나무가 불을 도우려면 반드시 자기 몸을 손상하는 화를 당하지만 거두어져 쓰인 것을 다행으로 여긴다면 비록 재가 되더라도 사양치 않는다."라고 하였다.[7]

『고려사』 악지에 간단한 배경설화가 있지만 가사부전이다. 내용인즉 '연양'의 사람이 다른 사람에게 거두어져 쓰였는데(收用), 이때 죽

---

6) 來遠城在靜州 卽水中之地 狄人來投置之於此 名其城曰來遠 歌以紀之(『고려사』).

7) 延陽有爲人所收用者 以死自效比之於木曰 木之資火 必有戕賊之禍 然深以收用爲幸 雖至於灰燼 所不辭也(『고려사』).

기를 무릅쓰고 힘을 바칠 것이란 점을 나무에 비유하여 부른 노래라는 것이다. 가사부전이되 '나무가 불을 도우려면 반드시 자기 몸을 손상하는 화를 당하지만 거두어져 쓰인 것을 다행으로 여긴다면 비록 재가 되더라도 사양치 않는다.'는 배경설화와 밀접한 노랫말로 추측할 수 있다. 그래서 '收用'에 비중을 두어 '노비' 혹은 '남의 집 사는 사람'의 입장에서 논의되기도 했지만 收用者의 의지와 고구려의 노래였다는 점에서 '남에게 한 번 許身하였으면 죽어서 몸이 재가 되더라도 후회하지 않는 關西人의 大俠氣'와 관련된 노래로 이해 가능하다. 혹은 '關西'의 지리적 위치로 보아 남에게 발탁되는 경우가 드물어, 발탁되는 경우 몸이 재가 되더라도 후회하지 않겠다는 발상이 등장했는지도 모른다. 예컨대 『임하필기』의 「해동악부」에서 「연양가」에 대해 '발탁되어 자아를 이룬 자 몇 사람인가 / 스스로 힘을 다할 줄만 알고 몸이 어떻게 될지 알지 못하네 / 나무가 불을 도와 끝내 재가 되더라도 / 나무가 되어 어찌 불이 미치는 것을 사양하리(拔擢器成凡幾人 / 自知效力不知身 / 木之資火終灰燼 / 爲木寧辭火及薪)'로 진술한 것으로 보아 그 가능성을 배제할 수 없다.

3. 백제의 시가

1) 선운산

장사(長沙) 사람이 병역에 나갔는데 기한이 지나도록 돌아오지 않았다. 그의 처가 남편을 생각하고 선운산에 올라가 바라보면서 부

른 노래이다.[8]

『고려사』악지와『증보문헌비고』에 배경설화가 있지만 가사부전이다. 남편을 높은 곳에서 기다리고 있는 아내는 '鶴首苦待'의 모습과다름 아니다. 부부의 이별이 다른 것에 의해 강제됐을 때 기다리는 아내의 심사는 더욱 불안하기 마련이다. 남편을 기다리는 상황과 관련된 노래로「치술령곡」과「정읍사」가 있기에 함께 묶어 논의할 만하다.

2) 무등산

무등산은 광주(光州)의 진산이요, 광주는 전라도의 거읍이다. 무등산에 성을 쌓고 주민들이 이 성(城)을 믿고 편안하게 살 수 있어 즐거워서 이 노래를 불렀다.[9]

『고려사』악지와『증보문헌비고』에 배경설화가 있지만 가사부전이다. 무등산은 광주의 진산인데 이곳에 성을 쌓고 주민들이 이 城을 믿고 편안하게 살 수 있었기에 이 노래를 불렀다고 한다. '樂而歌之'라는표현으로 보건대 집단요와 관련된 '頌禱'의 노래로 이해할 수 있다.

3) 방등산

방등산은 나주(羅州)에 속한 현인데 장성(長城) 접경에 있다. 신라말년에 도적이 크게 일어나 이 산을 근거지로 삼고 양가 자녀들을많이 납치하였다. 그중에 장일현(長日縣) 여성도 역시 그 안에 있었

---

8) 長沙人征役 過期不至 其妻思之 登禪雲山 望而歌之(『고려사』).

9) 無等山光州之鎭 州在全羅爲巨邑 城此山 民賴以安 樂而歌之(『고려사』).

는데 이 노래를 지어 자기 남편이 즉시 와서 구하지 않은 것을 풍
자하였다.[10]

『고려사』 악지에 배경설화가 전하지만 가사부전이다. 작자에 대한
부분과 노래를 지었다는 표현 '作此歌而諷其夫'로 보아 개인 창작의 노
래라 할 수 있다. 다만 도적이 크게 일어난 시기가 '新羅末'인 만큼 신
라의 노래일 가능성이 있다. 물론『증보문헌비고』에서 '신라의 노래'
로 규정하기도 했지만 배경설화가 구전되는 과정 중에 구전 당시와
인접한 시간이 개입될 수 있기에 백제의 노래로 파악해야 할 것이다.

4) 정읍사

정읍은 전주의 속현이다. 현(縣)의 사람이 행상하러 나간 지 오래도
록 돌아오지 않았다. 그의 처가 산 위의 돌에 올라서서 바라보면서
그의 남편이 밤에 가다가 해를 당할까 염려하여 진흙물의 더러움
에 부쳐서 노래를 지었는데 세상에 전하기를 고개에 올라가 남편
을 바라본 돌이 있다고 한다.[11]

『고려사』 악지와『증보문헌비고』에 배경설화가 있고,『악학궤범』
에 가사가 있다. 남편을 기다리며 노래를 불렀고 결국 돌로 변했다는
것은 「치술령곡」의 경우와 매우 유사하다. 그리고 남편이 병역에 나
가 기한이 지나도 돌아오지 않자 그의 처가 산에 올라가 불렀다는 「선
운산」도 유사한 배경이다. 물론 남편이 경제[행상; 정읍사], 정치[볼

---

10) 方等山在羅州屬縣 長城之境 新羅末 盜賊大起據此山 良家子女多被擄掠 長日縣之女 亦在其中 作此歌
　　以諷其夫不卽來救也(『고려사』).

11) 井邑全州屬縣 縣人爲行商久不至 其妻登山石以望之 恐其夫夜行犯害 托泥水之汚以歌之 世傳 有登岾望
　　夫石云(『고려사』).

모 탈출; 치술령곡], 군사[병역; 선운산]의 문제로 집을 나선 이유는 각각 다르지만 그들을 기다리는 여인의 심사는 크게 다르지 않았을 것이다. 다만 「정읍사」는 '托泥水之汚以歌之'라는 표현처럼 '질퍽한 당을 디딜까 우려된다.'는 노랫말이 있는데 이것을 '淫褻之詞'로 판단하는 계기가 되기도 했다.

5) 지리산

구례현(求禮縣)에 사는 사람의 처가 얼굴이 아름다웠고 지리산에 살고 있었다. 집이 가난하지만 아녀자의 도리는 다했다. 백제왕이 그가 미인이란 소문을 듣고 데려가려 하니 그 여자가 이 노래를 짓고 죽기를 맹세하고 따르지 않았다.[12]

『고려사』 악지와 『증보문헌비고』에 배경설화가 있고 가사부전이다. 가난하되 흐트러짐이 없는 여인이 왕의 유혹을 노래를 지어 물리쳤다는 점에서 노랫말은 배경설화의 표현처럼 '盡婦道' 중에서 '정절'과 밀접했을 것이다. 참고로 『삼국사기』 열전에 백제 개루왕의 성적 횡포와 이에 대응하는 도미처의 정절과 관련된 기록이 있어 참고할 만하다. 도미가 평민(雖編戶小民)이었으나 의리를 알았(頗知義理)고 그이 처는 아름답고 또한 절행이 있어 사람들의 칭찬을 받았(其妻美麗 亦有行節 爲時人所稱)던 것처럼 구례현에 사는 사람의 처 또한 아름다우면서 아녀자의 도리를 다했다. 물론 백제왕이 자신의 우월한 지위를 이용하여 '아름다운 여인'을 취하려 했던 것은 도미처나 「지리산」의 경우가 모두 동일하다.

---

12) 求禮縣人之女有姿色 居智異山 家貧盡婦道 百濟王聞其美欲內之 女作是歌誓死不從(『고려사』).

4. 신라의 시가

1) 도솔가

> 겨울 11월에 왕이 나라 안을 순행(巡行)하다가 한 노파가 굶주리고 얼어서 죽어가고 있는 것을 보고 말하였다. "내가 왕위에 있으면서 백성을 능히 기르지 못하여 늙은이와 어린아이로 하여금 이런 극함에 이르게 하였으니, 이는 나의 죄이다." 옷을 벗어서 덮어주고 밥을 주어 먹게 하였다. 그리고 유사(有司)에 명하여 곳곳에 있는 홀아비와 홀어미, 부모 없는 아이, 자식 없는 늙은이와 늙고 병들어 스스로 살아갈 수 없는 사람을 위문하고 양식을 나누어 주어서 부양하게 하였다. 이에 이웃 나라의 백성들이 소문을 듣고 옮겨 오는 자가 많았다. 이 해에 백성의 풍속이 즐겁고 편안하여 비로소 도솔가(兜率歌)를 지었는데 이것이 가악(歌樂)의 시초이다.[13]

『삼국사기』와 『삼국유사』에 배경설화가 있고 가사는 부전이다. 『삼국사기』 배경설화에는 유리왕이 순행하는 도중 飢寒의 상태에 있는 노파를 발견하고 자신을 되돌아본 후, 외롭거나 늙고 병든 사람들을 구휼하였다. 이에 이웃나라 백성들이 듣고 찾아오는 자가 많았다. 이 해에 백성들의 풍속이 환강하여 비로소 「도솔가」를 지었는데 이것이 가악의 시작이었다는 것이다. '가악의 시작(歌樂之始)'과 관련된 「도솔가」에 대하여 『삼국유사』에 '차사 사뇌격(嗟辭詞腦格)'이 있다고 기록돼 있다. 두 기록은 모두 「도솔가」에 대한 것으로, 교직되는 것을 종합해 보면 「도솔가」를 계기로 기존과 변별되는 통합형태의 가무악이 등장했다는 것을 가리킨다. 물론 '民俗歡康'이라는 유리왕의 선정이

---

13) 冬十一月 王巡行國內 見一老飢凍將死曰 予以身居上不能養民 使老幼至於此極 是予之罪也 解衣以覆之 推食以食之 仍命有司 在處存問 鰥寡孤獨老病不能自活者 給養之 於是國百姓聞而來者衆矣 是年民俗歡康 始製兜率歌 此歌樂之始也(『삼국사기』).

이웃나라의 백성들이 유입될 정도이기에 '도솔가'의 노랫말은 '송도'
와 관계되기 마련이다. 노래의 형식에 해당하는 '차사 사뇌격'은 한국
고시가의 형태소에 해당하는 '차사'를 중심으로 나뉘는 '전대절' 및
'후소절'을 지칭하는 것이다. 기원후 1세기 후반에 생성된 이러한 형
태가 향가, 경기체가, 시조에게 영향을 주었기에 「도솔가」는 가사부
전이지만 한국시가사의 기술에서 반드시 언급해야 할 노래이다.

2) 회소곡

> 왕이 6부를 정하고 나서 이를 둘로 나누어 왕녀 두 사람으로 하여
> 금 각각 부(部) 안의 여자들을 거느리고 무리를 나누어 편을 짜서
> 가을 7월 16일부터 매일 아침 일찍 큰 부[大部]의 뜰에 모여서 길
> 쌈을 하도록 하여 밤 10시경에 그치는데, 8월 15일에 이르러 그 공
> 의 많고 적음을 헤아려 진 편은 술과 음식을 차려 이긴 편에게 사
> 례하였다. 이에 노래와 춤과 온갖 놀이를 모두 행하는데 그것을 가
> 배(嘉俳)라 하였다. 이때 진 편에서 한 여자가 일어나 춤을 추며 탄
> 식해 말하기를 "회소 회소(會蘇)"라고 하였는데, 그 소리가 슬프고
> 도 아름다워 후대 사람들이 그 소리를 따라서 노래를 지어 회소곡
> (會蘇曲)이라 하였다.[14]

『삼국사기』에 배경설화가 있지만 가사부전이다. 유리왕이 왕녀 두
사람을 중심으로 여자들을 두 편으로 나누어 밤 10시까지 길쌈을 하
게 했다. 7월 15일부터 8월 15일까지 이어진 내기에서 진 편이 이긴
편에 음식과 술을 제공하였다. 노래와 춤과 온갖 놀이를 모두 행하는
데 그것을 '가배'라 하였다. 이때 진 편에서 한 여자가 일어나 춤을

---

14) 王旣定六部 中分爲二 使王女二人 各率部內女子 分朋造黨 自秋七月旣望 每日早集大部之庭績麻 乙夜
   而罷 至八月十五日 考其功之多小 負者置酒食 以謝勝者 於是 歌舞百皆作 謂之嘉俳 是時 負家一女子
   起舞嘆曰 會蘇會蘇 其音哀雅 後人因其聲而作歌 名會蘇曲(『삼국사기』).

추며 탄식해 말하기(起舞嘆曰)를 "會蘇會蘇"라고 하였는데, 그 소리가 슬프고도 아름다워(其音哀雅) 후대 사람들이 그 소리에 기대 노래를 지어 '회소곡'이라 했다고 한다. 「회소곡」을 지은 자는 '후대 사람'이고 노래의 계기가 된 것은 유리왕대의 한 여성이다. 이것 이외에 배경설화에서 발견할 수 있는 것은 없지만 '회소'의 자의에 대해서는 '모이[集]소'와 '애[哀]소', 그리고 '마[沮]소'로 풀이하기도 한다. '애소'로 풀이하는 경우, 우리의 전통 시가의 여음으로 판단할 수 있는데 이는 향가에서 흔히 사용되는 '아으'와 별반 다를 바 없다. 이는 고려속요, 경기체가, 시조, 가사에서 널리 사용된다는 점에서 한국시가사에서 '회소곡'의 위치는 중요할 수밖에 없다. 그리고 한가윗날의 밤 10시에 길쌈 내기가 끝났고 술과 음식, 노래와 춤이 있었다고 할 때 길쌈내기에서 진 편의 여성이 탄식하는 듯한 '슬프고도 아름다운(其音哀雅)' 소리는 청각이 가장 예민한 한밤이었다는 점에서 같은 공간에 있었던 사람들이 제법 감동을 주었을 것으로 판단할 수 있다. 후대 사람들이 그 소리에 기대 「회소곡」이란 노래를 지은 것처럼 말이다.

3) 동경곡

> 신라는 오랫동안 태평하고 정치와 교화가 순미하여 신령한 상서가 자주 나타나고 봉새가 와서 울었다. 나라 사람들이 이 노래를 지어 찬미하였다. 가사에 이른바 월정교 백운도는 모두 왕궁 근처 지명인데 세상에서 전하기를 봉생암이 있다고 한다.[15]

---

15) 新羅 昇平日久 政化醇美 靈瑞屢見 鳳鳥來鳴 國人作此歌以美之 其所謂月精橋白雲渡 皆王宮近地 世傳 有鳳生巖(『고려사』).

『고려사』악지에 배경설화만 있고 가사부전이다.『동국여지승람』
에 따르면 '월정교'는 경주부의 남쪽 5리에 있는 蚊川에 있고, 백운고
는 불국사에 있는 石橋라 했다. '태평'과 '상서' 그리고 '찬미'라는 표
현처럼 이 노래는 '송도'와 관련돼 있다. 물론『고려사』악지에서「동
경」다음에 기술된 노래도「동경」인데, 신하와 아들이 임금과 부친에
게, 젊은이들이 존장에게, 처가 남편에게 모두 통용하는 노래로 악지
담당자가 기술한 것처럼 '송도가'에 해당한다.

4) 물계자가

물계자는 내해 이사금 때의 사람이다. 집이 대대로 미미하였으나
사람됨이 기개가 커서 어려서부터 장대한 뜻을 가졌다. 그 때 포상
의 여덟 나라[8국]가 아라국을 치기로 함께 꾀하자 아라국에서 사
신을 보내와 구원을 청하였다. 이사금이 왕손 날음으로 하여금 이
웃의 군과 6부의 군사를 거느리고 가서 구해 주게 하여 드디어 8국
의 군대를 패배시켰다. 이 싸움에서 물계자가 큰 공을 세웠으나 왕
손에게 미움을 샀으므로 그 공은 기록되지 않았다. 어느 사람이 물
계자에게 말하기를 "자네의 공이 대단히 컸는데 기록되지 못하였
으니 원망하는가?" 하였더니 말하기를 "어찌 원망하리요?" 하였다.
어느 사람이 말하기를 "어찌 왕에게 아뢰지 않는가?" 하니 물계자
가 말하기를 "공을 자랑하고 이름을 구하는 것은 뜻있는 선비의 할
바가 아니다. 단지 마땅히 뜻을 힘써 연마하며 후일을 기다릴 뿐이
다." 하였다. 그 후 삼년이 지나 골포, 칠포, 고사포의 세 나라 사람
들이 갈화성(竭火城)을 공격하여 오자 왕이 군사를 거느리고 가서
구하여 세 나라의 군사를 대패시켰다. 물계자는 수십 명을 목 베었
으나 공을 논하면서 얻은 바가 없었다. 이에 자기 부인에게 말하였
다. "일찍이 들으니 신하된 도리는 위험을 보면 목숨을 바치고, 어
려움을 만나면 몸을 돌보지 않는 것이라 하였는데 전날의 포상(浦
上), 갈화의 싸움은 위험하고 어려운 것이었다. 그런데도 목숨을 바
치지 못하고, 자신을 버리지 못한다고 사람에게 소문이 났으니 장

> 차 무슨 면목으로 저자와 조정에 나가겠는가?” 드디어 머리를 풀고
> 거문고를 들고 사체산(師彘山)으로 들어가 돌아오지 않았다.[16)

『삼국사기』와 『삼국유사』에 배경설화가 있지만 가사부전이다. 물계자는 내해왕 때의 사람으로 두 번의 전쟁에서 공적을 세웠지만 포상을 전혀 받지 못했다. 이에 스스로 불충을 자책하면서 산발한 채 거문고를 들고 사체산으로 들어가 대나무의 性癖에 기대어 노래를 지었고, 시냇물 소리에 따라 거문고로 곡조를 지었다고 한다. 배경설화에서 주목할 것은 「물계자가」는 琴曲의 가락에 맞춰 불린 개인 창작의 서정적인 노래라는 점이다. 이러한 면은 이전 기록에서 발견할 수 없기에 물계자가 지은 노래는 한국시가사에서 중요한 위치를 차지한다. 『삼국사기』 악조에 따르면 내밀왕 이전의 가악에는 歌尺·琴尺·舞尺이 모두 동원된 ‘통합 형태’였다가 내밀왕대에 이르러 ‘笳舞’에 笳尺·舞尺이 등장하고, 자비왕대에 이르러 ‘碓樂’에 舞尺·琴尺이, 법흥왕대에 ‘美知樂’에 舞尺·琴尺이 동원되고 歌尺이 빠졌는데 내해왕대의 물계자에 이르러 歌와 琴이 나온다는 점과 개인 창작의 서정노래라는 점에서 그 의의를 둘 수 있는 것이다.

5) 우식곡

> 제상은 방 안에서 혼자 자다가 늦게야 일어나니, 미사흔으로 하여
> 금 멀리 갈 수 있게 하려고 함이었다. 여러 사람이 묻기를 “장군은

---

16) 勿稽子 奈解尼師今時人也 家世平微 爲人倜儻 少有壯志 時八浦上國同謀伐阿羅國 阿羅使來 請救 尼師
今使王孫捺音 率近郡及六部軍往救 遂敗八國兵 是役也 勿稽子有大功 以見憎於王孫 故不記其功 或謂
勿稽子曰 子之功莫大 而不見錄 怨乎 曰 何怨之有 或曰 盍聞之於王 勿稽子曰 矜功求名 志士所不爲也
但當勵志 以待後時而已 後三年 骨浦 柒浦 古史浦三國人 來攻竭火城 王率兵出救 大敗三國之師 勿稽子
斬獲數十餘級 及其論功 又無所得 乃語其婦曰 嘗聞爲臣之道 見危則致命 臨難則忘身 前日浦上竭火之
役 可謂危且難矣 而不能以致命忘身 聞於人 將何面目以出市朝乎 遂被髮携琴 入師彘山不反(『삼국사기』).

어찌 이처럼 늦게 일어납니까?" 하니 "어제 배를 타서 몸이 노곤하여 일찍 일어날 수 없다."라고 대답하였다. 제상이 밖으로 나오자, 미사흔이 도망간 것을 알고 드디어 제상을 포박하고, 배를 저어 추격하였으나 마침 운무가 어둡게 끼어서 앞을 볼 수 없었다. 제상을 왜왕의 처소로 돌려보냈더니, 그를 목도(木島)로 유배 보냈다가 얼마 지나지 않아 사람을 시켜 섶에 불을 질러 온몸을 불태운 후에 목 베었다. 대왕이 이 소식을 듣고 애통해하고, 대아찬을 추증하였으며, 그 가족에게 후히 상을 내리었다. 미사흔으로 하여금 제상의 둘째 딸을 맞아 아내로 삼게 하여 보답하였다. 이전에 미사흔이 돌아올 때 왕은 6부(六部)에 명하여 멀리까지 나가 맞이하게 하였고, 만나게 되자 손을 잡고 서로 울었다. 형제들이 술자리에서 극진히 즐길 때 왕은 노래와 춤을 스스로 지어 자신의 뜻을 나타냈는데, 지금 향악의 우식곡(憂息曲)이 그것이다.[17]

『삼국사기』에 배경설화가 있지만 가사부전이다. 『증보문헌비고』에는 '우식악'으로 기록돼 있다. 눌지왕이 자신의 동생 미사흔이 무사히 귀환하여 기뻐서 지은 노래이다. '憂息'이란 표현처럼 근심이 사라져서 부른 노래이다. 형제 재회의 정을 기뻐하던 왕이 스스로 노래를 지어 부르고 춤을 추며 뜻을 널리 나타냈다는 데에 주목할 필요가 있다. 이른바 '王自作歌舞 以宣其意'가 그것인데, 이를 이해하기 위해서는 왜국에서 동생을 구출하고 죽은 제상과 그를 기다리다가 죽어 치술신모가 된 그의 처, 그리고 치술령의 위치 및 기능에 대한 고려가 전제돼야 할 것이다. 박제상은 충절을, 그리고 그의 처는 정절을 수행한 자이고 끝으로 정절을 수행한 공간이었던 치술령이 경주 남쪽을 방어하는 주요 거점이었다고 할 때, 왕이 부른 「우식곡」은 개인의 기쁨

---

17) 堤上獨眠室內晏起 欲使未斯欣遠行 諸人問 將軍何起之晩 答曰 前日行舟勞困 不得夙興 及出知未斯欣
    之逃 遂縛堤上 行舡追之 適煙霧晦冥 望不及焉 歸堤上於王所 則流於木島 未幾使人以薪火燒爛支體 然
    後斬之 大王聞之哀慟 追贈大阿飡 厚賜其家 使未斯欣 娶其堤上之第二女爲妻 以報之 初未斯欣之來也
    命六部遠迎之 及見握手相泣 會兄弟置酒極娛 王自作歌舞 以宣其意 今鄕樂憂息曲是也(『삼국사기』)

을 넘어 당시의 정치적인 부분을 반영한 노래였기에 뜻을 널리 나타 냈던(以宣其意) 것이다. 왕은 물론 백성들의 근심이 사라졌다는 점을 반영한 노랫말이었을 것이다.

6) 실혜가

왕이 그렇게 여겨 영림(泠林)으로 귀양 보냈다. 어떤 사람이 실혜에 게 말하였다. "그대는 할아버지 때로부터 충성과 바른 인재로서 소 문이 났는데 지금 아첨하는 신하의 참소와 훼방을 받아 죽령 밖 황 벽한 곳으로 귀양을 가게 되었으니 또한 통탄할 일이 아닌가, 어찌 직언으로 스스로를 변명하지 않는가?" 실혜가 답하였다. "옛날 굴 원(屈原)은 외롭고 곧았으나 초나라에서 배척되어 쫓겨났으며, 이 사(李斯)는 충성을 다하였으나 진(秦)나라에서 극형을 받았다. 그러 므로 아첨하는 신하가 임금을 미혹하게 하고 충성스러운 자가 배 척을 받는 것은 옛날에도 그랬다. 어찌 족히 슬퍼하랴?" 드디어 말 하지 않고 가면서 장가(長歌)를 지어 자기의 뜻을 표하였다.[18]

『삼국사기』에 배경설화가 있지만 가사부전이다. 實兮는 성품이 강 직하여 義가 아닌 것에는 굴복하지 않았다. 진평왕 때에 上舍人이 되 었는데 그때 下舍人 珍堤의 참소로 귀양을 가게 되었다. 이때 어떤 사 람이 왕에게 변명할 것을 제안했지만 이에 응하지 않고 노래를 지었 다고 한다. 「실혜가」는 '옛날의 굴원이나 李斯와 같은 충신도 왕에게 배척을 받았으니 슬퍼할 것 없다.'는 내용의 長歌라고 한다(遂不言而往 作長歌見意). 실혜의 성품이 '性剛直 不可屈以非義'와 '不直言自辯'인 것 이라 할 때, 그가 지은 노래는 왕에 대한 충절의 불변과 아첨하는 신

---

18) 王然之 謫官泠林 或謂實兮曰 君自祖考 以忠誠公材聞於時 今爲佞臣之讒毁 遠宦於竹嶺之外 荒僻之地 不亦痛乎 何不直言自辨 實兮答曰 昔屈原孤直 爲楚擯黜 李斯盡忠 爲秦極刑 故知佞臣惑主 忠士被斥 古亦然也 何足悲乎 遂不言而往 作長歌見意(『삼국사기』).

하에 대한 경계로 이루어졌을 것이다. 짧은 기록이나마 굴원과 이사
에 대하여『삼국사기』에서 처음 언급돼 있는 것으로 보아 굴원의 漁
夫辭에 영향을 받은 최초의 노래인 듯하다.「실혜가」가 자신의 영욕
을 초탈하고자 하는 의지와 관련됐기에「물계자가」와 유사한 창작배
경을 지니고 있는데, 이는 개인의 영욕과 관련된 향가「원가」나 고려
속요「정과정」과는 일정한 거리가 있다.

7) 해론가

> 해론은 나이가 20여 세 때 아버지의 공으로 대나마(大奈麻)가 되었
> 다. 건복 35년 무인에 왕이 해론을 금산(金山)의 당주(幢主)에 임명
> 하여 한산주 도독 변품(邊品)과 함께 군사를 일으켜 가잠성을 습격
> 하여 빼앗게 했다. 백제에서 이를 듣고 군사를 보내자 해론 등이
> 이에 맞섰다. 칼날이 서로 맞닿자 해론이 여러 장수에게 말하기를
> "전일 나의 아버지가 이곳에서 숨을 거두었는데 내가 지금 이곳에
> 서 백제인과 싸우니 오늘이 내가 죽을 날이다." 하고는 드디어 짧
> 은 칼을 가지고 적에 가서 몇 명을 죽이고 죽었다. 왕이 이를 듣고
> 눈물을 흘리며 그 가족에게 매우 후하게 하였다. 당시 사람들이 슬
> 퍼하지 않는 자가 없었으며, 장가(長歌)를 지어 조문하였다.[19]

　　『삼국사기』에 배경설화가 있지만 가사부전이다. 진평왕 때에 奚論
이 '죽어서 큰 귀신이 되어 백제인을 다 물어 죽여 이 성을 되찾'는
의지로 椵岑城에서 백지군과 싸우다가 죽었는데 그곳은 6년 전 그의
아버지가 전사한 곳이기도 했다. 왕이 이를 듣고 눈물을 흘리며 그

---

19) 奚論年二十餘歲　以父功爲大奈麻　至建福三十五年戊寅　王命奚論　爲金山幢主　與漢山州都督邊品興師襲
　　椵岑城　取之　百濟聞之　擧兵來　奚論等逆之　兵旣相交　奚論謂諸將曰　昔吾父殞身於此　我今亦與百濟人戰
　　於此　是我死日也　遂以短兵赴敵　殺數人而死　王聞之　爲流涕　贈其家甚厚　時人無不哀悼　爲作長歌弔之(『삼
　　국사기』).

가족에게 매우 후하게 하였는데 이때 사람들이 長歌를 지어 조문했다고 한다(作長歌弔之). 父子가 백제군과 싸우면서 동일한 장소에서 전사한 소식을 듣고 애도하면서 장가를 지었다고 할 때, 이 노래는 해론 부자의 용맹과 그들의 전사, 그리고 이에 대한 사람들의 애도가 혼합된 노래로 추정된다. 다만 「실혜가」처럼 '장가'라 표현돼 있는데 이는 8구체나 10구체 형태의 향가이기보다는 장형의 노랫말을 지칭하는 듯하다. 『삼국사기』 진성왕의 기록 '修集鄕歌 謂之三代目云'에서 '향가'라는 명칭이 등장한 것으로 보아 그렇다는 것이다.

8) 양산가

흠운이 말을 비껴 타고 창을 잡고 대적하니 대사(大舍) 전지(詮知)가 말하였다. "지금 적이 어둠 속에서 일어나 지척을 분별할 수 없으니 공이 비록 죽는다고 하여도 아는 사람이 없습니다. 하물며 공은 신라의 귀한 신분[貴骨]으로서 대왕의 사위[半子]인데 만약 적군의 손에 죽으면 백제의 자랑하는 바가 될 것이지만 우리들에게 깊은 수치가 됩니다." 흠운이 말하기를 "대장부가 이미 몸을 나라에 바치겠다고 했으면 사람이 알아주고 모르고는 한가지이다. 어찌 감히 명예를 구하랴?" 하고는 꿋꿋하게 서서 움직이지 않았다. 따르던 자들이 말고삐를 잡고 돌아가기를 권하였으나 흠운이 칼을 뽑아 휘두르며 적과 싸워 몇 사람을 죽이고 그도 죽었다. 이에 대감(大監) 예파(穢破)와 소감(少監) 적득(狄得)이 서로 함께 전사하였다. 보기(步騎) 당주 보용나(寶用那)가 흠운이 죽었다는 소리를 듣고 말하였다. "그는 귀한 신분에 영화로운 자리에 있어 사람들이 아끼는 바인데도 오히려 절조를 지켜 죽었으니 하물며 나[보용나]는 살아 있더라도 별 이익이 되지 않고 죽어도 별 손해가 되지 않는 존재이다." 마침내 적에게 가서 서너 명을 죽이고 그도 죽었다. 대왕이 이 소식을 듣고 매우 슬퍼하였고 흠운과 예파(穢破)에게는 일길찬, 보용나와 적득에게는 대나마의 관등을 추증하였다. 당시 사람들이 이를 듣고 양산가를 지어 애도하였다.[20]

『삼국사기』에 배경설화가 있지만 가사부전이다. 무열왕 때에 내물왕의 8대 손이었던 김흠운이 양산에 병영을 설치하고 백제군과 교전하였다. 위기 상황에서 아랫사람이 '공은 신라의 귀한 신분으로서 대왕의 사위인데 만약 적군의 손에 죽으면 백제의 자랑하는 바가 될 것이고 우리들의 깊은 수치가 될 것'이라며 만류하자 '어찌 감히 명예를 구하겠냐'며 적들과 고전하다가 여러 장수와 함께 전사하였다. 이때 사람들이 이에 대해 듣고 「양산가」를 지어 부르며 슬퍼했다고 한다(作陽山歌). 김흠운을 비롯한 여러 장수가 전사한 일이 계기가 된 만큼 「양산가」는 호국을 기리는 내용으로 추측된다. 특히 해당기록의 논찬에 '흠운 같은 자는 또한 낭도로서 능히 王事에 목숨을 바쳤으니 그 이름을 욕되게 하지 않은 자(若歆運者 亦郞徒也 能致命於王事 可謂不辱其名者也)'라며 화랑과 결부시킨 것으로 보아 그들의 사유와 밀접한 노랫말이었을 것이다. 신라에는 해론, 김흠운과 같은 자들이 많았는데,『삼국사기』에서만 살펴봐도 선덕왕 16년에 백제와의 전쟁에서 김유신의 명령에 따라 적진에 가서 전사한 丕寧子, 태종대왕 7년 아비品日의 명령에 따라 적진에 가서 싸우다 전사한 官昌, 김유신의 夫子元述은 싸움에 나가 이기기는 했으나 떳떳하게 싸우지 못한 일이 있어서 죽을 때까지 母親의 마음을 사지 못했다는 이야기가 있다. 이러한 기록을 감안할 때, 전장에서 장렬한 전사와 관련된 일련의 애도가는 이것 외에도 여럿이 있을 것으로 짐작된다.

---

20) 歆運橫馬握槊待敵 大舍詮知說曰 今賊起暗中 咫尺不相辨 公雖死 人無識者 況公新羅之貴骨 大王之半子 若死賊人手 則百濟所誇詫 而吾人之所深羞者矣 歆運曰 大丈夫旣以身許國 人知之與不知一也 豈敢求名乎 强立不動 從者握轡勸還 歆運拔劍揮之 與賊鬪殺數人而死 於是大監穢破 少監狄得相與戰死 步騎幢主寶用那聞歆運死曰 彼骨貴而勢榮 人所愛惜 而猶守節以死 況寶用那生而無益 死而無損乎 遂赴敵殺三數人而死 大王聞之傷慟 贈歆運穢破位一吉湌 寶用那狄得位大奈麻 時人聞之 作陽山歌 以傷之(『삼국사기』).

9) 목주

목주는 효녀가 지었다. 딸이 부친과 계모를 섬겨서 효성스럽다는
소문이 났다. 부친이 계모의 참소에 혹하여 딸을 쫓아냈다. 딸은
차마 떠나지 못하고 머물러 있으면서 부모 봉양에 더욱 근면하고
태만하지 않았으나 부모는 더욱 노하여 또 내쫓았다. 딸은 부득이
하직하고 떠나가 산중에 이르러 석굴에 노파가 있는 것을 보게 되
어 마침내 사정을 말하고 그곳에서 지내기를 청하니 노파가 그의
곤궁한 사정을 불쌍히 여기고 허락하였다. 처녀는 그를 자기 부모
를 모시듯이 섬겼다. 노파도 그녀를 사랑하여 그의 아들과 결혼하
게 하였다. 부부는 협심하여 근면 절약해서 부자가 되었다. 딸은
친정 부모가 매우 가난하다는 말을 듣고 시집으로 맞이하여 지극
히 봉양하였으나 그 부모는 오히려 기쁘게 생각하지 않았다. 효녀
는 이 노래를 지어서 스스로 원망하였다.[21]

『고려사』 악지에 배경설화가 있지만 가사부전이다. 부친과 계모에
게 지극한 효성을 다하던 딸이 계모의 참소에 의해 쫓겨났다. 산속에
서 노파를 만난 딸은 그를 자기 부모를 모시듯이 섬겼고 그의 아들과
결혼하였다. 딸은 친정 부모가 매우 가난하게 지낸다는 말을 듣고 시
집으로 모셔다가 지극히 봉양하였으나 그 부모는 오히려 기쁘게 생
각하지 않았다. 효녀가 이 노래를 지어 스스로 원망하였다고 한다(孝
女作是歌以自怨). 가사부전이지만 배경설화가 소상한 편이다. 흔히 고
려속요 「사모곡」의 원형으로 논의해 왔지만 확정할 만하지는 않다.
다만 '목주설화'를 '내 복에 산다형'의 설화나 '쫓겨난 여인 발복형'
의 설화와의 친연성을 밝히려는 논의가 있었다.

---

21) 木州孝女所作　女事父及後母以孝聞　父惑後母之譖逐之　女不忍去留養父母益勤不怠　父母怒甚又逐之　女
　　不得已辭去　至一山中見石窟有老婆　遂言其情因請寄寓　老婆哀其窮而許之　女以事父母者事之　老婆愛之
　　嫁以其子　夫婦恊心勤儉致富　聞其父母貧甚　邀致其家奉養備至　父母猶不悅　孝女作是歌以自怨(『고려사』).

10) 여나산

여나산은 계림 접경에 있다. 세상에서 전하기를 어떤 서생(書生)이
이 산에서 글공부하다가 과거에 급제하여 세족(世族)과 혼인하였으
며, 후에 과거의 시관(掌試)이 되었을 때 그의 처가에서 잔치를 베
풀고 기뻐서 이 노래를 불렀다. 그 후부터 과거 시험을 맡은 사람
이 연회를 베풀 때 먼저 이 노래를 불렀다.[22]

『고려사』 악지에 배경설화가 있지만 가사부전이다. 여나산은 계림
접경에 있는데 이곳에서 어떤 서생이 글공부를 한 후 과거에 급제하
고 혼인하였다. 후에 과거의 시관이 되었을 때 그의 처가에서 잔치를
베풀고 기뻐서 이 노래를 불렀다. 그 후부터 과거 시험을 맡은 사람이
연회를 베풀 때에는 먼저 이 노래를 불렀다(掌試者設宴先歌此焉)고 한
다. 시대가 불명확하지만 특정 노래의 연원과 기능에 대한 기술이다.

11) 장한성

장한성은 신라의 국경인 한산(漢山) 북녘 한강 상류에 있다. 신라에
서 여기에 중진(重鎭)을 두었는데 그 후 고구려에 점령당하였다. 신
라 사람들이 군사를 일으켜 그곳을 회복하고 이 노래를 지어 그 공
적을 기념했다.[23]

『고려사』 악지에 배경설화가 있지만 가사부전이다. 장한성은 신라
의 국경인 한강 상류에 있었는데 고구려에 점령당하였다. 신라 사람

---

22) 余那山在雞林境 世傳 書生弖是山 讀書擢第 聯昏世族 後掌試設宴 其昏家喜而歌之 自後掌試者設宴 先
　　歌此焉(『고려사』).

23) 長漢城在新羅界漢山北漢江上 新羅置重鎭 後爲高句麗所據 羅人擧兵復之 作此以紀其功焉(『고려사』).

들이 군사를 일으켜 그곳을 회복한 후 노래를 지어 공적을 기념한 것
(羅人擧兵復之作此紀其功焉)이라 한다. 시대가 불명확하고 작자도 신라
사람으로 뭉뚱그려 있다. 점령당한 城을 회복했으니만큼 勇武를 찬양
한 노래일 듯하다.

12) 몰가부가

> 원효는 일찍이 어느 날 풍전을 하여 거리에서 노래를 불렀다. "누
> 가 자루 빠진 도끼를 許하겠는가, 내가 하늘을 버틸 기둥을 깎아
> 볼까나." 사람들은 아무도 그 노래 뜻을 알지 못했다. 이때 태종 무
> 열왕이 이 노래를 듣고 말했다. "이 스님께서 아마 귀부인을 얻어
> 훌륭한 아들을 낳고자 하는구나. 나라에 큰 현인이 있으면 그보다
> 더한 이로움은 없을 것이다." 이때 요석궁[지금의 학원이 바로 이
> 곳이다.]에 과부 공주가 있는데 왕이 궁리를 시켜 원효를 찾아 데
> 려가라 했다. 궁리가 칙명을 받들어 원효를 찾으려 하는데, 벌써
> 남산에서 내려와 문천교[사천인데 민간에서는 모천 또는 문천이라
> 한다. 또 다리 이름은 유교라 한다.]를 지나다가 만나게 되었다. 원
> 효가 일부러 물에 빠져 옷을 적시자 궁리가 그를 궁으로 데리고 가
> 서 옷을 말리고 그곳에서 머물게 했다. 공주는 과연 잉태하여 설총
> (薛聰)을 낳았는데, 설총은 나면서 총명하여 경서와 역사에 널리 통
> 달하니 신라 십현(十賢) 가운데 한 사람이 되었다.[24]

　『삼국유사』의 '원효불기'조에 배경설화와 함께 짧은 한역시가 있다.
원효가 거리에서 노래 부르기를 '누가 자루 빠진 도끼를 許하겠는가 / 내
가 하늘을 버틸 기둥을 깎아 볼까나.' 하였다. 주변 사람들은 이 뜻을 몰
랐지만 태종 무열왕이 이를 알아차리고 요석궁의 과부 공주와 인연을

---

24) 師嘗一日風顚唱街云 誰許沒柯斧 我斫支天柱 人皆未喻時太宗聞之曰 此師殆欲得貴婦 産賢子之謂爾 國
　　有大賢 利莫大焉 時瑤石宮[今學院是也]有寡公主 勅宮吏覓曉引入 宮吏奉勅將求之 已自南山來過蚊川橋
　　[沙川俗云年川 又蚊川 又橋名楡橋也]遇之 佯墮水中濕衣袴 吏引師於宮 褫衣曬眼 因留宿焉 公主果有娠
　　生薛聰 聰生而睿敏 博通經史 新羅十賢中一也(『삼국유사』).

맺게 하였다고 한다. '一日風顚唱街云'이란 표현으로 보건대 원효의 개인 창작이기보다 당시 남녀들이 성적 교합과 관련된 노래였을 것이다.

13) 이견대

> 세상에서 전하는 말에 신라 왕 부자가 오랫동안 서로 잃었다가 만나게 되었다. 대(臺)를 세워 만났는데 부자간의 기쁨이 극에 달해 이 노래를 지어서 불렀다. 그 대를 이견대라 했는데 대개 주역의 '이견대인(利見大人)'에서 취한 뜻이다. 왕의 부자가 서로 잃어버려 만나지 못할 리 없다. 이웃나라에서 만났거나 혹은 볼모로 삼았던 것인지 알 수 없다.[25]

『고려사』 악지에 배경설화가 있지만 가사부전이다. 신라왕 父子가 오랫동안 헤어져 지내다가 臺를 만들어 서로 맞이하여 만나보게 되었는데, 그 이름을 利見臺라 하고, 부자의 즐거움이 극에 달해 이 노래를 지어 불렀다고 한다. 악지 담당자는 '이견대'에 대하여 '왕의 부자가 서로 잃어버려 만나지 못할 리 없고 이웃나라에서 만났거나 혹은 볼모로 삼았던 것인지 알 수 없다'고 부기하고 있다. 그러나 '이견대'는 삼국통일을 이룩한 문무왕 무덤인 대왕암이 보이는 감은사지 앞에 위치하고 있는 구조물이다. 기록에 의하면 문무왕은 죽어서도 왜적에게서 나라를 지키려는 생각으로 경주 동쪽 바다에 물에 거의 잠긴 바위 밑에 자신을 장사지내라 했는데 이곳을 가장 잘 볼 수 있는 곳에 위치하고 있는 게 '이견대'이다. 그리고 감은사지 금당 뜰아래에 동쪽으로 구멍을 두었는데 이는 용이 들어올 수 있도록 하기 위해서였다

---

25) 世傳 羅王父子久相失 及得之 築臺相見 極父子之懽 作此以歌之 號其臺曰利見 盖取易利見大人之意也 王父子無相失之理 或出會隣國 或爲質子 未可知也(『고려사』).

고 한다. '이견대'와 관련된 사정이 이러할 때 '부자간의 기쁨이 극에 달해 이 노래를 지어서 부른 자'가 이미 죽은 문무왕이 될 수 없다는 점은 자명하다. 문무왕이 대왕암에 장사지내라고 유언을 했던 것처럼 왜적의 출몰이 신라인들에게 늘 부담스러운 일이었기에 '이견대' 건축 이후, 문무왕 부자에 대한 송도와 신라의 태평함을 담은 노랫말을 정책적으로 유포시켰을 것이다. 이른바 특정 건축물의 유래담으로「우식곡」과 유사한 기능을 했던 것으로 판단할 수 있다.

5. 가야의 시가

1) 구지가

후한(後漢)의 세조 광무제 건무 18년 임인 3월 계욕일에 사는 곳의 북쪽 구지[이것은 산봉우리를 말함인데 마치 거북이 엎드린 모양과 같아서 이렇게 말한 것이다.]에서 무엇을 부르는 수상한 소리가 들렸다. 마을 사람들 2~3백 명이 거기에 모였는데 사람의 소리 같기는 한데 그 모양은 안 보이고 소리만 났다. "여기 사람이 있느냐?" 구간 등이 대답했다. "우리들이 있습니다." 또 묻기를 "내가 있는 곳이 어디이냐?" 대답하기를 "구지입니다." 또 말했다. "하늘이 나에게 명령하기를 이곳에 와서 나라를 새로 세우고 임금이 되라 하셨기에 내려왔다. 너희들은 모름지기 이 산 꼭대기를 파고 흙을 집으면서 노래하기를 '거북아 거북아 머리를 내놓아라. 내놓지 않으면 구워 먹겠다.' 하고 춤을 추어라. 그러면 곧 대왕을 맞이하여 매우 기뻐서 춤추게 될 것이다." 구간들은 그 말을 따라 함께 기뻐하면서 노래하고 춤추었다. 얼마 지나지 않아 우러러 하늘을 바라보니, 자줏빛 줄이 하늘로부터 드리워져 땅에 닿아 있었다. 줄 끝을 찾아보니 붉은 보자기에 금으로 만든 상자가 싸여 있어 열어보니 황금색 알이 여섯 개가 있는데 해처럼 둥글었다. 여러 사람은

모두 놀라 기뻐서 함께 백 번 절을 했다. 조금 있다가 다시 보자기
에 싸 가지고서 아도[我刀干]의 집으로 돌아와 탑(榻) 위에 두고 무
리들은 모두 흩어졌다.[26]

　『삼국유사』의 '가락국기'조에 배경설화와 한역가가 있다. 가락국
의 아홉 추장[九干]이 구지봉 위에서 신탁에 따라 수로왕을 맞이하는
과정에서 불렀다는 노래이다. 산의 정상에서 흙을 파서 모으는 동작
과 함께 집단으로 가창했다는 점에서 다양한 해석이 가능했다. 특히
노래가 가락국 건국시기에 불린 경우와 원시시대부터 구비전승된 것
으로 파악한 경우로 나눌 수 있는데, 전자는 원시적 기도로서의 '呪願
詞'이거나 수로의 탄생과 관련된 주술적인 '神謠' 또는 통치자로 내정
된 영아의 정상적인 출산을 열망하는 呪詞로 이해하고 있고 후자는
남녀를 유혹하는 노래가 건국신화에 끼어들었다거나 범세계적 분포
를 보이는 위압적 주술의 대표적 유형에 해당하는 「구지가」가 기존
의 풍요주술을 정치적인 영신주술로 변용시킨 노래라는 것이다. 특히
노래의 성격이 '掘峰頂撮土'의 의미에 따라 바뀐다는 점에서 다양한
해석이 가능했던 것인데, 구간과 마을 사람들이 모인 공간이 '마치
거북이 엎드린 모양과 같다'는 구지봉이기에 그곳에서 '掘峰頂撮土'의
의미는 거북이를 학대하는 모습일 수 있다는 점에서 좀 더 논의를 확
장해야 할 것이다.

---

26) 後漢世祖光武帝建武十八年壬寅三月禊浴之日　所居北龜旨[是峯巒之稱　若十朋伏之狀　故云也]有殊常聲
氣呼喚　衆庶二三百人集會於此　有如人音　隱其形而發其音曰　此有人否　九干等云　吾徒在　又曰　吾所在爲
何　對云龜旨也　又曰　皇天所以命我者　御是處　惟新家邦　爲君后　爲玆故降矣　儞等須掘峯頂撮土　歌之云
龜何龜何　首其現也　若不現也　燔灼而喫也　以之蹈舞　則是迎大王歡喜踴躍之也　九干等如其言　咸忻而歌
舞　未幾　仰而觀之　唯紫繩自天垂而着地　尋繩之下　乃見紅幅裹金合子　開而視之　有黃金卵六圓如日　衆
人悉皆驚喜　俱伸百拜　尋還　裹著抱持而歸我刀家　寘榻上　其衆各散(『삼국유사』).

'상대시가'라 지칭할 만한 노래들의 양상에 대한 살펴보았다. 이 글에서 다루지 않은 자료도 많지만 그들은 가사는 물론 배경설화도 없이 단순히 노래명만 전하는 것들이다. 예컨대 '辛熱樂', '徒令歌', '突阿樂', '思內奇物樂', '石南思內' 등이 그것인데 이들이 노랫말이 없는 순수한 음곡에 대한 명칭인지 아닌지에 대해 불확실하기도 하다. 다만 '思內'라는 것이 악곡·집[思內曲宅], 들판[詞腦野], 춤[舞], 현악기[琴]와 밀접한 단어였다가 유리왕 때의 「도솔가」에 이르러 노래의 틀과 관련된 '유차사사뇌격'과 결합된 이후 노래[詞腦歌]에만 한정된 어사로 사용됐기에 한국시가사의 원초형을 논의하면서 빠져서는 안 될 자료이다.

고조선의 시가에 해당하는 「공무도하가」는 대동강변에서 일어난 '남편의 익사와 처의 처연한 곡성'이라는 단순한 사건에서 출발하였다. 단순한 배경담이 전승되면서 수사적 표현과 새로운 인물들이 첨가되면서 복합설화로 바뀐 것이었다. 특히 남편의 죽음에 부인이 공후를 연주하며 노래를 부르는 모습(鼓箜篌而歌 …… 曲終自投河而死)은 배경설화가 전승되면서 생긴 것으로 선율감을 동반한 부인의 처연한 곡성(乃號天噓唏 …… 哭終)을 가리킨다. 남편의 투하와 부인의 善哭이 기원전 3~4세기 대동강에서 있었고 그것이 2~3세기 동안 주변으로 점점 광포화되다가 한사군 설치(B.C. 108)를 계기로 중국으로 전승될 수 있었다.

고구려의 시가는 지정학적 위치와 밀접했다. 한족 출신의 여성 치희가 등장한 「황조가」, 먼 곳의 狄人이 투항해 올 수 있도록 압록강물의 중간에 있던 '내원성'과 관련된 「내원성가」의 배경설화에서 이를 확인할 수 있었다. 「황조가」를 이해하는 주요 문맥은 '雉姬怒不還 王嘗息樹下 見黃鳥飛集 乃感而歌曰'인데, '嘗'이 가리키는 시기가 치희의 '亡歸'와 무관할 수 있고 '乃感而歌'가 개인의 창작과 관련된 '作歌'의 의미가 아니기에 노래의 가창시기와 작가문제는 재론할 여지가 있었다. 「내원성가」는 '노래로써 기념(歌以紀之)'했다는 것으로 보아 頌禱와 관련된 노래이다. 「연양가」는 '연양'의 사람이 다른 사람에게 거두어져 쓰였는데(收用), 이때 죽기를 무릅쓰고 힘을 바칠 것이란 점을 나무에 비유하여 부른 노래이다. 연양이라는 지리적 위치를 감안해서 '남에게 한 번 許身하였으면 죽어서 몸이 재가 되더라도 후회하지 않는 關西人의 大俠氣'와 관련된 노래이거나 발탁됐을 경우 몸이 재가 되더라도 후회하지 않겠다는 바람을 담고 있는 노래로 추정할 수 있다.

백제의 시가는 남편을 기다리는 부인의 처지와 관련된 「선운산」과 「정읍사」가 있었다. 남편이 돌아오지 못하는 사정은 행상(「정읍사」), 병역(「선운산」)처럼 차이가 있지만 남편을 기다리던 여인의 심사는 유사했을 것이다. 「정읍사」에 '질퍽한 땅을 디딜까 우려된다'는 노랫말이 있는 것처럼 행상을 무사히 마치고 돌아오기를 바라듯이 「선운산」 또한 병역을 무사히 마치고 돌아오는 것과 관련된 노랫말로 추정할 수 있다. 「지리산」은 가난하되 흐트러짐이 없는 여인이 왕의 유혹을 물리칠 때 부른 노래이다. 배경설화에 나타난 대로 '盡婦道' 중에서 '정절'과 밀접했을 것이다. 도적에게 잡혀간 여성이 자기 남편이 즉시 와서 구하지 않은 것을 풍자하여 부른 「방등산」이나 성을 쌓은 주민들이 안락하게 살 수 있게 되자 부른 「무등산」도 있었다.

신라의 시가는 고구려나 백제에 비해 다양한 주제를 띠고 있다. 군왕의 선정을 계기로 지었다는 「도솔가」, 길쌈에서 진 쪽의 여성이 탄식하여 불렀다는 「회소곡」, '태평'과 '상서' 그리고 '찬미'라는 표현과 관련된 송도지사의 「동경곡」, 형제를 만나 군왕 개인의 근심이 사라졌다는 「우식곡」, 전장에서 물러서지 않고 전사했던 자들과 관련된 「해론가」와 「양산가」, 군신관계에서 신하가 취할 자세와 관련된 「물계자가」와 「실혜가」, 효녀가 스스로 원망하며 지었다는 「목주」, 과거급제의 연회에서 불렀다는 「여나산」, 점령당한 성을 회복한 후 불렀다는 「장한성」, 원효가 활동하던 시기에 남녀들이 성적 교합을 비유적으로 나타냈던 「몰가부가」, 특정한 건물을 건축한 이후에 문무왕 부자에 대한 송도와 신라의 태평함을 담은 「이견대」가 있었다.

　신라의 상대시가에 대한 형식을 온전히 지적하기 힘들다. 다만 형식에 대해 배경설화에 '장가'라고 명기된 「실혜가」와 「해론가」가 있었다. 「실혜가」가 '性剛直 不可屈以非義'의 사람이 자신이 부당한 상황에서도 '不直言自辯' 한 것과 관련됐기에 왕에 대한 충절의 불변과 아첨하는 신하에 대한 경계로 구성된 장형의 노래였다. 그리고 부자가 백제군과 싸우면서 동일한 장소에서 전사했다는 소식을 들은 사람들이 노래를 지어 애도한 게 「해론가」였다. 이 노래는 해론 부자의 용맹과 그들의 전사, 그리고 이에 대한 사람들의 애도가 혼합된 장형의 노래였다. 나머지 노래들의 형식은 관련된 기록이 없어 언급하기 어렵지만 대체로 2행의 「몰가부가」나 4행의 「황조가」처럼 단형으로 추측된다.

「공무도하가」의 배경설화에 나타난 광부 처의 행동*

1. 서론

이 글은 「공무도하가」 배경설화에 나타난 광부 처의 행동을 해명하는 데 목적이 있다. 특정한 상대가요를 이해하는 일이 배경설화와 긴밀한 관계에 있다 할 때 등장인물에 대한 이해는 무엇보다 중요하다. 그러나 배경설화가 전승과정에서 적잖은 변이를 한다는 점에서, 변이된 부분을 어떻게 이해하느냐에 따라 인물의 성격도 바뀌기 마련이다.

「공무도하가」 배경설화의 시간적 배경은 새벽녘이고 공간적 배경은 대동강변이다. 낯선 남자의 投河와 쫓아온 부인의 공후연주, 그리고 부인의 투하와 이를 지켜보던 뱃사공의 연주가 「공무도하가」 배경설화의 주요 부분이지만 등장인물들의 행동을 일관되게 이해하기란 쉽지 않다. 그래서 이에 대한 연구는 신화적 해석[1]을 출발해서 무격적

* 이 글은 『민족문학사연구』 33호(민족문학사연구소, 2007)에 수록된 것임.
1) 정병욱, 「한국시가문학사(상)」, 『한국민족문화사대계(Ⅴ), 언어문화사』, 고대민족문화연구소, 1967.

해석[2]과 민요적 해석[3]으로 이어졌는데 그중에서 주류는 첫째와 둘째의 경우였다.[4] 주류에 해당하는 연구는 등장인물과 관련된 기록에 충실하려는 경향을 띠지만 논거가 튼실하지 못한 편이다. 이후 광부의 모습을 가리키는 '一狂夫被髮提壺'에 대한 의미를 밝힌 논의가 있었는데 그에 따르면 '狂夫'는 '미친 사내'가 아니라 '고집이 센 사내'이고 '被髮'은 하층민의 모습을 묘사한 것, '提壺'는 음주와 관련된 게 아니라 강을 건널 때 사용되는 '浮具'라는 것이다.[5] 각 문헌에 나타난 해당 글자의 사용용례에 기댄 이 논의는 배경설화에서 신비스런 부분을 걷어 냈다는 평가를 받을 만하다. 그러나 남편의 죽음에 대처하는 부인의 낯선 행동, 예컨대 공후를 연주하며 노래를 부른(鼓箜篌而歌) 이후에 스스로 투하(曲終自投河而死)한 것은 여전히 신비스런 진술이다.

이 글은 「공무도하가」 배경설화에 나타난 광부 처의 행동을 이해하기 위해 「기량처가」 배경설화에 주목할 것이다. 「기량처가」를 수록하고 있는 문헌은 「공무도하가」의 경우와 동일하게 『금조』(채옹; 133~192)와 『고금주』(최표; 290~306)이다. 「공무도하가」의 작자나 등장인물에 대한 정보가 문헌에 따라 다르게 나타나듯이 「기량처가」의 배경설화도 마찬가지이다. 그러나 남편의 죽음에 대처하는 기량 처의 모습, 즉 악기를 연주한 후에 스스로 투하(援琴而鼓之 …… 曲終遂自投淄水)한다는 점은 「공무도하가」 광부 처와 동일하다. 다만 「공무도하가」 배경설화는 채옹의 『금조』가 가장 앞서는 문건이지만 「기량처가」

---

2) 김학성, 「공후인의 신고찰」, 『한국고전시가의 연구』, 원광대출판부, 1980; 조동일, 『한국문학통사(1)』, 제3판, 지식산업사, 1994.

3) 성기옥, 「공무도하가 연구 – 한국 서정시의 발생문제와 관련하여」, 서울대 박사논문, 1988.

4) 기존 논의에 대한 검토는 성기옥(위의 글)과 김영수(「공무도하가 신해석 – 백수광부의 정체와 被髮提壺의 의미를 중심으로」, 『한국시가연구』 제3집, 한국시가학회, 1998)의 글에 자세하다.

5) 김영수, 앞의 글, 45~46면.

는 채옹의 기록 이전의 것이 존재하기에 「기량처가」 배경설화를 이해하는 데 도움을 받을 수 있다. 「열녀전」(유향; B.C. 77~B.C. 6)과 『여기』, 『맹자』가 이에 해당하는 문헌으로 각 문헌별 차이점과 공통점에 의해 「기량처가」 배경설화의 생성과 변이를 재구할 수 있다. 이를 통해 「공무도하가」 배경설화에 나타난 광부 처의 행동을 이해할 수 있을 것이다.

2. 두 계열의 배경설화와 「기량처가」의 배경설화

「공무도하가」와 관련된 자료는 채옹과 최표의 두 계열로 나눌 수 있다. 채옹의 『금조』와 최표의 『고금주』가 그것인데 이들 자료는 서로 공유하는 부분과 이질적인 부분이 있다. 이에 대해서는 다음을 통해 확인할 수 있다.[6]

> 공후인은 조선의 진졸 곽리자고의 처 여옥이 지은 것이다. 자고가 새벽에 일어나 배를 저어 가는데, 머리가 흰 광부(狂夫)가 머리를 풀어헤치고 술병을 들고서 어지러이 흐르는 강을 건너려고 하였다. 그의 아내가 멈추라고 소리치면서 따라왔으나, 아내가 강가에 이르기 전에 그는 마침내 물에 빠져 죽었다. 이에 아내는 공후를 끌어당겨 연주하면서 공무도하의 노래를 불렀다. 노랫소리가 매우 구슬펐는데, 노래가 끝나자 자신도 물에 몸을 던져 죽었다. 곽리자고가 돌아와 그 소리를 아내 여옥에게 말해 주었다. 여옥은 슬퍼하면서 공후를 끌어당겨 그 소리를 흉내 내니, 듣는 사람마다 눈물을 흘리고 울음을 삼키지 않는 사람이 없었다. 여옥이 그 소리를 이웃에

---

6) 「공무도하가」의 배경설화는 최표와 채옹의 두 계열로 나눌 수 있어 일반적으로 알려진 번역을 각각 소개하고 나머지는 원문만 제시한다.

사는 여용에게 전하고, 공후인이라 하였다.(『고금주』)7)

공후인은 조선의 진졸 곽리자고가 지은 것이다. 자고가 새벽에 일
어나 배를 저어 가는데, 광부(狂夫)가 머리를 풀어헤치고 술병을 들
고서 물을 건너려고 하였다. 그의 아내가 쫓아오면서 말렸으나, 강
가에 이르기도 전에 물에 빠져 죽었다. 이에 하늘을 우러러 탄식하
면서 공후를 연주하며 노래를 불렀다. 노래에 이르기를 …… 노래
가 끝나자 자신도 물에 몸을 던져 죽었다. 자고가 듣고 나서 슬퍼
하면서 금(琴)을 끌어당겨 연주하였고, 그 노랫소리를 본떠 공후인
을 지었으니, 이른바 공무도하곡이다.(『금조』)8)

公無渡河崔豹古今注曰　箜篌引者　朝鮮津卒霍里子高妻麗玉所作也
子高晨起刺船　有一白首狂夫　被髮提壺　亂流而渡　其妻隨而止之不及
遂墮河而死　於是援箜篌而歌曰　公無渡河　公竟渡河　墮河而死　將奈公
何　聲甚悽愴　曲終　亦投河而死　子高還以語麗玉麗　玉傷之　乃引箜篌
而寫其聲　聞者莫不墮淚飮泣　麗玉以其曲傳隣女麗容　名曰　箜篌引(『
宋本樂府詩集』卷26, 箜篌引)

琴操曰　箜篌引者　朝鮮津卒霍里子高所作也　子高晨刺船而濯　有一狂
夫　被髮提壺而渡　其妻追止之不及　墮河而死　乃號天噓唏鼓箜篌而歌
曲終　投河而死　子高援琴作其歌聲　故曰　箜篌引(『藝文類聚』卷44, 樂
府4, 箜篌引)

孔衍琴操曰　箜篌引者　朝鮮津卒霍里子高所作也　有一征夫　被髮提壺
涉河而渡　其妻追止之不及　墜河而死　乃號天噓唏　鼓箜篌而歌曰　公無
渡河　公竟渡河　公渡河而死　當奈何　曲終　投河而死　子高援琴作其歌
故曰　箜篌引操曰　朝鮮里子高爾(『初學記』卷16, 箜篌　第4)

箜篌引　霍里子高所作也　卽公無渡河曲　類聚引琴操曰 …… 朝鮮津卒

---

7) 箜篌引　朝鮮津卒霍里子高妻麗玉所作也　子高晨起　刺船而濯　有一白首狂夫　被髮提壺　亂流而渡　其妻隨呼
止之不及　遂墮河水死　於是援箜篌而鼓之　作公無渡河之歌　聲甚悽愴　曲終　自投河而死　霍里子高還　以其聲
語妻麗玉　玉傷之　乃引箜篌而寫其聲　聞者莫不墮淚飮泣焉　麗玉以其聲傳隣女麗容　名曰　箜篌引焉(『古今注』
卷中, 箜篌引)

8) 箜篌引者　朝鮮津卒霍里子高所作也　子高晨起　刺船而濯　有一狂夫　被髮提壺　涉河而渡　其妻追止之不及　墮
河而死　乃號天噓唏　鼓箜篌而歌曰　公無渡河　公竟渡河　公墮河死　當奈公何　曲終　自投河而死　子高聞而悲
之　乃援琴而鼓之　作箜篌引以象其聲　所謂公無渡河曲也(『琴操』卷上, 箜篌引)

霍里子高晨刺船而濯 有一狂夫 被髮提壺而渡 其妻追止之不及 墮河
而死 乃號天噓唏 鼓箜篌而歌云 公無渡河 公竟渡河 公墮河而死 當
奈公何 曲終 投河而死 子高援琴作其歌聲故曰 箜篌引(『增訂漢魏叢
書』)

箜篌引者 朝鮮津卒霍里子高所作也 子高晨刺船而濯 有一狂夫 被髮
提壺 墮河而死 其妻援箜篌而歌 曲終 亦投河而死 子高援琴作其歌聲
(『北堂書鈔』 卷110, 樂府6, 箜篌16)

　「공무도하가」는 『금조』(채옹)와 『고금주』(최표)를 중심으로 전승되었
는데 『송본악부시집』은 "一曰公無渡河崔豹古今注曰"이란 구절처럼 『고금
주』를, 그리고 『예문유취』, 『증정한위총서』, 『북당서초』는 모두 『금
조』를 인용하고 있다. 다만 『초학기』에서 孔衍의 『금조』를 인용하고
있지만 채옹의 『금조』와 동일하되 '狂夫'가 '征夫'로만 바뀌었을 뿐이
다. 두 계열로 나뉘어 전승된 만큼 등장인물에 대한 정보나 작자, 노
래의 전달 구조에서 차이가 있다. 예컨대 등장인물 정보의 경우, 자료
에 따라 '狂夫(『금조』, 『예문유취』, 『증정한위총서』, 『북당서초』)'·'白首
狂夫(『고금주』, 『송본악부시집』)'·'征夫(『초학기』)'로 나타나거나 새
로운 인물인 '麗玉'·'麗容(『고금주』)'이 등장하기도 한다. 즉 의미는
통하지만 각 전적마다 약간의 차이가 있는 것이다. 작자의 경우, 곽리
자고(『금조』)와 그의 처 여옥(『고금주』)으로 나눌 수 있지만 '曲終投河
而死'라는 기록으로 보아 실제 작자는 광부의 처일 수도 있다. 노래
전달구조의 경우, 『금조』에서는 1차 작자가 광부의 처이고 2차 작자
가 곽리자고이다. 『고금주』에서는 곽리자고를 통한 목격담을 전해들
은 여옥이 작자이면서 그 노래를 이웃 여자 여용에게 전하는 전달자
이기도 하다.9)

결국 이러한 차이들은 「공무도하가」의 배경설화를 온전히 이해하는 데 커다란 장애인데, 특히 두 계열 모두 남편의 죽음을 대하는 아내의 '鼓箜篌而歌 …… 曲終自投河(『금조』)'와 '援箜篌而鼓之 …… 曲終自投河(『고금주』)'라는 진술이 더욱 그렇다. 두 계열의 자료에서 등장인물에 대한 정보나 작가, 노래의 전달구조가 다르게 나타나지만 남편의 죽음에 대처하는 광부 처의 행동이 동일하다는 점에서 이에 대한 이해가 전제되어야 할 것이다.

최표와 채옹의 기록 중에서 어느 것이 타당한 것인지 가늠할 수 없는 상황에서, 「공무도하가」의 배경설화와 유사한 경우가 채옹과 최표의 문헌 안에 있는데 「기량처가」의 배경설화가 그것이다. 남편이 전쟁터에 나가 죽자 아내가 물에 빠져 죽었다는 내용이지만 채옹과 최표의 기록 사이에 차이가 약간 있다.

> 「기량처가」는 제읍(齊邑)에 살던 기량식(杞梁殖)의 처가 지은 것이다. 장공(莊公)이 거(莒)를 공격할 때 식(殖)이 전사하였다. 그의 처가 탄식하기를 '위로는 아버지가 없고 가운데로는 지아비가 없으며 아래로는 자식이 없어 안팎으로 의지할 바 없으니 장차 어찌 살 것인지 나의 절개로 어찌 두 남편을 섬길 수 있겠는가. 역시 죽을 수밖에 없구나.' 이에 금(琴)을 잡고 연주하기를, '기쁨은 처음 서로 만나는 것보다 기쁜 게 없고, 슬픔은 생이별보다 더 슬픈 게 없네, 슬픔이 황천(皇天)을 감동시켜 성을 무너뜨리네.' 곡이 끝나자 스스로 물에 빠져 죽었다.[10]

> 「기량처」는 기식 처의 누이 조일(朝日)이 지은 것이다. 기식이 전사

---

9) 「공무도하가」의 원전·제명·작자·국적·제작시기에 대한 정리는 졸고, 「공무도하곡론」, 『한국학연구』 6·7합집, 인하대한국학연구소, 1996, 참조.

10) 杞梁妻歌者 齊邑杞梁殖之妻所作也 莊公襲莒 殖戰而死 妻嘆曰 上則無父 中則無夫 下則無子 外無所依 內外所依 將何以立 吾節豈能更二哉 亦死而已矣 於是 乃援琴而鼓之曰 樂莫樂兮新相知 悲莫悲兮生別離 哀感皇天城爲墜 曲終 遂自投淄水而死(『금조』).

하자 그의 처가 탄식하기를 '위로는 아버지가 없고 가운데로는 지
아비가 없으며 아래로는 자식이 없으니 인생의 고통이 지극하겠구
나.' 하며 목소리를 높여 슬피 울었다. 기도(杞都)의 성(城)이 이에
감동하여 무너졌고 자신은 물에 빠져 죽었다. 그의 누이가 정조를
슬프게 여겨 「기량처」라는 노래를 지었다. 양(梁)은 식(植)의 자(字)
이다.11)

　　문헌에 따라 작자가 다른데, 특히 남편의 죽음에 대처하는 처의 행
동에서 큰 차이가 있다. 작자가 '기식의 처(『금조』)'이거나 '처의 누이
(『고금주』)'로, 처가 둘에 빠지기 전에 '援琴而鼓之(『금조』)'를 하거나
'長哭(『고금주』)'을 했다. 이러한 차이를 고려했을 때, 남편이 죽자 '援
琴'하며 노래를 지었다는 채옹의 진술보다 성이 무너질 정도로 슬프
게 울었(乃抗聲長哭 杞都城感之而頹)고 이어 물에 빠져 죽자 朝日이 누
이의 정조를 기리기 위해 노래를 지었다는 최표의 진술이 보다 개연
적이다. 채옹의 기록을 최표가 다소 설득력 있게 바꾼 것인데, 이는
최표가 『고금주』에서 「橫吹」를 설명하는 가운데 "後漢蔡邕益琴爲九弦'
처럼 채옹의 『금조』를 참고했다는 진술을 통해서도 익히 짐작할 수
있다. 그런데 최표의 기록에서 「기량처가」의 노랫말이 없기에 이에
대해서 채옹의 『금조』를 참고해야 하지만 노랫말은 그다지 신뢰할
만하지 못하다. 3행으로 구성된 「기량처가」에서 1~2행은 「楚辭」九歌
안의 「少司命」의 구절에 해당하는 "슬픔은 생이별보다 더 슬픈 게 없
고 / 기쁨은 처음 서로 만나는 것보다 기쁜 게 없네(悲莫悲兮生別離 / 樂
莫樂兮新相知)."를 바꾸어 놓았다는 점에서 이 노래가 과연 기량 처가
지은 것인지 회의감다저 든다. 다만 노랫말 제3행의 '슬픔이 황천을

---

11) 杞梁妻 杞植妻妹朝日之所作也 杞植戰死 妻嘆曰 上則無父 中則無夫 下則無子 生人之苦至矣 乃抗聲長
　　哭 杞都城感之而頹 邃投河水而死 其妹悲其姉之貞操 乃爲作歌名曰 杞梁妻焉 梁植字也(『고금주』).

감동시켜 성을 무너뜨리네(哀感皇天城爲墜)’가 최표의 기록 ‘기도의 성이 감동하여 무너진 것(杞都城感之而頹)’과 의미가 통할 뿐이다. 여기서 기량 처의 ‘長哭’이 성을 무너뜨릴 정도로 슬펐다는 것을 가리키는 ‘杞都城感之而頹’라는 표현이 등장한 이유를 살펴야 한다.

제나라의 장공이 거(莒)를 탈(奪)에서 습격할 때 기량이 전사했다. 그의 처가 영구(柩)를 길 위에서 맞이하여 슬피 울었다. 장공이 사람을 시켜 이를 조문하게 하자 기량의 아내가 말하기를 ‘주군의 신하로서 죄를 면치 못했다면 장차 그 시신을 저자에 벌여 놓고 또 처첩도 체포돼야 하지만 주군의 신하가 죄를 면했다면 선인(先人)의 폐려(敝廬)가 있으니 주군께서는 명을 욕되게 하지 마소서.’ 했다.12)

화주와 기량은 두 사람 모두 제나라의 신하였는데 거(莒) 땅에서 전사하자 그 아내가 곡하기를 애통하게 하니 국속(國俗)이 화하여 모두 곡을 잘하게 되었다.13)

제(齊) 나라 기량식(杞梁殖)의 아내다. 장공(莊公)이 거(莒)를 기습하였는데 식(殖)이 전사하였다. 장공이 돌아오면서 그의 아내를 만나시자(使者)를 보내 길에서 조문하자, 기량의 아내가 말하였다. ‘남편이 죄를 지었는데 임금께서는 어찌하여 군명(君命)을 욕되게 하십니까. 만약 남편의 죄를 면할 수 있게 해주신다면 첩에게는 선인(先人)의 초라한 집이나마 있으니, 첩이 제사를 지낼 수 있지 않겠습니까.’ 이에 장공이 마차를 돌려 그의 집에 이르러 예를 마친 후에 돌아갔다. 기량의 아내는 자식이 없었고, 부부 모두가 오속(五屬)의 친척이 없어 돌아갈 곳이 없었다. 아내는 남편의 시신을 가지고 성 아래에서 곡을 하였다. 지극한 정성이 사람을 감동시켜 길을 지나는 사람마다 모두 눈물을 흘렸고, 십 일이 지나자 성이 무너졌다. 장사를 지내고 나서 말하기를, ‘내가 어디로 돌아갈 것인가. 무릇 지어미 된 사람들은 모두 의지할 것이 있으니, 부모님이 살아 계시면 부모님께 의지하고, 지아비가 살아 있으면 지아비에게

---

12) 齊之莊公襲莒于奪 杞梁死焉 其妻迎其柩路 而哭之哀 莊公使人弔之 對曰 君之臣 不免於罪 則將肆諸市朝而妻妾執 君之臣 免於罪 則有先人之敝廬在 君無所辱命(『예기』).

13) 華周杞梁二人皆齊臣 戰死於莒 其妻哭之哀 國俗化之 皆善哭(『맹자』).

의지하며, 자식이 살아 있으면 자식에게 의지하는 것인데, 지금 나는 위로는 부모님이 없고 가운데로는 지아비가 없으며 아래로는 자식이 없구나. 안으로도 의지할 곳이 없으니 어디에서 내 정성을 알아줄 것이며, 밖으로도 의지할 곳이 없으니 어디에서 내 절개를 지키겠으며, 내 또한 어찌 두 남편을 섬길 수 있겠는가. 죽을 수밖에 없구나.' 하며, 치수(緇水)에 빠져 죽었다. 군자(君子)가 말하기를, 기량의 아내는 곧으며 예를 알았으니, 『시경』에 말하기를 '나의 마음 서글프니 그대와 함께 돌아가리.'라 한 것은 이것을 말함이다 하였다. 송(頌)에 이르기를, '기량이 전사하니, 그 아내가 상을 치르고, 장공이 길에서 조문하니, 피하면서 받지 않았네. 성 아래에서 곡을 하니, 성이 무너졌구나. 친척 하나 없어, 치수에 몸을 던져 버렸네.'14)

위의 기록들은 기량의 처가 전사한 남편을 장례하는 과정과 관련된 것으로 서로 교직되거나 그렇지 못한 부분이 있다. 그녀는 전사한 남편을 길에서 조문하게 하던 장공을 설득하여 실내에서 장사지내게 했(『예기』, 「열녀전」)고 남편과 자식이 없는 상태에서 절개를 운운하며 물에 빠져 죽었(「열녀전」)다. 무엇보다 세 기록에 공유하는 것은 기량 처의 '哭之'이다. 國俗이 바뀔 만큼 모든 자들이 '善哭(『맹자』)'하게 됐다는 부분은 기량 처가 물에 빠지기 전, 그녀의 곡소리에 지나가던 사람들이 눈물을 흘리지 않은 자가 없(哭之 內誠動人 道路過者莫不爲之揮涕; 「열녀전」)다는 것과 동일하다. 성을 무너뜨렸다(城爲之崩)는 진술(「열녀전」)이 부기될 정도로 그녀의 곡이 대단했던 것이다. 물론 기량 처의 죽음을 칭송했던 '哭夫于城 城爲之崩(「열녀전」)'이란 구

---

14) 齊杞梁殖之妻也 莊公襲莒 殖戰而死 莊公歸 遇其妻 使使者吊之于路 杞梁妻曰 今殖有罪 君何辱命焉 令殖免于罪 則賤妾有先人之弊廬在下 妾不得與郊吊 于是莊公乃還車詣其室 成禮然後去 杞梁之妻無子 內外皆無五屬之親 既無所歸 乃就其夫之尸于城下而哭之 內誠動人 道路過者莫不爲之揮涕 十日 而城爲之崩 既葬曰 吾何歸矣 夫婦人必有所倚者也 父在則倚父 夫在則倚夫 子在則倚子 今吾上則無父 中則無夫 下則無子 內無所衣 以見吾誠 外無所倚 以立吾節 吾豈能更二哉 亦死而已 遂赴淄水而死 君子謂杞梁之妻貞而知禮 詩云 我心傷悲 聊與子同歸 此之謂也 頌曰 杞梁戰死 其妻收喪 齊莊道吊 避不敢當 哭夫于城 城爲之崩 自以無親 赴淄而薨(「열녀전」).

절도 '선곡'에 대한 지적이다. 결국 '哀感皇天城爲墜(『금조』)'와 '杞都城感之而頹(『고금주』)'는 '城爲之崩(「열녀전」)'과 유사한 표현으로 그 의미의 중심에는 기량 처의 '哭之哀(『예기』, 『맹자』)', 즉 '善哭'이 자리 잡고 있다.

그런데 『예기』, 『맹자』, 「열녀전」, 『금조』, 『고금주』가 모두 기량 처의 죽음을 다루고 있지만 채옹의 『금조』에 낯선 진술이 눈에 띈다. 남편의 죽음에 대하여 그의 처가 '哭之(『예기』, 『맹자』, 「열녀전」)'와 '長哭(『고금주』)'으로 대처하지만 채옹의 『금조』는 '援琴而鼓之'으로 나타난다. 남편의 전사를 '援琴而鼓之'로 대처하는 것은 예외적인 일이기에 이에 대해서는 다른 접근이 필요하다. 『예기』와 『맹자』의 경우, '남편의 전사 →哭之哀'이고 「열녀전」과 『고금주』의 경우, '남편의 전사 →哭之(長哭) →城爲之崩 →投河'이지만 『금조』는 '남편의 전사 → 援琴而鼓之 →노랫말 제3행(哀感皇天城爲墜) →曲終 →投河'이다. '哭之哀(『예기』, 『맹자』)'와 '哭之(「열녀전」)'와 '長哭(『고금주』)'을 채옹이 『금조』에서 '援琴而鼓之→曲終'으로 대체시켰던 것이다. 채옹이 「기량처가」의 노랫말에 '슬픔이 황천을 감동시켜 성을 무너뜨리네(哀感皇天城爲墜).'를 넣은 것으로 보아 기량 처의 '善哭'을 인정하면서도 남편의 죽음에 대처하는 그녀의 모습을 '援琴而鼓之'로 진술한 셈인데, 여기서 '曲終'의 '曲'이 '哭'과 漢語 발음상 동일하며 '哭'이 '歌'와 상통한다는 점에 주목해야 한다.[15] '曲終'은 '노래를 마침'보다 '哭을 마침'으로 이해해야 한다는 것이다. 기량 처의 哭이 일반인들의 哭과 견줄 수 없을 정도였다는 것은 '哭之哀(『예기』, 『맹자』)'나 '道路過者莫不爲

之揮涕・城爲之崩(「열녀전」)'을 통해서도 확인할 수 있기에, 부인의 곡은 괴성에 가까운 것이 아니라 일정한 선율을 느낄 수 있는 처연한 哭으로 단어 그대로 '善哭'이었다. '哭'이 '歌'와 상통하듯 그녀의 곡은 '歌'에 가까웠던 것이다. 그래서 기량 처의 '哭之哀(『예기』, 『맹자』)'나 '哭之(「열녀전」)'나 '長哭(『고금주』)'이 일정한 선율을 동반한 마치 '琴을 잡고 두드리는 듯'했다고 나타내기 위해 '援琴而鼓之'로 표현한 것이다. 물론 이러한 표현이 진술되기에 앞서 '哭終'이 '曲終'과 발음상 동일하다는 점도 고려되어 있다.

끝으로 하나 더 지적할 점은 『예기』나 『맹자』에는 기량 처의 '哭之哀'만 진술됐는데 이후 유향의 「열녀전」에 이르러 그녀의 '投河'가 생성되기 시작했다는 것이다. 「열녀전」의 이러한 경향은 『금조』와 『고금주』로 이어졌다. 「열녀전」은 이미 기량 처의 '善哭'을 '道路過者莫不爲之揮涕・城爲之崩'으로 비유할 정도로 인정하면서 남편과 자식이 없는 상태에서 절개를 운운하며 물에 빠져 죽는 모습으로 그리고 있다. '열녀'라는 제목에 충실하려는 의도도 있었겠지만 그것보다는 남편의 죽음에 대한 아내의 '선곡' 다시 말해 온전한 '哭之哀'을 나타내기 위한 방편으로 '투하'를 부언했을 수도 있다.

3. 「공무도하가」 배경설화의 이해와 주변문제

기량 처의 죽음과 관련하여 유향, 채옹, 최표의 기록이 어떤 차이가 있었는지 살핌에 따라 「공무도하가」 배경설화 이해에 대한 시사를 받을 수 있다.

공후인은 조선의 진졸 곽리자고가 지은 것이다. 자고가 새벽에 일어나 배를 저어 가는데, 광부(狂夫)가 머리를 풀어헤치고 술병을 들고서 물을 건너려고 하였다. 그의 아내가 쫓아오면서 말렸으나, 강가에 이르기도 전에 물에 빠져 죽었다. 이에 하늘을 우러러 탄식하면서 공후를 연주하며 노래(鼓箜篌而歌歌)를 불렀다. …… 곡(曲)이 끝나자 자신도 물에 몸을 던져 죽었다. 자고가 듣고 나서 슬퍼하면서 금(琴)을 끌어당겨 연주하였고, 그 노랫소리를 본떠 공후인을 지었으니, 이른바 공무도하곡이다.(『금조』)[16]

공후인은 조선의 진졸 곽리자고의 처 여옥이 지은 것이다. 자고가 새벽에 일어나 배를 저어 가는데, 머리가 흰 광부(狂夫)가 머리를 풀어헤치고 술병을 들고서 어지러이 흐르는 강을 건너려고 하였다. 그의 아내가 멈추라고 소리치면서 따라왔으나, 아내가 강가에 이르기 전에 그는 마침내 물에 빠져 죽었다. 이에 아내는 공후를 끌어당겨 연주(援箜篌而鼓之)하면서 공무도하의 노래(歌)를 불렀다. 소리가 매우 구슬펐는데, 곡(曲)이 끝나자 자신도 물에 몸을 던져 죽었다. 곽리자고가 돌아와 그 소리를 아내 여옥에게 말해 주었다. 여옥은 슬퍼하면서 공후를 끌어당겨 그 소리를 흉내 내니, 듣는 사람마다 눈물을 흘리고 울음을 삼키지 않는 사람이 없었다. 여옥이 그 소리를 이웃에 사는 여용에게 전하고, 공후인이라 하였다.(『고금주』)[17]

채옹의 『금조』에 비해 최표의 『고금주』가 타당한 진술로 보인다. '뱃사공(津卒)'에 해당하는 '곽리자고'가 새벽녘에 악기를 소지하고 있었고 부부의 죽음을 목격한 후 악기를 두드리며 노래를 지었다(乃援琴而鼓之作箜篌引)는 진술보다 곽리자고의 목격담을 전해들은 여옥이 노래를 지은 정황이 다소 개연적이다. 채옹에 비해 최표가 개연적

---

16) 箜篌引者 朝鮮津卒霍里子高所作也 子高晨起 刺船而濯 有一狂夫 被髮提壺 涉河而渡 其妻追止之不及 墮河而死 乃號天噓唏 鼓箜篌而歌曰 …… 曲終 自投河而死 子高聞而悲之 乃援琴而鼓之 作箜篌引以象 其聲 所謂公無渡河曲也(『금조』).

17) 箜篌引 朝鮮津卒霍里子高妻麗玉所作也 子高晨起 刺船而濯 有一白首狂夫 被髮提壺 亂流而渡 其妻隨呼 止之不及 遂墮河水死 於是援箜篌而鼓之 作公無渡河之歌 聲甚悽愴 曲終 自投河而死 霍里子高還 以其聲 語妻麗玉 玉傷之 乃引箜篌而寫其聲 聞者莫不墮淚飮泣焉 麗玉以其聲傳隣女麗容 名曰 箜篌引焉(『고금주』).

진술에 가깝다는 것은 「기량처가」의 배경설화에서도 이미 지적한 바 있다. 다만 남편의 죽음을 '鼓箜篌而歌(『금조』)'나 '援箜篌而鼓之(『고금주』)'로 대처하는 모습과 曲을 마친 후 물에 빠져 죽었(曲終自投河而死)다는 광부 처의 행동은 두 기록이 동일하다. 「공무도하가」와 관련해 채옹과 최표의 두 기록이 공유하고 있는 부분은 「기량처가」 배경설화에 진술된 "乃援琴而鼓之 …… 曲終 遂自投淄水而死(『금조』)"의 모습과 다름 아니다. 그런데 『예기』와 『맹자』, 그리고 「열녀전」에 기대어 볼 때, 기량의 죽음에 더처하는 모습과 관련하여 채옹이 '援琴而鼓之'라고 표현한 것은 기량 처의 '哭之'가 예사사람에 비해 처연했던 점을 강조하기 위해서였다. 물론 이러한 표현이 가능했던 것에 '哭終'이 '曲終'과 발음상 동일하다는 점도 고려되었다. 그래서 「공무도하가」 설화의 '鼓箜篌而歌 …… 曲終自投河而死'는 「기량처가」의 '乃援琴而鼓之 …… 曲終遂自投淄水而死'와 동일하기에 후자를 통해 전자를 재구해 낼 수 있다. 이른바 '鼓箜篌而歌 …… 曲終自投河而死'에서 '曲終'은 '哭終'과 동일하며 '鼓箜篌而歌'는 공후를 연주하며 노래를 부른 것이기보다 선율감을 동반한 '哭(善哭)'을 가리킨다는 것이다. 남편의 죽음을 끝내 막지 못한 아내가 구슬프게 울었(號天噓唏)다는 진술을 통해서도 '鼓箜篌'는 마치 공후연주를 연상케 하는 哭聲(善哭)으로 이해해야 한다. 물론 부인의 곡성을 사람의 감정을 뒤흔드는 경향을 띤 공후의 음색과 유사한 것으로 여겼던 것이다.[18]

채옹과 최표의 기록에서 '鼓箜篌而歌 …… 曲終'의 의미를 재구함에

---

18) 공후의 악기소리가 鄭衛之音(『樂府雜錄』, "箜篌及鄭衛之音權餘也 以亡國之音")으로 지칭된다. 그리고 최표의 『고금주』에 있는 "寫其聲聞者莫不墮淚飮泣焉"을 통해서도 공후가 비통한 음색을 지녔다는 것을 알 수 있다.

따라 배경설화의 근간에 좀 더 접근할 수 있었다. 그에 따라 '鼓箜篌
而歌曰'과 '曲終' 사이에 있는 「공무도하가」는 노래가 아니라 곡성과
관련된 사설로 이해해야 한다. 이것은 哭과 哭 사이에 부언되는 사설
이거나 곡에 포함돼 있는 사설로 亡者에 대한 남아 있는 자의 넋두리
에 해당한다. 예컨대 어처구니없는 죽음을 보내야 하는 사람의 곡성
을 상정해 보면, 곡성에 섞여 나오는 넋두리에는 망자의 인상적인 생
전의 모습을 포함하여 죽음에 이르는 과정이 포함되기 마련이다. 실
제로 「공무도하가」는 한 남자의 죽음과 남아 있는 자의 심사가 시간
순서에 의해 진술된 형태로 갑작스런 죽음을 애통해 하는 부인의 넋
두리이다. 광부 처의 곡성이 「공무도하가」의 계기였다는 점은 개연적
진술과 거리가 있는 채옹의 『금조』에서도 확인할 수 있는데 곽리자
고가 악기를 두드리며 노래를 지을 때 광부 처의 곡성을 본떴다는 진
술(以象其聲)이 그것이다.

　이제는 '白首'라는 단어도 걷어 내야 한다. 새벽녘에 부부가 자발적
으로 물에 빠져 죽는 일은 흔치 않기에 채옹이 남자를 '광부'로 칭했
지만 최표는 거기에 '백수'를 얹어 광부를 더욱 신비스런 분위기로
만들었다. 채옹에 비해 개연적 진술을 하던 최표가 보기에도 '백수'라
는 표현을 넣어야 할 정도로 새벽녘에 계속된 남녀의 投河는 생소한
사건이었다. 그들은 '광부'나 '백수'에 그치지 않고 앞에 언급했듯이
남편 죽음에 대처하는 처의 곡성을 '鼓箜篌而歌 …… 曲終'으로 표현하
여 부인마저 일반적 행동과 거리를 두게 했다. 그러나 인간이 물속에
서 자유롭지 못한 이상 강물과 죽음은 어느 시대건 연계되기 마련이
고 실제로 溺死는 자주 일어나는 일이기도 했다. 특히 음주상태에 있
을 경우 죽음과 더욱 가까울 수밖에 없다. 다만 부부가 강물에 자발

적으로 연속 빠져 죽는 일은 드물며 특히 물에 빠지기 전 곡성이 '선곡'인 것은 더더욱 그렇다.

「공무도하가」 배경설화의 근간은 남편의 익사사고와 그에 따른 부인의 곡성이라 할 수 있다. 남편의 익사와 부인의 곡은 어느 시대든 발견할 수 있는 것이지만, 곡성이 단순히 곡에 한정된 게 아니라 악기연주와 같은 선율감을 느낄 정도는 흔치 않다. 특히 그러한 곡성이 구사되는 시간이 청력이 예민하게 기능할 수 있는 새벽녘이었다면 곡을 듣는 자들에게 큰 충격을 주었을 것이다.[19] 결국 「공무도하가」 배경설화는 '남편의 익사와 처의 처연한 곡성'을 계기로 출발했고 이후 전승과정에서 '광부', '백수광부', '援琴而鼓之' 등의 수사적 표현과 새로운 인물들이 첨가되면서 단순설화에서 복합설화로 바뀌었던 것이다. 흔히 시간의 경과에 따른 단순설화에서 복합설화로의 이행을 지적하는 논의들에 대해 이 글은 전적으로 공감한다.[20] 이를 구체적으로 말하면, '남편의 익사와 처의 처연한 곡성'이 사실담으로 전승되다가 '광부·백수광부'와 '鼓箜篌而歌 …… 曲終'이란 표현과 관련한 곽리자고의 목격담으로 변이, 이후 여옥과 여용이 등장하여 노래가 세상에 전하게 된 유포담이 첨가된 것이다. 사실담에서 목격담(채옹), 목격담에서 좀 더 개연적인 부분이 보강된 유포담(최표)과 밀접한 「공무도하가」는, 광부 처의 곡성이 공후를 연주하듯이 처연했(聲甚悽愴)

---

19) 향가를 잘 부른다는 '선향가(善鄕歌)'와 유일하게 결부된 영재의 경우, 도적들 앞에서 노래를 부른 시간과 공간은 각각 '해질녘'과 '대현령'이었다. 대단한 가창능력을 지닌 영재가 청력이 예민해진 시간에 산울림(echo)이 가능한 곳에서 노래를 불렀을 때 도적들이 받는 충격은 엄청났다. 그래서 승려에게조차 칼을 들이대던 흉악한 자들이 전혀 경험하지 못했던 노래를 계기로 무기를 내려놓았던 것이지 향가에 주술적인 것이 있어서가 아니다. 졸고, 「향가의 가창현장과 우적가」, 『우리문학연구』 15집, 우리문학회, 2002(『한국고시가의 새로운 인식』, 경인문화사, 2003, 재수록).

20) 김학성, 앞의 글, 286~268면; 성기옥, 앞의 글, 29면.

고 곽리자고가 그것을 처에게 전달(其聲語妻)하자 여옥이 곡성을 베껴 지은(寫其聲) 노래였다. 그리고 그녀가 여용에게 노래를 전함에 따라 세상에 알려지게 된 것이다.

광부 처의 행동을 중심으로 배경설화의 생성과 변이를 일별해 보았다. 이를 토대로 선행 논의에 기대 주변문제를 검토할 차례이다. 먼저 두 계열로 나뉘어 전승된 배경설화에서 곽리자고의 목격담은 채옹 시기(133~192)에, 여옥과 여용이 등장한 유포담은 최표 시기(290~306)에 문헌에 정착된 듯하다. 후대에 작자와 등장인물이 바뀐 것은 100년의 시차만큼 최표가 개연적 진술을 보강했기 때문이다.[21] 채옹의 진술에서 남편의 죽음을 제지하러 쫓아오던 아내가 휴대했던 공후와 그것을 목격하던 곽리자고가 '琴'을 두드리며 「공무도하가」를 지었다는 것은 이 악기들이 일반화되었던 시기를 가리킨다. 인도계 하프를 중국식으로 개조하여 사용하기 시작한 臥箜篌가 공후로 불리면서 빠르게 확산된 시기와 琴·瑟이 성행하게 된 시기가 한의 무제(B.C. 142~87) 때라 한다.[22] 등장인물들이 휴대한 악기의 성행 및 확산 시기를 고려하면, 이 시기 이전의 설화에는 악기가 등장하지 않았던 것으로 판단된다. 추단하건대 광부 처의 '乃號天噓唏鼓箜篌而歌曰 …… 曲終'은 단순히 '乃號天噓唏 …… 哭終'으로 전승되었을 것이다. 그러다가 공후와 琴의 확산 및 성행을 계기로 광부 처의 처연한 곡성이 '乃號天噓唏鼓箜篌而歌曰 …… 曲終'으로 변형됐는데 이는 앞에서 언급한 「기량처가」 배경설화의 경우에서 이미 지적한 바 있다. 곡성이 악기연주

---

21) 최표는 『고금주』에서 「橫吹」를 설명하면서 채옹의 『금조』를 참고했다는 진술(後漢蔡邕盆琴爲九弦)을 하고 있다.

22) 성기옥, 앞의 글, 31면.

로 대체되기 이전, 곡성이 예사롭지 않은 여자가 남편을 따라 물에 빠져 죽은 사건이 있었다.[23] 그 사건을 전승하는 자들은 아내의 곡성처럼 구사하지는 못했지만- 곡성에 동반한 사설(「공무도하가」)을 동일하게 전승시킬 수 있었다. 무엇보다 전승자들이 광부 처의 사설을 온전히 전승시킬 수 있었던 것은 남편의 익사에 따른 부인의 심사가 기억하기 쉬운 시간순서에 의해 진술돼 있으며 형식 또한 단형이었기 때문이다. 그래서 특정지역에서 출발한 설화와 노래가 보편성을 얻어 중국으로 유입되는 과정에서 변이가 일어나기 마련이지만 노래의 변이는 거의 없었던 것으로 생각된다. 물론 사설이 온전히 전승되는 고정에 아내의 세련된 선곡과 관련된 부분도 어떤 형태로든 존재했을 것이다.[24]

다음은 「공무도하가」의 생성과 전승에 대한 논의를 정치하게 전개했던 선행 연구자의 주장으로 남편의 죽음에 대처하는 광부 처의 행동과 밀접하다.

> 처음 대동강 유역에서 자생하여 민요로 정착하기까지 걸렸을 시간, 그리고 민요로 정착하여 중국에까지 파급될 만큼 크게 세력을 떨치게 되기까지 걸렸을 시간을 생각한다면, 아마도 줄잡아서 2~3세기는 충분히 걸렸을 것이다. 그렇다면 「공무도하가」는 기원전 3~4세기경에 이루어진 작품으로 볼 수 있는 것이다.[25]

---

23) 『예기』나 『맹자』에서 기량 처의 '哭之哀'라는 진술만 있을 뿐 그녀의 '투하'는 「결녀전」에서부터 생성되기 시작한 것이라 할 때, 광부 처의 투하가 일어나지 않았을 수도 있다. 다만 아내의 처연한 곡성, 즉 '哭'다운 '선곡'을 강조하기 위해 '투하'가 부언됐을 수도 있다.

24) 중국으로 전승되기 전에 광부 처의 '선곡'이 우리 측의 악기와 관련된 표현이었다가 중국으로 넘어가서 그들과 친연한 악기로 대체됐을 가능성도 있다. 그러나 우리의 고유 악기에 대한 구체적 자료가 없는 관계로 이에 대해서는 차후의 과제로 남긴다.

25) 성기옥, 앞의 글, 36~37면.

　　대동강 주변에 한하여 전승되던 설화와 노래가 점차 보편화되다가 한사군 설치(B.C. 108)를 계기로 중국에 유입됐다고 한다.[26] 설화와 노래의 전승을 살펴보면, 먼저 대동강에서 있었던 남편의 익사에 따른 부인의 곡성은 사설을 동반한 것이었다. 부인은 자신의 곡성이 다른 사람들에게 세련된 노래로 들린다는 것조차 인지하지 못하고 그저 남편의 죽음에 대한 '哭之哀'를 할 뿐이었다. 그러나 부인의 곡은 예사사람들이 쉽게 경험할 수 없었던 처연한 선율을 지니고 있었다. 처음에는 남편의 죽음과 부인의 곡성, 그리고 곡성에 섞여 나오는 사설이 대동강 주변에서만 머물다가 이후 지역적 한계를 넘어 다른 지역까지 퍼져 나갈 정도로 전승의 범위가 넓어졌던 것이다.

　　결국 배경설화의 생성과 전승, 등장인물의 휴대악기와 그것의 성행 및 확산시기를 고려하면 남편의 투하와 부인의 善哭이 기원전 3~4세기 대동강에서 있었고 그것이 2~3세기 동안 주변으로 점점 광포화되다가 한사군 설치(B.C. 108)를 계기로 중국으로 전승될 수 있었다. 중국으로 전승되던 시기와 등장인물들이 휴대했던 악기의 성행시기가 교직한다는 점, 특정사건이 발생하여 지역을 벗어나 보편적 호응을 얻어 나가던 기간이 2~3세기라는 점에서 설화와 노래의 출발을 기원전 3~4세기로 추정하는 것은 타당하다. 그리고 중국으로 유입된 시기와 악기의 성행시기가 교직됨에 따라 광부 처의 선곡과 관련된 '乃號天噓唏 …… 哭終'이라는 진술이 '乃號天噓唏鼓箜篌而歌曰 …… 曲終'으로 변할 수 있었던 것이다. 물론 이러한 변이의 중심에는 남편의 죽음에 대하여 글자 그대로 선곡할 줄 알았던 그의 처가 있었다.

---

26) 위의 글, 28면.

4. 결론

「공무도하가」에 대한 연구는 양재연에서 시작하여 지금에 이르기까지 반세기가 넘는다. 그동안 작자, 작품의 명칭, 작자의 국적, 설화의 이해 등 연구성과가 적지 않았지만 이설이 여전히 분분하다. 이 노래에 대한 관심과 혼란은 한치윤의『해동역사』에 최표의『고금주』가 소개되면서 시작되었는데 중국 측 자료에 기댈 수박에 없는 상황에서 기량 처와 관련된 기록이『금조』와『고금주』, 그리고『예기』와『맹자』,「열녀전」에 등시에 수록돼 있어「공무도하가」의 배경설화이 나타난 광부 처의 행동을 이해하는 데 시사를 받을 수 있었다.

「공무도하가」 배경설화는 대동강변에서 일어난 '남편의 익사와 처의 처연한 곡성'이라는 단순한 사건을 계기로 출발했다. 이후 단순설화가 전승되면서 '광부', '백수광부', '援琴而鼓之'와 같은 수사적 표현과 '여옥' '여용'이라는 새로운 인물들이 첨가되면서 복합설화로 바뀌었다. 특히 남편의 죽음에 부인이 공후를 연주하며 노래를 부르는 모습(鼓箜篌而歌 …… 曲終自投河而死)은 부인을 신비로운 성향을 지닌 인물로 파악하게 하는 단서였다. 하지만 이는 배경설화가 전승되면서 생긴 것으로 선율감을 동반한 부인의 처연한 곡성(乃號天噓唏 …… 哭終)을 가리킨다. 광부의 처와 관련된 신비스런 요소를 걷어 낼 수 있었던 것에 曲終이 哭終고- 발음이 동일하다는 점도 고려되었다. 그에 따라「공무도하가」는 곡성에 섞여 나오거나 곡성과 곡성 사이에 진술된 사설이라 할 수 있다. 노랫말이 기억하기 알맞은 단형이면서 시간순서로 진술돼 있으며 망자를 보내는 자의 심사가 개입돼 있는 것도 위와 같은 사정에서다.

「황조가」 해석의 다양성과 가능성
-『삼국사기』와 『시경』의 글자용례를 통해*

1. 서론

　이 글의 목적은 『삼국사기』와 『시경』의 글자용례를 통해 「황조가」의 해당기록과 노랫말을 이해하는 데 있다. 글자용례에 기대어서 「황조가」를 이해하는 일이 기존의 논의가 지닌 한계를 얼마나 극복할 것인지 회의적일 수 있지만 『삼국사기』의 해당기록과 노랫말에 사용된 글자들은 담당자가 임의로 선택한 게 아니기에 이를 감안하는 것도 연구의 한 방법일 수 있다. 그래서 유리왕 기록에서 가장 앞서는 『삼국사기』의 글자용례가 미시적인 접근 방법이라 하더라도 그동안 다양하게 제기됐던 작자, 창작시기, 연모대상, 노래성격과 관련한 문제를 점검하는 것은 물론 이를 계기로 해석의 가능성을 모색할 수 있다.[1]

---

 * 이 글은 『국어국문학』 151호(국어국문학회, 2009)에 수록된 것임.

1) 「황조가」에 대한 연구사는 이경수, 김학성, 김영수, 임주탁·주문경 등이 검토한 바 있다. 이경수, 「황조가의 해석」, 『한국문학사의 쟁점』, 집문당, 1986; 김학성, 「황조가의 작품성격」, 『한국고전시가작품론』 1, 집문당, 1992; 김영수, 「황조가 연구 재고―악부시 '황조가'의 해석을 원용하여」, 『한국시가연구』 6집, 한국시가학회, 2000; 임주탁·주문경, 「황조가의 새로운 해석―관련서사의 서술의도와 관련하여」, 『관악어문연구』 29집, 서울대국문과, 2004.

「황조가」 해석의 다양성은 '雉姬慙恨亡歸 王聞之 策馬追之 雉姬怒不還 王嘗息樹下 見黃鳥飛集 乃感而歌曰'에서 출발하였다. 예컨대 '作歌曰'로 표현됐다면 작자에 대한 아무런 논란이 없었을 텐데 '乃感而歌曰'로 말미암아 '유리왕 개인 창작설'과 '유리왕 개인 수용설'로 나뉘었던 게 그간의 사정이다. 게다가 '王嘗息樹下 見黃鳥飛集 乃感而歌曰'에서 '嘗'이 가리키는 시기에 따라 연모대상이 치희이거나 송씨, 혹은 다른 인물일 수 있었고 이것이 노래의 제작시기와 노래의 성격을 규정짓는 문제와 밀접하게 연겨될 수밖에 없었다.

근자의 성과에 따르면 「황조가」와 관련된 악부시와 사관의 평가어 기대어 「황조가」를 "유리왕이 즉위한 이후 국정을 수행하는 과정에서 통치자로서의 능력의 한계를 느낄 때마다 자탄가로 불려진 노래"[2]라 하거나 '樹下 黃鳥飛集'이란 표현에 주목하여 "나무가 황조들이 보금자리를 찾아 날아들어(歸巢) 서로 다정하게 노는 공간인 데 반해 자신에게는 누구도 황조들처럼 붙좇지(歸附, 歸依) 않음을 노래크 표현"[3]했다는 논의가 있었다. 후자의 논의도 전자처럼 사관의 평가를 수용하여 「황조가」에 적용시킨 경우로 여기서 붙좇지 않는 대상은 토착세력, 송씨, 치희와 화희일 수 있다는 것이다.[4] 그리고 유리왕의 행적이 신화적인 것이기에 이와 관련된 화희와 치희의 갈등을 '죽음과 재생의 계절제의'를 의미하는 것으로 파악하여 「황조가」를 "제의에서 불린 집단적 서정가요"[5]라 하였다. 끝으로 노래의 작자와 가

---

2) 김영수, 앞의 글, 42면.

3) 임주탁 · 주문경, 앞의 글, 457면.

4) 위의 글, 461면.

5) 허남춘, 「황조가 신고찰」, 『한국시가연구』 5집, 한국시가학회, 1999, 30면.

창시기를 논의하기 위해 배경설화를 텍스트 언어학과 인류학의 관점에서 분석하는 새로운 시도가 있었는데, 이에 따르면 「황조가」는 "유리왕이 지은 것이 아니고 화희와 치희의 갈등과 관련된 것도 아니며 단지 왕이 불렀다는 이유로 정사에 기록된 노래"[6]라는 것이다.

이렇듯 '雉姬慙恨亡歸 王聞之 策馬追之 雉姬怒不還 王嘗息樹下 見黃鳥飛集 乃感而歌曰'을 이해하는 방향에 따라 「황조가」 해석이 다양했던 것이다. 무엇보다 「황조가」에 대한 논의는 해당기록을 이해하는 데에서 출발해야 하며 이것의 한 방법이 『삼국사기』와 『시경』의 글자용례에 기대는 것이다. 이것은 「황조가」가 『삼국사기』에 수록되는 경위를 살피는 일과 밀접한데 본문에서 언급하겠지만 「황조가」가 '철저한 시경투'인 만큼 해당 조어가 『시경』에서 사용된 각각의 경우를 감안해야 노래의 수록 과정에 가담했던 담당자를 고려한 해석이 가능하다는 것이다.

2. 해석의 다양성 - 『삼국사기』에 나타난 '嘗'과 '歌'의 용례

「황조가」 해석의 다양성은 '雉姬慙恨亡歸 王聞之 策馬追之 雉姬怒不還 王嘗息樹下 見黃鳥飛集 乃感而歌曰'의 이해에 따라 양산되었다고 해도 과언이 아니다. 특히 치희의 '亡歸' 이후, 왕이 일찍이 나무 밑에서 쉬다가 황조가 모여드는 것을 보고 느낀 바 있어 노래했다는 '王嘗息樹下 見黃鳥飛集 乃感而歌曰'을 어떻게 이해하느냐가 「황조가」 해석의 관건이었다. 해당기록이 『삼국사기』를 포함해서 이후에 어떻게 나타나

---

6) 조용호, 「황조가의 구애민요적 성격」, 『고전문학연구』 32호, 한국고전문학연구회, 2007, 25면.

는지 기술하면 아래와 같다.

雉姬慙恨亡歸 王聞之 策馬追之 雉姬怒不還 王嘗息樹下 見黃鳥飛集
乃感而歌曰(『삼국사기』)

雉姬慙恨亡歸 王聞親自追之 雉姬怒不肯返 王息樹下 見黃鳥飛集 乃
感而歌曰(『삼국사절요』)

雉姬慙恨亡歸 王聞親自追之 雉姬怒不肯返 王息樹下 見黃鳥飛集 感
而歌曰(『신증동국여지승람』)

雉姬慙恨亡歸 王聞之 策馬追之 雉姬不還 王息樹下 見黃鳥飛集 感
而作歌曰(『동사강목』)

雉姬慙恨亡歸 王親追之 息林下 見黃鳥飛集歌曰(『대동운부군옥』)

시대순으로 나열된 위의 기록들은 모두 치희의 '亡歸'와 유리왕의
'追之'를 언급하고 있다. 다만 『삼국사기』의 기록 '王嘗息樹下 見黃鳥飛
集 乃感而歌曰'이 후대로 내려오면서 변화를 겪는다. '王嘗息樹下(『삼국
사기』)'라는 표현에서 '王息樹下(『삼국사절요』, 『신증동국여지승람』, 『동
사강목』)'처럼 '嘗'이 빠지는데 이는 '息林下(『대동운부군옥』)'의 경우
도 마찬가지이다. 기록에서 가장 앞서는 『삼국사기』에만 '嘗'이 있고
이후의 기록에서 사라졌다는 것이다. 그리고 '歌曰(『삼국사기』)'은 '作
歌曰(『동사강목』)' 이외에 모두 그대로 나타난다. '歌曰'이 '作歌曰'로
표현된 것은 「황조가」의 작자를 안정복이 유리왕으로 확신했기 때문
이다. '嘗'·'歌'와 관련하여 『삼국사기』의 기록이 후대로 내려오면서
글자에 변동이 있다는 점을 확인했는데 이는 「황조가」를 둘러싼 해
석 다양성의 원인이기도 하다.

먼저 『삼국사기』에만 나타나는 '嘗'은 가창시기를 가리키는 글자이다. '상'을 일반적으로 '일찍이 ~한 적이 있다'로 해석하는데 『삼국사기』 안에서 40여 차례 사용된 경우를 살펴보더라도 이러한 해석이 틀리지는 않다.7) '상'이 사용된 기록들을 면밀히 살펴보면 「황조가」의 해당기록에서 '嘗'이 다양한 시기와 관계됐다는 점을 지적할 수 있다.

> 여름 5월에 두꺼비가 궁궐 서쪽 옥문지(玉門池)에 많이 모였다. 왕이 이를 듣고 좌우에 말하였다. "두꺼비는 성난 눈을 가지고 있으니 이는 병사의 모습이다. 내가 일찍이 듣건대(吾嘗聞), 서남쪽 변경에 이름이 옥문곡(玉門谷)이라는 땅이 있다고 하니 혹시 이웃나라 군사가 그 안에 숨어 들어온 것은 아닐까?"8)

> 솔거는 신라 사람으로 출생이 한미하였기에 그 씨족의 계보가 기록되어 있지 않다. 선천적으로 그림을 잘 그렸다. 일찍이 황룡사 벽에 늙은 소나무를 그렸는데(生而善畫 嘗於皇龍寺壁畫老松) 줄기에는 비늘처럼 터져 주름지었고 가지와 잎이 얼기설기 서리어 까마귀, 솔개, 제비, 참새들이 가끔 바라보고 날아들었다가 도달함에 미쳐 허둥거리다가 떨어지곤 하였다.9)

'상'의 기능은 크게 대화 안에서 발화자 자신의 과거경험을 진술하는 경우와 산문기록 안에서 특정한 사례를 부연하는 것으로 구분할 수 있다. 전자는 선덕왕이 '일찍이 들어본 적이 있다는 옥문곡(吾嘗聞)'에 나타나듯 '상' 용례의 대부분이다.10) 다만 선덕왕이 '일찍이 들

---

7) '상'이란 글자가 인명 '孟嘗君'(『삼국사기』 권25 백제본기3 개로왕 18년)으로 사용된 경우가 예외이다.

8) 『삼국사기』 권5 신라본기5 선덕왕 5년. 夏五月 蝦蟆大集宮西玉門池 王聞之 謂左右曰 蝦蟆怒目 兵士之相也 吾嘗聞 西南邊亦有地名玉門谷者 意或有隣國兵潛入其中乎.

9) 『삼국사기』 권48 열전8 솔거. 率居 新羅人 所出微 故不記其族系 生而善畫 嘗於皇龍寺壁畫老松 體幹鱗皴 枝葉盤屈 烏鳶燕雀 往往望之飛入 及到 蹭蹬而落 歲久色暗 寺僧以丹靑補之 烏雀不復至 又慶州芬皇寺觀音菩薩 · 晉州斷俗寺維摩像 皆其筆蹟 世傳爲神畫.

10) 경명왕의 질문에 대해 90세가 넘은 노인이 만파식적에 대해 "일찍이 들어본 적이 있다는 보배로운 띠(『삼국사기』 권12 신라본기12 경명왕 5. 萬波息笛 …… 予嘗聞之寶帶)"로 대답하는 것처럼 대화 안에서 '상'

어본 적(嘗聞)'에서 '상'이 현재를 중심으로 과거의 어느 때인지는 알
수 없다. 후자는 선천적으로 그림을 잘 그렸던 사례를 '상' 이후에 진
술(生而善畵 嘗於皇龍寺壁畵老松)하고 있다. '상'을 중심으로 전/후반으
로 나눌 때 전반이 '善畵'이고 후반은 '까마귀, 솔개, 제비, 참새들이
가끔 바라보고 날아든' 것처럼 전반에 대한 부연인 것이다.

> 실성왕 원년 임인년에 왜국과 강화하였는데, 왜왕이 내물왕의 아들
> 미사흔을 볼모로 삼기를 청하였다. 왕은 일찍이 내물왕이 자기를 고
> 구려에 볼모로 보낸 것을 원망한 적이 있어(王嘗恨奈勿王 使己質於
> 高句麗), 그 아들에게 우감을 풀고자 하여 거절하지 않고 보냈다.[11]

실성왕은 '일찍이 내물왕이 자신을 고구려의 볼모로 보낸 것을 원
망한 적이 있'는데 여기서 '王嘗恨奈勿王 使己質於高句麗'이란 표현은
'거절하지 않고 보낸' 구체적인 이유에 해당한다. 특이한 것은 '王嘗
恨'에서 '상'이 볼모로 잡혀갔던, 즉 왕이 되기 이전을 가리키지만
'왕'으로 표현됐다는 점이다.

다음으로 '乃感而歌曰'을 이해하기 위해 『삼국사기』에서 노래(歌)와
관련된 진술을 살필 차례이다.[12]

> 왕이 계고·법지·만덕의 세 사람으로 하여금 우륵에게 음악을 배
> 우게 하였다. 우륵은 그들의 재능을 헤아려 계고에게는 가야금을
> 가르치고 법지에게는 노래를 가르치(敎法知以歌)고 만덕에게는 춤
> 을 가르쳤다.[13]

이 사용되는 게 대부분이다.

11) 『삼국사기』 권45 열전5 박제상 實聖王元年壬寅 與倭國講和 倭王請以奈勿王之子未斯欣爲質 王嘗恨奈
勿王 使己質於高句麗 思有以釋憾於其子 故不拒而遣之.

12) 이에 대해 이미 조용호의 앞의 글에서 간략히 언급했지만 이 글이 글자의 용례에 기대는 만큼 구체적으로
적시해 논의한다.

지난날 만사를 처리하던 영웅도 마침내는 한 무더기의 흙이 되어, 초동과 목동은 그 위에서 노래(樵牧歌其上)하고 여우와 토끼는 그 옆에 굴을 판다. 헛되이 재물을 쓰는 것은 서책에 꾸짖음만 남길 뿐이요, 헛되이 사람을 수고롭게 하는 것은 죽은 사람의 넋을 구원하는 것이 못 된다. 가만히 생각하면 슬프고 애통함이 끝이 없을 것이나, 이와 같은 일은 즐거이 행할 바가 아니다.14)

왕은 술을 마시고 즐거움이 극도에 이르러 북과 거문고를 타며 스스로 노래를 불렀고 종자들도 여러 차례 춤을 추었다(王飮酒極歡 鼓琴自歌從者屢舞). 당시 사람들이 그곳을 대왕포라고 불렀다.15)

왕이 6부를 정하고 나서, 이를 둘로 나누어 왕녀 두 사람으로 하여금 각각 부내의 여자를 거느려 무리를 나누고 편을 짜서 7월 16일부터 날마다 일찍 큰 부[大部]의 뜰에 모여 길쌈을 시작, 밤 10시에 파하게 하고, 8월 15일에 이르러 그 공의 많고 적음을 헤아려 진 편은 술과 음식을 장만하여 이긴 편에 사례하고 이에 가무와 온갖 놀이를 행했는데, 이를 가배라 한다. 이때 진 편의 한 여자가 일어나 춤추며 탄식하기를, '회소회소'라 했는데 그 소리가 슬프고 아름다워 후대 사람들이 그 소리를 따라서 노래를 지어 '회소곡'이라 하였다(後人因其聲作歌名會蘇曲).16)

이전에 미사흔이 돌아올 때 6부에 명하여 멀리까지 나가 맞이하게 하였고, 만나게 되자 손을 잡고 서로 울었다. 마침 형제들이 술자리를 마련하고 마음껏 즐길 때 왕은 노래와 춤을 스스로 지어(王自作歌舞) 자신의 뜻을 나타냈는데, 지금 향악의 우식곡이 그것이다.17)

---

13) 『삼국사기』 권4 신라본기4 진흥왕13, 王命階古法知萬德三人 學樂於于勒 于勒量其人之所能 敎階古以琴 敎法知以歌 敎萬德以舞.

14) 『삼국사기』 권7 신라본기7 문무왕21, 昔日萬機之英 終成一封之土 樵牧歌其上 狐兎穴其旁 徒費資財 貽譏簡牘 空勞人力 莫濟幽魂 靜而思之 傷痛無已 如此之類 非所樂焉.

15) 『삼국사기』 권27 백제본기5 무왕37, 王飮酒極歡 鼓琴自歌 從者屢舞 時人謂其地爲大王浦.

16) 『삼국사기』 권1 신라본기1 유리니사금, 王旣定六部 中分爲二 使王女二人 各率部內女子 分朋造黨 自秋七月旣望 每日早集大部之庭績麻 乙夜而罷 至八月十五日 考其功之多小 負者置酒食 以謝勝者 於是 歌舞百戲皆作 謂之嘉俳 是時 負家一女子 起舞嘆曰 會蘇會蘇 其音哀雅 後人因其聲而作歌 名會蘇曲.

17) 『삼국사기』 권45 열전5 박제상, 初未斯欣之來也 命六部遠迎之 及見握手相泣 會兄弟置酒極娛 王自作歌舞 以宣其意 今鄕樂憂息曲 是也.

우륵이 '법지에게 노래를 가르쳤다(教法知以歌)'는 진술과 문무왕이 분묘를 만들어 놔야 인근을 지나가던 '초동과 목동이 그 위에서 노래하(樵牧歌其上)'는 정도라며 그것을 만들지 말라는 진술, 그리고 무왕이 '대왕포에 나가서 노래를 불렀다(王飮酒極歡鼓琴自歌從者屢舞)'는 진술에서 '노래'는 '노래를 짓다'라는 作歌의 의미가 아니라 기존에 불리던 것을 가리킨다. 한편 이들 노래와 달리 「회소곡」은 '노래를 지었(作歌名會蘇曲)'다는 표현으로 보건대 作歌로 이해해야 하지만 작가의 계기였던 '회소회소'라는 기존의 특정 '소리에 기댔다(後人因其聲)'는 점에서 온전한 의미에서의 '작가'에 해당하지 않는다. 다만 볼모로 잡혀갔던 미사흔이 돌아오자 눌지왕이 「우식곡」을 지었다는 내용에 이르러 '王自作歌'란 표현이 등장하는데 여기에는 노래를 지은 배경과 노래명, 그리고 작자가 정확히 명기돼 있어 오해의 소지가 전혀 없다.[18] 결국 '作歌'라는 표현과 관련된 「우식곡」과 「회소곡」 중에서 「회소곡」조차 독자적인 '작가'로 판단할 수 없다고 할 때, '작가'와 결부되지 않은 「황조가」의 '乃感而歌'는 유리왕 개인의 창작과 거리를 둔 표현으로 판단해야 한다.

3. 『삼국사기』와 『시경』에 나타난 「황조가」의 글자용례

「황조가」(翩翩黃鳥/雌雄相依/念我之獨/誰其與歸)의 글자용례를 『삼국사기』에서 찾아보면 '相依'라는 조어가 1회 있을 뿐 나머지는 전혀 발

---

18) '우륵'과 '이문'이 새로운 노래를 지어 연주하였다(『삼국사기』 권4 신라본기4 진흥왕12, 令奏其樂 二人各製新歌奏之)는 기록도 '作歌'에 대한 정황이 정확하다.

견할 수 없다.[19] 심지어 낯익은 조어로 생각되는 '雌雄'이란 표현도 『삼국사기』에서 글자의 앞뒤가 바뀐 '雄雌'로 나타나고 있다.[20] 다만 「황조가」의 조어는 『시경』에서 자주 발견할 수 있다. 예컨대 『시경』에 '翩翩'[21]이 4회('翩'이 3회), '黃鳥'[22]가 14회, '雌雄'[23]이 1회, '誰其'[24]가 1회, '與歸'[25]가 1회 등장한다. 그리고 '念我之獨'이란 표현과 유사한 '念我獨'[26]이 3회, '我獨'[27]이 11회이다. 「황조가」의 글자용례를 『삼국사기』에 기대어 볼 때 "「황조가」 제작은 『시경』에의 誦讀과 천착이 이미 시간적으로 깊이 숙성하여 응용이 자유 자재하여진 시대를 기다려서만이 가능"[28]했다는 지적이 타당한데 이에 따르면 한역시기를 6세기 소수림왕의 태학 설립 이후부터 12세기 『삼국사기』의 찬술 사이로 추정하기도 한다.[29] 『삼국사기』와 『시경』에 나타난 「황조가」의 글자용례를 통해 보건대 「황조가」는 '철저한 시경투'의 조어라고 규정할 수 있다.[30]

---

19) 『삼국사기』 권28 백제본기6 의자왕11년, 新羅使金法敏奏言 高句麗百濟脣齒相依 竟擧干戈 侵逼交至.

20) 『삼국사기』 권8 신라본기8 성덕왕32년, 初帝賜王 白鸚鵡雄雌各一隻. 이것은 『삼국유사』(기이2 김유신, 或云雄雌丸反覆之事)의 글자용례에서도 마찬가지이다.

21) 「小雅 · 鹿鳴之什 · 四牡」에 2회, 「小雅 · 南有嘉魚之什 · 南有嘉魚」에 1회, 「小雅 · 節南山之什 · 巷伯」에 1회.

22) 「周南 · 葛覃」에 1회, 「北風 · 凱風」에 1회, 「秦風 · 黃鳥」에 3회, 「小雅 · 鴻鴈之什 · 黃鳥」에 6회, 「小雅 · 魚藻之什 · 緜蠻」에 3회.

23) 「小雅 · 節南山之什 · 正月」에 1회.

24) 「召南 · 采蘋」에 1회.

25) 「鄭風 · 丰」에 1회.

26) 「小雅 · 節南山之什 · 正月」에 2회, 「小雅 · 谷風之什 · 小明」에 1회.

27) 「北風 · 擊鼓」에 1회, 「小雅 · 節南山之什 · 正月」에 2회, 「小雅 · 節南山之什 · 十月之交」에 2회, 「小雅 · 節南山之什 · 小弁」에 1회, 「小雅 · 谷風之什 · 蓼莪」에 2회, 「小雅 · 谷風之什 · 四月」에 1회, 「小雅 · 谷風之什 · 小明」에 1회, 「小雅 · 魚藻之什 · 白華」에 1회.

28) 김창룡, 「황조가의 저변」(『한성어문학』 7호, 한성대학교, 1988)은 『고구려 문학을 찾아서』(보고사, 2002)에 재수록됐는데 이 글은 후자의 149면을 참조했음.

29) 위의 글, 168면.

그래서 「황조가」의 글자용례를 『시경』에서 찾아 대비시킨 경우가 있었는데, '편편'31)이 등장하는 시(「小雅·南有嘉魚之什·南有嘉魚」)와 '황조'32)가 등장하는 시(「小雅·鴻鴈之什·黃鳥」)가 그것이다.33) 하지만 「南有嘉魚」와 「黃鳥」가 「황조가」에 그대로 드러난 것이 아니기에 이것에 한정할 게 아니라 『시경』 전체를 대상으로 「황조가」의 글자용례를 찾아야 시경투에 익숙했던 기록 담당자를 감안한 해석이 가능할 것이다.

먼저 '편편'의 경우, 비둘기가 자유롭게 날거나 앉거나 하는 모습을 통해 그럴 겨를이 없는 화자의 상태가 더욱 부각된다(「四牡」). '편편'은 '날기도 하고 혹 내려앉기도 하여 편안한 곳에 앉(猶或飛或下 而集於所安之處)'기도 하는 비둘기의 모습인 것이다.34) 또한 '집집하고 편편하여 / 꾀하여 남을 참소하고자 하는구나 / 네 말을 삼갈지어다 / 너더러 거짓말한다 이르리라(緝緝翩翩 謀欲譖人 愼爾言也 謂予不信)'35)처럼 사람의 말이 자유롭게 오고가는 것을 나타내는 데 사용되기도 했다(「巷伯」). 비둘기의 나는 모습이나 사람들의 말이 자유롭게 오고가는 것에 '편편'이 사용될 정도로 이 조어는 통제받지 않은 자연스러움과 관련돼 있는 셈이다. '황조'의 경우, '선왕을 풍자한 시(黃

---

30) 한편 한역가에 해당하는 「구지가」와 「공무도하가」의 조어를 『시경』의 조어와 겨주어 볼 때, 「황조가」와 다른 양상이다. 예컨대 龜何, 首其, 現也, 若不, 現也, 燔灼, 喫也는 물론 公無, 渡河, 河死, 當奈, 公河라는 조어를 『시경』에서 전혀 발견할 수 없다.

31) 翩翩者鵻 / 烝然來思 / 君子有酒 / 嘉賓式燕又思.

32) 黃鳥黃鳥 / 無集于桑 / 無啄我粱 / 此邦之人 / 不可與明 / 言旋言歸 / 復我諸兄.

33) 문선규, 『한국한문학』, 이우출판사, 1980, 50면; 김창룡, 앞의 글, 138~143면.

34) 「小雅·南有嘉魚之什·南有嘉魚」에 1회 등장하는 '편편'도 자유롭고 유증한 모습(翩翩者鵻 烝然來思 君子有酒 嘉賓式燕又思)이다. 게다가 '현자와 더불어 즐기는 시(南有嘉魚 樂與賢也)'의 항목에 배열된 만큼 비둘기의 나는 모습은 자연스럽기만 하다.

35) 번역은 성백효 역주(『현토완역 시경집전』 상·하, 전통문화연구회, 1993)에 따른다.

鳥 刺宣王也)’에서 나무에 앉아 곡식이나 기장을 쪼아 먹는 새로 등장
하여 화자의 마음을 불편하게 하는 대상이다. 그리고 ‘미천한 신하가
난세를 풍자한 시(縣蠻 微臣刺亂也)’에서 황조는 ‘미천하고 노고하여
의탁할 곳을 생각한 자가 새의 말을 하여 자신을 비유(微賤勞苦 而思有
所託者 爲鳥言以自比也)’하기도 한다. 게다가 ‘국인들이 목공이 사람을
따라 죽게 함을 풍자한 시(國人 刺穆公以人從死 而作是詩也)’에 등장하
여 子車氏의 세 아들이 殉葬된 것과 대비돼 있다(「秦風·黃鳥」).36) 『시
경』에서 ‘황조’가 곡식을 쪼아 먹어 화자의 마음을 불편하게 하거나
세 아들의 순장과 대비될 수 있었던 것은 공간이동을 자유스럽게 할
수 있었던 새의 능동적 특성에서 말미암은 것이다. ‘자웅’은 ‘대부가
유왕을 풍자한 시(正月 大夫刺幽王也)’에서 ‘누가 까마귀의 암수를 알
까(誰知鳥之雌雄)’로 나타난다. ‘염아독’은 ‘대부가 유왕을 풍자한 시
(正月 大夫刺幽王也)’에서 ‘백성의 유언비어가 / 또한 심히 크도다 / 생
각건대 나만이 홀로 / 마음에 근심하기를 경경히 하니(民之訛言 亦孔之
將 念我獨兮 憂心京京)’에 나타난다. 그리고 ‘대부가 난세에 벼슬함을
뉘우친 시(小明 大夫悔仕於亂世也)’에서 ‘이 해가 저물었도다 / 생각건
대 나 혼자이거늘 / 내 일이 심히 많도다 / 마음에 근심함이여(歲聿云
暮 念我獨兮 我事孔庶 心之憂矣)’로 나타난다. 이처럼 화자의 ‘염아독’은
모두 ‘마음의 근심(憂心京京/ 心之憂矣)’과 밀접하게 연계돼 있다. 전자
는 ‘모든 사람들이 유언비어를 하는 것에 대해 근심하지 않는데 나만
홀로 근심(衆人莫以爲憂 故 我獨憂之)’하고 있는 상황이고 후자는 ‘해는

---

36) 「周南·葛覃」에 1회는 ‘후비의 근본을 읊은 것(葛覃 后妃之本也)’에서 ‘칡잎이 성하자 황조가 그 위에서
   울었던 것(葛葉方盛而有黃鳥鳴於其上也)’이다. 「北風·凱風」에 1회는 ‘효자를 찬미한 시(凱風 美孝子
   也)’에서 ‘황조가 오히려 그 소리를 아름답게 하여 사람들을 기쁘게 한다(黃鳥猶能好其音以悅人)’는 데
   등장한다.

저물고 일이 매우 많지만 나만 홀로 있는 것에 대한 근심(歲已暮矣 蓋身獨而事衆)’이다. ‘수기’는 ‘대부의 아내가 법도를 잘 따랐음을 읊은 것(采蘋 大夫妻能循法度也)’에 ‘뉘 그 주장하나뇨 / 공순한 계녀이다 誰其尸之 有齊季女)’처럼 등장한다. 끝으로 ‘여귀’는 ‘혼탁함을 풍자한 시(丰 刺亂也)’에 ‘멍에하여 나와 더불어 시집가리라(駕予與歸)’로 등장하는데 이는 ‘혼인의 도가 폐지되어 양이 성창하는데도 음이 화답하지 않고, 남자가 가는데도 여자가 따라가지 않은 것(昏姻之道缺 陽倡而陰不和 男行而女不隨)’과 관련된 것이다.

이렇듯 「황조가」 조어가 『시경』에서 사용된 경우를 살피는 과중에서 주목할 것은 ‘편편’·‘황조’·‘염아독’·‘여귀’이다. ‘편편’과 ‘황조’는 새의 자유로운 특성을 기반으로 나타나고 ‘염아독’은 ‘마음의 근심(憂心京京 / 心之憂矣)’과 조응시켜야 했다. 그리고 ‘여귀’는 남녀 간의 조화가 잘 되지 않은 경우와 밀접한 조어라는 것이다.

4. 해석의 가능성

‘상’과 ‘가’에 대한 용례와 특성, 그리고 「황조가」의 조어가 ‘철저한 시경투’라 지적할 수 있었다. 이제는 「황조가」 해당기록을 살펴야 한다.

> 3년 7월에 골천(鶻川)에 이궁(離宮)을 지었다. 10월에 왕비 송(松)씨가 죽자 왕이 다시 두 여자를 취하여 계실을 삼았는데, 하나는 화희로 골천인의 여자요, 하나는 치희로 한인(漢人)의 여자였다. 두 여자가 사랑다툼으로 서로 불화하므로, 왕이 양곡이란 곳에 동서(東西) 두 궁을 짓고 그들을 각각 두었다. 그 후 왕이 기산이란 곳

에서 사냥을 행하고 7일 동안 돌아오지 않았는데, 두 여자 사이에 싸움이 일어나, 화희는 치희를 꾸짖어 말하기를, "너는 한가(漢家)의 비첩으로 무례함이 어찌 그리 심하냐?"고 하니, 치희는 부끄럽고 분하여 도망갔다. 왕이 듣고 말을 채찍질하여 쫓아갔으나 치희는 노하여 돌아오지 않았다. 왕이 일찍이 나무 밑에서 쉰 적이 있었는데 황조가 날고 모여드는 것을 보고 느낀 바 있어 노래하기를 (王嘗息樹下 見黃鳥飛集 乃感而歌曰)…….37)

유리왕 3년 기록을 나열하면, '이궁을 지었'고 '왕비 송씨가 돌아가'자 '두 여자를 취'했지만 그들이 '불화하'자 '두 궁을 지어 각각 두'었다. 그리고 왕이 사냥을 떠난 사이에 '두 여자 사이에 싸움이 일어'났을 때 '치희가 부끄럽고 분하여 도망'갔고 왕이 쫓았으나 그녀가 노하여 돌아오지 않았다. 이어 '王嘗息樹下 見黃鳥飛集 乃感而歌曰'이 진술돼 있기에 「황조가」를 유리왕 3년의 기록과 결부시켜야 할 듯하다. 실제로 '王嘗息樹下 見黃鳥飛集 乃感而歌曰'에서 '상'의 시기에 따라 노래를 다양하게 해석할 수 있다. 왕비를 맞이하기 전, 왕비가 죽은 후, 두 여자를 맞이하기 전, 두 여자의 불화 상태, 치희가 친정으로 가 버린 후일 수 있다는 것이다. 어쨌건 '상'의 시기에 따라 해석이 다양성을 띠는데 이것이 「황조가」의 연구사와 다름 아니었다.

앞서 『삼국사기』에서의 '상'과 '가'의 용례를 살폈는데 이를 토대로 위의 기록을 살펴야 한다. '상'은 대화 안에서 발화자의 과거경험을 진술하는 것과 산문기록 안에서 특정한 사례를 부연하는 경우에 사용되었다. 솔거의 '善畵'에 대한 부연이 '상'을 중심으로 후반(生而

---

37) 『삼국사기』 권13 고구려본기1 유리명왕, 三年 秋七月 作離宮於鶻川 冬十月 王妃松氏薨 王更娶二女以繼室 一曰禾姬 鶻川人之女也 一曰雉姬 漢人之女也 二女爭寵 不相和 王於涼谷造東西二宮 各置之 後王田於箕山 七日不返 二女爭鬪 禾姬罵雉姬曰 汝漢家婢妾 何無禮之甚乎 雉姬慙恨亡歸 王聞之 策馬追之 雉姬怒不還 王嘗息樹下 見黃鳥飛集 乃感而歌曰…….

善畫 嘗於皇龍寺壁畫老松)에서 이루어졌듯이 「황조가」와 관련된 ‘王嘗息樹下 見黃鳥飛集 乃感而歌曰’에서 ‘상’도 동일한 기능을 한다. 유리왕 3년의 기록을 ‘상’을 중심으로 전/후반으로 나눌 때, 전반은 왕비의 죽음과 두 여자의 다툼에 따른 애정문제를 조율하지 못한 왕의 처지이고 후반은 전반에 대한 부연이다. 여기서 ‘상’과 관련해 더 고찰할 것은 앞서 지적한 실성왕의 기록에 나타난 대로 ‘상’의 용례이다. 실성왕이 일찍이 볼모로 갔을 때 내물왕에 대해 원망한 적(王嘗恨奈勿王 使己質於高句麗)’이 있다는 기록에서 ‘嘗’은 왕이 되기 이전 시기를 가리키지만 ‘王嘗恨’으로 표현돼 있다. 실성왕의 ‘王嘗恨’은 유리왕과 관련된 ‘王嘗息’과 동일한 통사를 지니고 있기에 ‘王嘗息樹下 見黃鳥飛集 乃感而歌’에서 ‘상’의 시기가 왕이 되기 이전일 수 있다. 이런 경우는 선덕왕이 즉위하기 전에 이미 ‘옥문곡에 대해 들은 바(吾嘗聞)’ 있다는 데에 적용시켜도 마찬가지이다. 신라와 백제의 전투가 빈번했던 옥문곡은 당대인이라면 누구건 알 만한 공간이라는 점과 선덕왕이 ‘미리 알아낸 세 가지 일(善德王 知幾三事)’과 관련될 정도로 총명했던 점을 감안하면 ‘吾嘗聞’에서 ‘상’은 선덕왕이 즉위하기 이전일 수 있다. 그래서 유리왕 3년 기록에서 ‘상’의 전반이 왕비의 죽음과 두 여자의 다툼과 관련된 왕의 처지이고, 후반은 전반에 대한 부연으로 왕이 되기 이전 애정문제의 실패와 관련된 경우를 나타낼 수 있다. ‘……雉姬恐不還 王嘗息樹下……’에서 ‘상’은 치희와 무관하게 유리가 왕이 되기 이전 애정의 실패사례를 가리킬 수 있는데 이는 『삼국사기』에서 확인할 수 있는 ‘상’의 용례로 「황조가」 해석의 또 다른 가능성을 의미한다.[38]

---

38) “상식적으로 판단할 때 고구려에서 보낸 3년여의 기간은 유리왕이 궁궐 밖으로 나가 여유롭게 고구려 곳곳의 민간 풍속을 속속들이 살펴보고 계절에 맞는 노래까지 배웠다고 보기에는 태부족한 시간이다. 이런

유리가 왕이 되기 이전은 홀어미와 부여에서 살던 시기와 부왕을 만나 태자로 있었던 시기로 나눌 수 있다. 유리는 5개월 동안 태자로 있었는데 이에 대한 자료는 없다. 짐작건대 부여에서 자유롭게 살다가 갑자기 부왕을 만나 궁에서 생활했으니만큼 모든 게 낯설고 불편했을 것이다. 다만 부왕을 만나기 이전 유리왕의 성장과정과 관련된 자료가 『삼국사기』에 있어 이것의 외연을 확장할 수 있다.

> 어릴 때 밭두둑에 나가 새를 쏘다가 잘못 물 긷는 여자의 물동이를 깨뜨렸다. 그 여자가 꾸짖어 말하기를 "이 아이는 아비가 없는 까닭에 이같이 완악하다(此兒無父 故頑如此)." 하였다.[39]

"아비가 없는 까닭에 이같이 완악(無父故頑如此)"하다는 여자의 진술이 부왕의 유물을 갖고 왕실로 들어오기 전 유리가 처한 상황이다. 아비를 찾기 전 20여 년 동안 부여에서 유리는 과부의 자식으로 살아야 했다. 유리의 성격을 나타내는 글자 '완(頑)'은 『삼국사기』에서 주로 '고집'이나 '미련' 그리고 '도덕을 모름'이라는 부정적 의미로 사용된다.[40] 예컨대 고구려의 멸망과정에 대한 사관의 평가에서 수나라 당나라와 대등하게 경쟁한 부분을 "그 완악하고 두려워하지 않음이 이와 같았다"[41]며 폄하시키는 부분과 신검이 견훤을 금산사에 유폐시키고 "왕위를 완악한 아이에게 거의 줄 뻔했다"[42]며 자신이 동

정황은 「황조가」의 국적 문제에 중요한 시사점을 제공한다."처럼 조용호(앞의 글, 26면)도 유리가 부여에서 생활하던 시기에 가창한 것으로 판단하고 있다.

39) 幼年出遊陌上 彈雀誤破汲水婦人瓦器 婦人罵曰 此兒無父 故頑如此. 『삼국사절요』에서도 여인이 꾸짖는 부분은 "無父其頑如此"처럼 '완악함'에 집중돼 있다.

40) '頑'이 『삼국사기』에 4회 등장하는데 1회는 '무기가 무딘 경우'이고 나머지 3회는 모두 사람의 성격을 판단할 때 사용되었다.

41) 『삼국사기』 권22 고구려본기10 보장왕. 其頑然不畏如此.

생 금강을 죽인 이유를 밝히는 부분에서 확인할 수 있다. 유리의 성격을 나타내는 '완'은 유복자로 태어나 온전한 교육을 받지 못한 유리에게 어울릴 글자이다. 유리를 "지탄을 받을 만한 행동을 적잖게 한 불량스런 청소년"[43]으로 판단하는데 이는 『삼국사기』에 나타난 '완'의 용례를 통해서도 확인할 수 있다. 『삼국사절요』에 의하면, 놀리듯이 그의 어미가 "너에게 정해진 아비는 없다(母戱之曰汝無定父)."는 말을 하자 유리가 "스스로 목을 찔러 죽으려 해(遂欲自刎)" 어미를 크게 놀라게(母大驚) 한 경우를 통해서도 그의 '완악'함을 엿볼 수 있다.

부여에서의 완악한 성격은 왕이 된 이후에도 영향을 끼친 듯하다.

왕의 평생을 상고해 보건대 실덕한 것이 매우 많다(考王平生失德甚多). 두 부인이 불화했으니 이는 부부의 도가 무너진 것이요, 협보가 출분하였으니 이는 군신의 의리가 이지러진 것이요, 해명을 칼에 엎드려 죽게 했으니 이는 부자의 은혜가 끊어진 것이다. 그런데도 시호를 명왕이라 한 것은 무슨 덕을 쫓은 것인가(諡號明王遵何德哉).[44]

안정복은 유리명왕이라는 시호를 준 것에 대해 의문을 제기할 정도로 그가 부부, 군신, 부자의 문제 중에 어느 하나도 제대로 수괄하지 못했다고 지적하고 있다. 유리왕이 이러한 평가를 받은 근저에는 부여에서 형성된 '완'이 자리 잡고 있었던 것이다. 그리고 '완'한 성격은 쉽게 사라지는 게 아니었다. 유리는 동명왕 19년 4월 태자로 책봉되기 전까지 20여 년을 과부 밑에서 유복자로 살다가 '七稜石上松

---

42) 『삼국사기』 권50 열전10 견훤. 擬以大寶授之頑童.

43) 조용호, 앞의 글, 27면.

44) 『동사강목』 제1상 계해년. 考王平生失德甚多 二姬不和而夫婦道壞 陜父出奔而君臣義虧 解明伏劍而父子恩絶 諡號明王遵何德哉.

下'에 있던 부러진 칼을 찾음에 따라 동명왕의 태자로 갑작스런 변신을 할 수 있었다. 태자가 된 이후 5개월이 지나 동명왕이 죽자 왕위에 올랐다. 아비의 유물 하나로 왕위에 오른 유리에게 5개월이라는 기간은 '완악'한 성품을 통치자답게 변모시키기에 너무나 짧았다. 이익, 이복휴, 강준흠의 「황조가」와 관련한 악부시에 한결같이 '유리왕의 잘못을 지적'45)하고 있는 것이나 『삼국사기』에 기술된 '아비는 아비답지 못하고 자식은 자식답지 못하다(可謂父不父子不子矣)'는 사관의 부정적인 평가, 그리고 안정복의 '명왕이란 시호에 대한 회의'는 모두 부여시기부터 조성된 유리의 '완'한 성격과 무관하지 않다.

결국 가창시기 및 창작여부와 관련된 '상'과 '가', 유리의 성격을 엿볼 수 있는 '완'의 용례, 그리고 『삼국사기』와 『시경』에 나타난 「황조가」의 글자용례를 고려하면 유리왕 3년의 기록 '……雉姬怒不還 王嘗息樹下 見黃鳥飛集 乃感而歌曰……'의 의미를 재구할 수 있다. 이 기록은 '상'을 중심으로 전/후반으로 나뉘는데 전반은 애정문제를 조율하지 못한 왕의 처지이고, 후반은 완악했던 유리가 왕이 되기 이전 부여에서도 애정문제 실패와 관련해서 노래를 부른 사례이다. 해당기록 담당자가 전반을 부연하기 위해 '시경투'의 「황조가」를 후반에 위치시켰던 셈이다. 유리왕 3년의 기록이 "텍스트 생산자의 태도와 관련되는 의도성이란 측면을 종합하여 보면 김부식은 유리왕이 동명성왕이나 대무신왕과는 대조되는 어설픈 제왕이었음을 드러내려는 의도"46) 일 수 있는 것은 앞서 지적했듯 『삼국사기』 이후의 기록들에서 나타나는 글자의 등락, 예컨대 『삼국사절요』, 『신증동국여지승람』, 『동사

---

45) 김영수, 앞의 글, 23~32면.
46) 조용호, 앞의 글, 21면.

강목』, 『대동운부군옥』의 담당자들이 '상'을 삭제하거나 또는 '歌曰'이 아니라 '作歌曰'로 명기하여 치희의 亡歸와 「황조가」를 결부시킴으로써 유리왕의 무능을 드러나게 하려는 데에서도 확인할 수 있다. 특히 대무신왕과 대조대왕의 유년기가 각각 "나면서부터 총명했고 장성해서 큰 지략이 있었"[47]다거나 "태어나면서 능히 눈을 뜨고 볼 줄 알았고 어려서도 출중"[48]했던 것과 상이하게 훗날 유리명왕이라 지칭됐는데도 불구하그 왕의 유년기 성격을 '완'으로 표현한 것을 보더라도 이런 면을 짐작할 수 있다.

여기서 문제는 '상'의 후반에 「황조가」를 위치시킨 기록 담당자가 노래를 직접 한역했는지 아니면 기존의 사료를 기록했는지 알 수 없다는 것이다. 전자는 구전하던 것을 시경투로 한역한 경우이고 흐자는 全載나 略載일 수 있다. 혹은 양자의 경우를 절충시켜 한역을 틍한 재해석일지도 모른다. 여러 경우 중에서 기록 담당자가 어디에 히당하는지 알 수 없지만 『삼국사기』에 노래와 관련된 기록이 산견되지만 거개가 가사부전이고 유독 「황조가」가 예외인 것으로 보아 시경투에 익숙한 기록 담당자가 노래를 한역했거나 재해석했던 것으로 판단된다. 어쨌건 현재 확인할 수 있는 것은 '상'의 전반에 대한 부연이 「황조가」이고 이 노래의 글자용례가 『삼국사기』는 물론 『삼국유사』에서 발견할 수 없는 '철저한 시경투'라는 점이다.

「황조가」가 시경투인 만큼 기존의 해석을 『시경』의 조어와 대비시켜야 기록 담당자를 감안한 해석이 가능하다. '편편황조'에서 '편편'을 '펄펄(이병기 · 정병욱 · 조동일 · 현종호)', '가벼이 나는(김흥구)',

---

47) 『삼국사기』 권14 고구려본기2 대무신왕. 生而聰慧 壯而雄傑有大略.
48) 『삼국사기』 권15 고구려본기3 대조대왕. 王生而開目能視 幼而岐嶷.

'퍼득퍼득(민병수)', '파드닥파드닥(임주탁)', '오락가락(임동권・김승찬・권두환)',49) '이리저리 나닐(조용호)'50)처럼 다양하게 해석했는데 한역되기 이전의 노랫말을 알 수 없는 상황에서『시경』에 나타나 있듯 통제받지 않고 자연스럽게 날거나 앉거나 하는 황조의 모습(猶或飛或下 而集於所安之處)과 관련된 해석이라면 상관없을 것이다. '황조'는『시경』에 14회 등장하는데 이는 여타의 특정한 새들, 예컨대 '白鳥'가 1회(「大雅・文王之什・靈臺」), '玄鳥'가 1회(「商頌・玄鳥」)인 데 비해 월등히 높은 수치이다.51) '황조'를 주자가 꾀꼬리(黃鳥 鸝也)로 풀이했듯 기존 해석이 모두 이에 해당한다. '자웅상의'에서 '자웅'은 암수를 지칭하지만 '상의'는 '정답다(정병욱・김흥규)', '의지하다(김봉영)', '어울리다(조동일)', '서로 좇다(김승찬・권두환)', '정답구나(임주탁)', '서로 짝을 찾아 의지한다(조용호)'52)로 해석했다. '상의'는『시경』에 없는 조어지만『삼국사기』에 "고구려와 백제가 입술과 이빨과 같이 서로 의지"53)한다는 사례로 보건대 기록 담당자가 '입술과 이빨의 관계'처럼 황조의 암수가 서로 화기로운 상태에 있는 것을 나타낸 것이다. 그리고 '염아지독'은 '외로운 이 내 몸(이병기・임동권・김승찬・권두환・민병수)', '나의 외로움을 생각함(정병욱)', '생각하니 나는야 외롭구나(조동일)', '내 몸의 외로움 생각(김흥규)', '외롭디 외로운 나는(임주탁)'처럼 대부분 외로움과 관련돼 있다. 한편 "아직은 꾀꼬리들처럼 예쁘게 짝을 이루지 못한 독신이란 사실을 강

---

49) 노래말 해석은 임주탁・주문경, 앞의 글, 457~458면에서 재인용했고 임주탁의 해석은 462면에 따름.

50) 조용호, 앞의 글, 9면.

51) 참고로『삼국사기』에 '새'와 관련해서 '白鳥', '水鳥', '烏鳥'가 등장하지만 '황조'는 없다.

52) 조용호, 앞의 글, 11면.

53)『삼국사기』권28 백제본기6 의자왕11년. 新羅使金法敏奏言 高句麗百濟脣齒相依 竟擧干戈 侵逼交至.

조”[54]한 구절로 파악해 '늘 생각해, 나는야 혼자인데(조용호)'로 이해
하기도 했다. '염아지독'은 『시경』의 '염아독혜'와 다름 아닌데 '생각
건대 나만이 홀로 / 마음에 근심하기를 경경히 하니(念我獨兮 憂心京
京)'와 '이 해가 저물었도다 / 생각건대 나 혼자이거늘 / 내 일이 심히
많도다 / 마음에 근심함이여(歲聿云暮 念我獨兮 我事孔庶 心之憂矣)'처럼
항상 '마음의 근심(憂心京京/ 心之憂矣)'과 조응하고 있다. 전자는 '드든
사람들이 근심하지 않는데 나만 홀로 근심(衆人莫以爲憂 故 我獨憂之)'
하고 있는 모습이고 후자는 '해는 저물고 일이 매우 많지만 나만 홀
로 있는 것에 대해 근심(歲已暮矣 蓋身獨而事衆)'하는 것이기에 양자의
'念我獨兮'는 모두 '남들과 달리 혼자'라는 상황과 밀접하다. 끝으로
'수기여귀'의 '與歸'를 '돌아갈꼬(이병기)', '돌아가리(임동권)', '함께
갈거나(정병욱)', '함께 돌아가리(조동일・현종호)', '더불어 살까(김승
찬・권두환)', '붙좇으랴(임주탁)', '함께 가다(조용호)'로 해석했다. 『
시경』에서 '여귀'는 '혼인의 도가 폐지되어 양이 성창하는데도 음이
화답하지 않고, 남자가 가는데도 여자가 따라가지 않은 것(昏姻之道缺
陽倡而陰不和 男行而女不隨)'과 관련된 조어로 남녀 간의 조화가 잘되
지 않을 때 사용됐다.

이처럼 기존의 해석과 『시경』의 조어와 대비시킬 때, 주목되는 것
은 '염아지독'이다. '염아지독'에 대한 해석이 대부분 '외로움'에 주목
하고 있는데 『시경』에서 '염아독'과 '我獨'은 단순히 개인의 '외로움'
보다는 타인들과 대비된 '남들과 달리 혼자'라는 의미에 가깝다. 예컨
대 '염아독'은 전술한 바 있고 '아독'의 경우도 남들은 '서울에서 흙

<hr>

54) 조용호, 앞의 글, 12면.

일도 하고 조읍에서 축성도 하거늘 / 나만 홀로 남쪽으로 길을 떠나 노라(「邶風·擊鼓」, 土國城漕 我獨南行)’와 ‘남들은 편안하지 않은 이가 없거늘 / 나만이 홀로 쉬지를 못하니(「小雅·節南山之什·十月之交」, 民莫不逸 我獨不敢休)’ 그리고 ‘다른 사람들은 불행한 이가 없거늘 / 나만이 홀로 근심하노라(「小雅·節南山之什·小弁」, 民莫不穀 我獨于罹)’와 ‘다른 사람들은 불행한 이가 없거늘 / 나만이 홀로 어찌 해를 당하는고(「小雅·谷風之什·蓼莪」, 民莫不穀 我獨何害)’처럼 타인들과 대비된 ‘남들과 달리 혼자’라는 상황과 밀접한 조어이다. 이는 ‘염아지독 / 수기여귀’의 해석에서 감안해야 할 부분으로 타인들은 모두 조화로운 ‘여귀’를 하고 있지만 ‘남들과 달리 나만’ 그러지 못하고 있는 처지라는 것이다. 물론 타인들 모두 ‘여귀’를 조화롭게 하고 자신만 ‘남들과 달리 혼자’ 있는 ‘염아지독’의 상황이라면 화자의 근심(憂心京京 / 心之憂矣)은 클 수밖에 없다. 그리고 ‘남들과 달리 혼자’ ‘여귀’를 할 수 없었던 이유는 글자용례에서 지적했듯 ‘완’한 성격에서 찾을 수 있는데, 유리의 부여시기에 ‘염아지독’과 같은 상황을 남녀 간의 조화로운 ‘여귀’로 해결할 수 있지만 유복자로 성장하며 ‘완’악했던 그에게 그것은 쉬운 일이 아니었을 것이다. 『삼국사기』의 사관이나 악부시의 작자들이 그를 한결같이 부정적으로 평가한 것도 부여시기부터 조성된 ‘완’한 성격과 무관하지 않다 할 때, 그러한 성격이 ‘여귀’를 어렵게 한 이유일지도 모른다. 다만 남녀애정과 관련된 부여의 풍습을 온전히 지적하기는 힘들지만 선행논의에 따르면 “남녀가 배우자를 선정하는 기회에 불려진 사랑의 노래”55)로 “부여인들은 축제 때는 물

---

55) 정병욱, 『한국고전시가론』, 증보판; 신구문화사, 1993, 56면.

론 평상시에도 여럿이 함께 부를 수 있는 노래인 민요를 즐겨 불렀을 것"이며 "민요의 종류나 곡 수는 상당히 많았"는데 "민요들 가운데는 청춘 남녀들이 배우자를 구하거나 마음에 둔 배우자에게 청혼하는 내용으로 이루어진 것도 있었을 것"[56]이라 한다. 이런 상황에서 유리의 '염아지독 / 수기여귀'는 타인들은 모두 조화로운 '여귀'를 하고 있지만 '남들과 달리 나만' 그러지 못하고 있는 처지에서 진술될 만한 것이다.[57] 이는 시경투에 익숙했던 기록 담당자가 '상'의 후반에 「황조가」를 위치시킨 이유를 감안한 것이기도 하다.

5. 결론

　「황조가」를 이해하려고 『삼국사기』와 『시경』의 글자용례를 살펴보았다. '雉姬慙恨亡歸 王聞之 策馬追之 雉姬怒不還 王嘗息樹下 見黃鳥飛集 乃感而歌曰'이란 문맥을 이해할 수 있는 기반을 『삼국사기』에 나타난 '상'과 '가'의 용례를 통해 확보할 수 있었다. '상'의 용례를 통해 볼 때 「황조가」의 시기는 왕비를 맞이하기 전, 왕비가 죽은 후, 두 여자를 맞이하기 전, 두 여자의 불화 상태, 치희가 친정으로 가 버린 후일 수 있지만 부여를 생활공간으로 삼았던 시기에서 또 다른 해석의 가능성을 찾을 수 있었다. 그리고 '感而歌曰'은 '作歌'와 무관하기에 「황조가」는 유리가 기존의 노래를 부른 것으로 판단할 수 있었다. 『삼국

---

56) 조용호, 앞의 글, 28~29면.

57) 「황조가」의 가창시기를 적시하기 힘들지만 '염아지독 / 수기여귀'의 조어를 고려하면 부여에서 유리가 배우자를 구할 만한 나이쯤으로 상정할 수 있다.

사기』와 『시경』의 글자용례를 살펴보니 「황조가」의 조어는 '철저한 시경투'였다. '상의' 이외의 조어는 『삼국사기』에서 전혀 발견할 수 없다는 점과 '시경투' 조어의 빈도수를 통해서도 이를 확인할 수 있었다. 결국 유리왕 3년의 기록 '……雉姬怒不還 王嘗息樹下 見黃鳥飛集 乃感而歌曰……'에서 '상'을 중심으로 전반은 유리왕의 애정문제와 관련된 것이며 후반은 전반의 부연으로 왕이 되기 이전 부여에서조차 전반의 경우와 유사하게 애정문제의 실패와 관련된 노래를 부른 적이 있다는 점을 『삼국사기』 담당자가 '철저한 시경투'로 기록했던 게 유리왕 관련 텍스트였던 것이다. 물론 유리의 애정실패는 그의 '완악'한 성격에서 찾을 수 있었다. 끝으로 시경투에 익숙한 기록 담당자의 의도를 감안해서 기존의 해석과 『시경』의 조어와 대비시켜 본 결과 '염아지독'은 단순히 외로움과 관련된 게 아니라 타인들은 모두 조화로운 '여귀'를 하고 있지만 '남들과 달리 나만' 그러지 못하고 있는 처지에서 진술될 만한 것이었다.

「구지가」의 수록경위와 해석의 문제*

1. 머리말

「龜旨歌」는 九干을 비롯한 많은 사람들이 수로를 맞이하기 위해 부른 노래로, 한국시가사에서 앞자리에 위치할 작품이다. 한 국가의 군장을 옹립하는 과정과 관계된 노래에서 화자는 거북이 머리가 드러나길 바라면서 그것이 이뤄지지 않는 경우 구워 먹겠다는 위협까지 한다. 희구와 위협이라는 이중 구조를 지닌 이 노래는 불과 17자[1]로 기록되어 있지만 그에 대한 성격이 아직 온전히 서지 못할 정도로 논란도 많았다. 한 연구자의 분류에 의하면, 「구지가」 연구는 무격이나 원시 신앙에서 발생한 제의, 농경사회에서 이루어지는 노동, 사회·정치적 의미와 결부시켜 왔다.[2] 실제로 방법론상의 차이는 있었지만 논의마다 여러 방법을 원용한 것이 대부분이다. 결국 연구사 정리가

---

* 이 글은 『한국학연구』 10집(인하대한국학연구소, 1999)에 수록된 것임.
1) 박지홍은 16자로 파악하고 있다. 「구지가연구」, 『국어국문학』 16호, 국어국문학회, 1957.
2) 황패강, 「구지가고」, 『국어국문학』 29호, 국어국문학회, 1965, 24면.

지난할 정도로 「구지가」의 정체를 파악하기 위한 일은 용이하지 않았던 것이다.

그러나 「구지가」를 논의하기에 앞서 염두에 두어야 할 것은 그것의 수록경위이다. 노래가 어떤 경로를 거쳐 『삼국유사』(이하 『유사』)에 수록됐느냐에 대한 문제는 노래를 둘러싼 여러 조건을 고려하는 일이기에 노래의 성격을 규정하기 전에 반드시 선행될 일이다. 이것은 「구지가」에만 한정될 일이 아니라 고전시가 전반에 두루 유효하다.[3]

이 글은 「구지가」의 수록경위를 살핀 후 그 해석을 목적으로 한다. 「구지가」에 대한 분분한 해석을 최소화시켰으면 하는 바람에서 출발한 이 글이 선학들의 축적된 연구성과에서 출발한다는 것은 두말할 나위 없다.

2. 「구지가」의 수록경위

「가락국기」는 『유사』의 138개 조목의 한 부분이다. 190종의 서적을 근거로 271차례에 걸친 인용을 하며 불확실한 부분에 관해서는 직접 답사까지 했던 일연의 노력에 견주어 볼 때, 『유사』의 편목이나 조목에는 자료에 대한 찬자의 해석이 반영되어 있기 마련이다. 실제

---

3) 「안민가」나 「원가」에서 사례를 발견할 수 있다. 「안민가」의 경우 노래가 수록된 「경덕왕 충담사 표훈대덕」 조에는 경덕왕－충담사, 경덕왕－표훈대덕의 이야기가 공존한다. 왕이 천상을 오르내리며 후사의 성별을 바꿀 정도로 영향력 있는 승려인 대덕을 놔두고 충담에게서 「안민가」를 구한 일은 이상하기만 하다. 그러나 각각의 이야기가 지닌 전승과정을 고려해서 구전 담당층을 정통불승과 낭도승으로 상정해야 한다. 그에 따라 경덕왕－충담사의 관계에서 창작된 「안민가」는 구전 담당층의 입장에서 해석해야 한다. 그렇지 않을 경우 노래와 배경설화는 불합리한 결합으로 이해할 수밖에 없다. 신충이 지은 「원가」도 전승담당층의 문건이 지닌 성향을 염두에 두지 않을 경우 '怨'의 방향이 모호해진다. 이영태, 『한국 고전시가의 재조명』, 국학자료원, 1998의 해당 부분 참조.

로 紀異2 「가락국기」조는 가락국 개국과 관련된 신이한 기록이다.

일연의 『유사』찬술 태도는 일반적으로 '객관적'이었다는 것이 중론이다. 『유사』에 가요를 수록하면서 '창작의 주변문제'의 이해의 폭에 따라 글자를 선별해서 사용한 것을 보더라도 찬자의 이러한 태도를 엿볼 수 있다.[4] 그래서 찬술 태도를 가히 "철저한 實證癖"[5]으로 표현해도 무방할 것이다.

『유사』의 자료는 크게 기록→기록, 구전→기록이란 경위를 통해 수록되었다. 첫째는 轉寫한 것과 編次한 것으로 나눌 수 있고, 둘째는 구전물을 찬자가 직접 『유사』에 채록한 경우이다. 이 글이 문제 삼고 있는 「구지가」의 배경설화는 金官知州事가 지은 「가락국기」를 일연이 "略載"한 전자의 경우에 해당된다. 조목명 「가락국기」에 부기된 할주 "고려 문종조 대강년간에 금관지주사가 지은 것이니 그 대략을 여기 싣는다."[6]를 통해 이를 확인할 수 있다. 그리고 금관지주사가 『開皇曆』이나 『開皇錄』에 기댄 진술을 했던 것으로 보아 「가락국기」조는 기록→기록→기록의 과정을 통해 이루어진 것이라 할 수 있다.

그런데 이런 과정에서 문제될 것은 일연의 "略載"가 이루어지기 이전 단계이다. 금관지주사가 언급한 개황력이나 개황록은 수로왕의 후세들이 김씨가 된 이유와 仇衡王이 신라에 항복한 시기를 기술하면서 간단하게 언급됐을 뿐이다.[7] 수로의 탄강과 결혼 그리고 죽음 이후에 사당과 관련된 여러 사건에는 어떤 형태의 전거도 활용되지 않고 다

---

4) 이영태, 「일연의 가요 기술상 특징과 수록태도」, 『국어국문학』 117호, 국어국문학회, 1996.

5) 민영규, 「삼국유사 해제」, 『한국의 고전백선』(『신동아』, 1969. 1월호 부록), 88면.

6) 『유사』, 기이2 가락국기. 文宗朝大康年間金官知州事文人所撰也今略而載之.

7) 開皇曆云姓金氏盖國世祖從金卵而生故以金爲姓爾.; 開皇錄云梁中大通四年壬子降于新羅.

만 曆數에 이르러 개황력과 개황록이 잠시 언급되었다. 결국 역수 이전 부분에 대한 수록경위를 통해 「구지가」가 어떤 경로를 통해 「가락국기」에 수록됐는가를 살펴야 한다.

먼저 수로가 새로운 궁터를 가리키며 16羅漢이나 7聖을 언급한 부분과 허황후를 수행했던 申輔와 趙匡이 맡은 관직을 통해 수록경위를 가늠할 수 있다. 16나한과 7성은 각각 佛의 勅命을 받고 중생을 구제하는 제자들과 불교와 관련된 성인을 분류한 것이기에 불교 유입 이전에 수로가 언급한 것은 어울리지 않는다. 그리고 허황후가 수로를 만나기 위해 아유타국에서 파사석탑을 싣고 온 것도 마찬가지이다.[8] 또한 신보와 조광이 맡았던 관직 泉府卿과 宗正監은 각각 물가 조절과 皇族의 일을 담당했던 중국 고대의 관직명이다. 수로왕의 일족도 아니고 허황후의 시종에 불과한 사람들에게 부여된 관직은 분명 파격적이며 당시에 있을 수 없던 것들이다. 게다가 曆數에서 제5대 伊尸品王의 왕비가 司農卿 克忠의 딸이라 했는데, 사농경은 당 태종이 644년 고구려에 보낸 사신의 관직명에서 비로소 등장하기에 시기상으로도 어울릴 수 없는 경우다.[9] 결국 수로나 허황후와 관련된 불합리한 진술은 구전의 과정을 겪는 가운데 담당층이 개입한 결과이기에 금관지주사는 「가락국기」를 지으면서 기록물은 물론 구전물도 참고했던 것이다.[10]

무엇보다도 구전담당층의 변개욕구가 극명하게 드러난 곳은 수로

---

8) 『유사』, 탑상4 금관성 파사석탑.

9) 김태식, 「가락국기 소재 허황후 설화의 성격」, 『한국사연구』 120, 한국사연구회, 1998, 28~29면 참조.

10) 설화에서 관직명이나 지명에 착종이 일어나는 것은 구전물의 전승과정에서 필연적이다. 「모죽지랑가」 배경설화의 경우 술종공과 관련된 "朔州"나 "都督使"는 당대의 것이 아니라 구전과정에서 부언된 것이다. 이영태, 앞의 책, 99면.

와 그의 부인과 관련된 글자 용례이다. 수로의 부인을 '皇后'로 지칭하고 수로나 그의 죽음을 '崩'이라 표현했는데 황후나 붕은 천자의 아내나 천자의 죽음과 관련된 글자들이다. 『삼국사기』에 高皇后呂氏나 則天皇后武氏, 그리고 燕皇帝의 부인을 皇后로 지칭한 것을 보더라도 황후는 천자의 아내와 관련된 글자이다. 붕이라는 글자도 한결같이 湯, 太宗, 德宗, 顯祖 등 중국 천자의 죽음과 결부되어 있다. 다만 『유사』 王曆에 文武王의 母가 訓帝夫人인 데 비하여 「가락국기」에 文明皇后로 나타난다.11)

　수로나 허황후를 둘러싼 일련의 극존칭이 이루어진 근본적인 이유는 구전 담당층이 수로의 후세들, 즉 김해 김씨라는 데에서 찾을 수 있다. 문무왕이 수토왕릉에서 지내던 제사를 수로의 후손들에게 일임한 것에 대하여 금관지주사가 "정성 어린 제사는 우리에게 맡겨졌다."12)고 표현한 것을 보더라도 「가락국기」의 찬자는 "우리"에 포함될 수로의 후손이다. 이어서 금관지주사는 문무왕에 대하여 "아름답다"·"효성스럽다"는 표현을 거듭했다. 또한 사당에 들어선 도둑들을 갑자기 나타난 勇士나 구렁이가 물리친 일에 대하여 陵園에는 반드시 神物이 있어 보호한다고 하거나 陵廟에 소속된 밭을 줄이려던 관리가 갑자기 병들어 죽은 일들은 수로왕릉과 관련된 異蹟들이다. 그리고 수로왕과 허황후가 만난 곳에 세운 절이 마구간으로 변한 것에 대하여 "슬픈 일"로 처리한 것을 보더라도 주된 구전 담당층은 수로의 후손들이다.

---

11) 『유사』에서 황후라는 지칭은 憲康王의 母와 智哲老王의 부인에게만 관련되어 있을 뿐 대부분 '夫人'이나 '王后' 정도로 나타난다.

12) 芬苾孝祀於是乎在於我.

　　수로의 후손들이 설화의 전승 및 윤색에 참여했다고 할 때, 그것이 최고조에 이른 시기는 김유신이 정치적으로 영향력을 행사할 때일 것이다. 김유신이 삼국통일의 맹장으로 수로의 12대손[13]이었던 만큼 이 시기에 시조에 대한 극존칭이 개입될 가능성은 크다. 이런 가능성은 『가야연맹사』에서도 확인할 수 있다.

> 金庾信・文明王后 등 가야계 후손의 정치적 비중이 절정에 달하고 金官小京을 설치하기도 한 문무왕대를 전후한 시기에, 수로왕을 비롯한 가락국의 역사가 문자로 일단 정착되었을 가능성은 크다고 보인다.[14]

　　「가락국기」에 따르면 문명왕후는 문무왕의 모친이며 수로의 14대손이다. 그리고 문무왕이 수로왕릉에서 지내던 제사를 후손들에게 일임시킨 것으로 보아 이 시기가 가야계 후손들이 어떤 형태로든 정치적 역량을 발휘할 때이다. 문무왕 20년에 금관에 소경을 설치한 것도 이러한 사정에서 연유된 것이다. 소경은 신라가 고대국가를 형성해 나가는 동안 두 가지 경우에서 설치했는데, 첫째가 정복한 지역의 지배층을 연고지로부터 격리시켜 중앙집권체제를 강화하기 위한 것이고, 둘째가 부족국가의 정복을 위해 그들을 회유하여 타 세력과 결부되지 못하도록 하기 위해서였다.[15] 금관소경의 경우 전자보다 후자의 경우에 속하면서도 예외적인 것이 문무왕이 수로왕의 제사를 후손들에게 독자적으로 일임했고 그의 모친이 수로왕의 후손이었다는 점이다. 결국 정복을 위한 회유책이 아니라 금관계 후손에 대한 문무

---

13) 『삼국사기』 권41, 열전1 김유신. 王京人也十二世祖首路.

14) 김태식, 『가야연맹사』, 일조각, 1993, 71면.

15) 임병태, 「신라소경고」, 『역사학보』 제35・36집, 1967, 108~109면.

왕의 배려가 소경의 설치로 나타났던 것이다.

　왕실의 후원으로 수로의 후손들이 입지를 강화할 무렵『개황력(록)』
이 편찬되었는데 여기에 수로신화를 비롯한 가락국의 왕력이 포함되
었다.16) 물론 이 문건은 금관지주사가「가락국기」편찬의 전거로 활
용한 기록물이기도 하다. 수로신화와 더불어 가락국 왕력이 가야계
인물들의 정치적 역할이 커 갈 무렵에 편찬된 근본적인 이유는 수로
후손들의 정체성 확립과 관련된 문제일진대,17) 우리가 여기서 확인
할 수 있는 것은 후손들에게 수로왕릉 제사의 일임, 소경의 설치, 그
리고 후손들의 정치적 비중이 커졌다는 점이다. 금관계 출신들에게
일어난 일련의 이러한 상황은 자신들의 출신, 즉 정체성에 대한 애착
및 천착으로 이어지고 이것이『개황력(록)』편찬으로 나타났던 것이
다. 실제로 그들의 정체성은 하늘에서 내려온 수로의 후세라는 데에
집중되어 있다. 그런데 문제가 되는 것은『개황력(록)』이 어떤 형태의
수록과정을 겪었느냐는 점이다. 현재 상정할 수 있는 것은 기록물과
구전물을 근거로 이루어진『개황력(록)』이「가락국기」의 찬자 금관지
주사에게 전달됐다는 점이다. 이후에 이 문건은 일연에 의해『유사』
에 "略載"될 수 있었다.

　「가락국기」가『유사』에 실리게 된 경위를 살펴보았다. 그에 따라
수로와 관련된 진술은 전승 담당층의 개입에 따른 것이라는 점을 감
안해야「가락국기」를 올바로 파악할 수 있는 것이다. 결국 수로 신화

---

16) 김태식, 앞의 책, 72면.

17) 수로 후손들의 정체성 확립과 관련된 문제는 김유신의 傳記가『삼국사기』의 3권에 걸쳐 수록된 경위를
　　통해 짐작할 수 있다.『삼국사기』의 찬자는 김유신의 玄孫이 지은『行錄』10권을 참고하였는데, 이것은
　　자못 꾸민 게 많아 쓸 만한 것들을 추려서 전기를 만들었다(권43, 열전3 김유신. 庾信玄孫 …… 有行錄
　　十卷 行於世 頗多釀辭 故刪落之 取其可書者爲之傳). 결국『행록』10권은 수로 후손들의 정체성 문제와
　　결부되어 있었던 것이다.

는 아래와 같은 논의에서 출발해야 한다.

> 김해지방에 이미 소단위 권력집단들의 연맹체인 '九村聯盟'이 존재하고 있는 상태에서, 각각의 지배자인 九干이 합의하여 이주민 계통의 首露王을 추대함으로써 駕洛國이라는 小國이 출현하게 되었음을 알 수 있다.[18]

이주민 출신의 왕에게 神聖을 부여하는 과정이 「가락국기」로 나타난 것이다. 수로의 天降과 관련된 여러 가지의 신비적 요소는 일연이 『유사』의 敍에 밝혔듯이 "삼국의 시조가 모두 신비스러운 데에서 나왔다고 하는 것이 어찌 괴이할 것인가."[19]의 연장이다. 물론 수로신화의 신비스런 요소는 후손들이 그들의 취향에 맞게 從天下降의 형태로 만드는 과정에서 생성된 것이다.[20] 그리고 그러한 과정에서 「구지가」가 수로의 신성을 결정적으로 매개하고 있다.

그런데 이주민 출신이 왕으로 등극하는 과정에서 현전하는 「구지가」의 가창 여부가 문제이다. 이 문제는 「가락국기」가 『유사』에 수록된 경위를 염두에 둘 때 회의적으로 바라볼 수밖에 없다. 수로의 천강과 관련된 요소는 수로의 후손들이 전승 담당층으로 가담함에 따라 생성된 것이라는 점은 수록경위를 살피는 과정에서 이미 지적한 바 있다. 또한 우리나라의 개국설화를 고찰한 설화 연구자도 수로신화와 「구지가」의 결부에 대하여 회의적이다.[21] 「구지가」가 수로왕의

---

18) 김태식, 앞의 책, 37면.

19) 三國之始祖皆發乎神異何足怪哉.

20) 國祖神話로 불리는 開國 관련 설화가 모두 이에 해당된다. 예컨대 고조선의 단군, 신라의 박혁거세, 고구려의 고주몽 등 국조와 관련된 설화들이다.

21) 김현용, 『한국고설화론』, 새문사, 1984, 69면. "다만 구지가가 반드시 이 신화와 결부되어 이루어진 것이냐 하는 것은 의문으로 남는다."

등극과 관계없이 수로에 대한 신성을 부여하고자 했던 후손들의 욕구에 따라 개입된 노래라 할 때, 하필 「구지가」가 담당층의 취향에 맞는 노래였는가에 대하여 해명해야 한다.

먼저 문무왕대 전후로 『개황력(록)』에 수로신화와 「구지가」가 수록되었는데 이 시기는 수로의 후손들이 정치적으로 비중 있는 위치에 있을 때였다. 수로왕릉에 대한 제사의 일임과 소경의 설치 등 가야계 인물들은 그들이 지닌 정체성에 대한 문제를 염두에 두지 않을 수 없었다. 그래서 수로를 從天下降의 신성을 띤 인물로 격상시키고 그것을 「구지가」라는 노래가 매개하고 있다. 「구지가」는 이런 상황에서 담당층의 욕구에 따라 수로신화에 견인될 수 있었다. 수로의 從天下降을 매개했다는 점에서 신화에 견인되기 이전의 「구지가」는 여사스런 노래가 아니었을 것이다. 從天下降을 매개하기 위해 견인된 노래라면 「구지가」의 원형은 閭巷의 노래가 아니라 의례의 제약을 받는 제의 관련 노래로 추정할 수 있다.

그리고 제의와 관련된 노래가 수로 신화의 전승 담당층에게 견인될 수 있었던 이유는 『김해읍지』의 단묘조를 통해 추론할 수 있다. 『김해읍지』 壇廟條의 龍蹄峰, 打鼓峰, 龜旨峰, 龍塘, 神魚山은 字義에서 풍기듯이 한결같이 제의와 밀접한 명칭들이다.[22] 용의 발톱이나 북을 두드리는 것 그리고 거북의 모양이나 용과 관련된 못가, 물고기와 관련된 자의는 제의를 떠나 생각할 수 없는 것들이다. 그리고 제의에는 반드시 인간의 바람이 수반되는데 김해라는 지리적 위치를 고려할 때,[23] 단묘조의 산들은 祈雨나 豊漁와 관련된 장소였던 것이다. 그러

나 기우나 풍어와 결부된 당대의 노래를 확인할 길은 없다. 다만 「구
지가」와 의상이 비슷한 다음의 노래에서 가능성을 찾을 수 있다.

> 도마뱀아 도마뱀아
> 구름을 일으키고 안개를 토해 내라
> 비를 쏟아지게 한다면
> 너를 놓아 보내 주겠다.[24]

　태종 7년 6월에 광연루 아래에서 행해진 蜥蜴祈雨와 관련된 노래이
다. 金謙이 소동파 시의 구절에 부기된 기우관련 주석을 태종에게 소
개함으로써 이루어진 이 행사는 조선말까지 계속되었다. 물론 旱災를
이겨 내는 방법은 다양했지만 석척제가 가장 일반적이었다. 그런데
기우는 궁중뿐 아니라 일반 여염집에서도 행해졌다. 석척제가 궁중
중심일 경우 푸른 옷을 입은 아동들이 석척이 들어 있는 동이를 치면
서 노래를 부르는 반면 여염집에서는 병에 물을 담아 버드나무 가지
를 꽂고 3일 동안 분향했다.[25]
　그런데 석척요가 제의와 결부됐을 때에는 일정한 의식을 동반하는
노래가 될 수 있지만 제의가 배제된 경우에는 아이들의 유희요에 머
물기도 한다.

> 가항의 기우는 아이들의 놀이와 같으니 정지시켜라.[26]

중심지는 바다에 가까이 위치했던 것이다. 오건환, 「완신세후반의 낙동강 삼각주 및 그 주변해안의 고환
경」, 『한국고대사논총』 2, 1991, 106~132면.

24) 『조선왕조실록』, 태종 7년 6월 21일. 蜥蜴蜥蜴 興雲吐霧 降雨滂沱 放汝歸去.

25) 위의 책, 선조 30년 4월 20일. 聚童子服靑衣 擊瓮鳴鑼 自公家供饋三時 三日而止 所用之香 …… 且今
都城閭閻 貯水瓶捕楊枝 焚香三日.

26) 위의 책, 중종 21년 5월 14일. 街巷祈雨有同兒戲 可停之.

백성들이 가산 탕진하여 기구가 전혀 없다. 억지로 실행케 하면 도리
어 아이들의 장난만도 못하게 될 것이니 안 하는 것만 못하다.[27]

어디서든 쉽게 구할 수 있는 도마뱀과 그것이 담길 만한 그릇만 있으면 아이들식의 기우제 준비는 끝난 셈이다. 거기에 노래만 수반되면 석척기우제와 다름 아니다. 도마뱀을 괴롭히며 노래를 부르는 이러한 과정은 아이들에게 매력적인 장난이 아닐 수 없다. 그래서 중종이나 선조가 위와 같은 명을 내렸던 것이다. 일정한 의식과 결부되지 않은 석척제나 노래가 아이들의 장난만 못할 정도로 전락된다는 점에서 그것의 전승양상을 두 가지로 나누어 생각할 수 있다. 하나는 의식이 결부된 궁중이나 여염집의 경우와 의식이 배제된 아이들의 유희나 유희요일 경우이다. 우리는 여기서 전자이든 후자이든 「구지가」가 수로신화에 견인될 여러 가능성에 대하여 지적할 수 있게 되었다. 이처럼 전승문제를 고려할 때 석척기우와 유사한 노래가 수로신화에 견인될 가능성은 크다.

이제까지 「구지가」의 수록경위에 대하여 논의해 왔다. 금관지주사가 『개황력(록)』과 구전물을 토대로 「가락국기」를 지었고 이것이 일연에 의해 『유사』에 "略載"되었다. 그래서 「가락국기」의 이해는 일연이 아니라 금관지주사를 둘러싸고 있는 여러 문제를 고려하는 데에서 출발해야 한다. 금관지주사는 수로의 후손으로 「가락국기」를 지으면서 수로신화와 왕력이 수록된 『개황력(록)』을 참고했는데 이것이 편찬된 시기는 가야계 인물들이 정치적 역량을 발휘할 무렵이었다. 그래서 수로와 관련된 신비적 요소는 이와 같은 사정에서 기인한 것

---

27) 위의 책, 선조 30년 4월 20일. 今則僅存之民 蕩無器具 若强令設行 則不能成形 反同兒戲 不如不爲之爲愈.

이기에 「구지가」가 수로의 신성을 매개하는 기능을 할 수 있었던 것
은 수로의 후손들이 전승 담당층이었다는 데에서 찾을 수 있다. 결국
「구지가」의 수록경위를 살피는 과정을 통해 노래의 성격을 규명해
내기 위한 토대는 마련된 셈이다.

3. 「구지가」 해석의 관건

　「구지가」의 수록경위에 대하여 논의해 왔다. 이제는 지금까지의
논의를 중심으로 「구지가」 해석의 관건이 되는 부분을 해명해야 할
차례이다. 「구지가」 해석의 관건은 거북의 역할과 거북의 머리(首),
그리고 "掘峯頂撮土"의 의미인데, 이것은 「구지가」와 의상이 비슷한
석척기우와 관련된 노래를 통해서 해명 가능하다.
　먼저 석척요의 唱者가 도마뱀에게 비를 기원하는 것은 비를 주관하
는 영물을 도마뱀으로 생각해서가 아니라는 점을 염두에 두어야 한
다. 도마뱀은 다만 기원자가 비를 희구한다는 것을 龍에게 알리는 범
위 내에서 기능할 뿐이다.

> 예조가 古事대로 갑을날에 청룡을 만들어 놓고 아동들에게 춤추게
> 하고 항아리에 蛇醫를 담아 놓고서 대나무 토막으로 항아리를 치
> 게 하며 석척에게 빌면서 '興雲吐霧'를 외치게 하는 등의 일을 事
> 目으로 만들어 아뢰라.[28]

---

28) 위의 책, 중종 32년 4월 26일. 禮曹依古事 甲乙日 造青龍少童舞之 甕盛蛇醫 以靑竹擊甕 祈蜥蜴而呼興
　　雲吐霧等事 作事目以啓.

中宗이 예조 판서 尹仁鏡에게 전교하는 부분을 통해 도마뱀이 기원자의 바람을 용에게 전달한다는 점을 알 수 있다. 아이들은 비를 주관하는 청룡에게 獻舞만 하고 구체적인 희구는 도마뱀을 통해서 가능하다. 결국 도마뱀은 기원자의 희구를 주관자에게 전달하는 역할을 할 뿐이지 실제로 구름이나 안개와는 무관하다.[29] 이런 사례는 동양권에만 한정된 것이 아니다.

> 자 비를 보내라
> 비가 올 때까지
> 너희를 물속에
> 돌려보내지 않으리라[30]

토라자족이 淡水 달팽이 몇 마리를 실로 꿰어 나무에 매달아 놓고 비가 내리기를 바라며 부르는 노래이다. 그러면 달팽이의 가없은 울음소리를 들은 신이 비를 내려 준다고 한다. 여기에서 달팽이는 비와 무관한 생물이며 기원자의 희구를 가없은 울음을 통해 비의 주관자에게 전달하는 역할만 한다. 심지어 개의 왼쪽 귀에 뜨거운 기름을 부어 개 울음소리가 비의 주관자에게 전달된다는 미개부족들의 사유에서도 개는 고통스런 울음을 주관자에게 전달하는 역할에 한정되어 있다. 결국 도마뱀, 달팽이, 개는 창자의 희구를 비의 주관자에게 전달하는 기능만 할 뿐이지 그들에게 어떤 신비스런 힘이 있는 것은 결코 아니다. 도마뱀을 넣은 동이를 요란스럽게 두드리거나 달팽이를

---

29) 호칭+명령－가정+위협이라는 범세계적 주술구조를 중심으로 「구지가」의 성격을 명쾌하게 해명해 낸 성기옥도 도마뱀을 주술자와 제삼의 존재를 이어 주는 동물로 이해하고 있다. 「구지가의 작품적 성격과 그 해석(2)」, 『배달말』 제12호, 배달말학회, 1987, 132면.

30) 프레이저, 장병길 역, 『황금가지』, 삼성출판사, 1982, 12면.

실에 꿰어 나무에 매단 것이나 개의 귀에 뜨거운 기름을 넣는 행위는 창자의 학대인데, 이 학대는 기우 주관자에게 창자의 희구를 매개하는 결정적인 기능을 하는 셈이다. 물론 석척기우처럼 항아리에 水棲動物을 넣고 나무로 두드리는 경우도 오리노코 인디언들에게서 발견할 수 있는데 여기서도 수서동물은 학대받는 대상에 불과하다.[31] 그래서 창자의 희구와 기우 주관자 사이에 이들이 위치한다는 것에 주목하여 「구지가」에서 거북의 역할을 이해해야 한다. 결국 수로신화에 견인된 「구지가」에서 거북의 역할은 이러한 범주에서 크게 벗어나지 않는다. 그에 따라 거북에 대한 지나친 의미부여는 수록경위를 고려한 본고와는 출발부터 거리가 있다.

다음으로 首의 의미를 가늠하는 문제는 거북이 창자의 희구를 주관자에게 전달하는 역할에 한정되어 있다는 점과 밀접하다. 도마뱀이나 달팽이는 "비가 쏟아지거나", "비가 올 때"까지 돌아갈 수 없는 처지이다. 그들이 요란한 소음이나 실에 꿴 상태에서 벗어날 수 있는 방법은 비가 내리는 길뿐이다. 그런데 강우는 그들의 능력과는 별개라는 게 문제이다. 「구지가」의 首도 이런 맥락에서 이해해야 한다.

龜何龜何	거북아 거북아
首其現也	머리를 내어라
若不現也	내놓지 않으면
燔灼而喫也	구워 먹겠다.

도마뱀이나 달팽이처럼 "비가 쏟아지거나", "비가 올 때"가 창자의

---

31) 위의 책, 119면. 개구리를 푸른 나뭇가지에 매달고 "곧 보내라 개구리야, 주옥같은 물을! 밭의 보리와 기장을 익혀 주려무나."라고 노래를 부르는데 여기서도 개구리는 학대받는 대상으로서 창자의 희구를 강우 주관자에게 전달하는 역할에 한정되어 있다.

희구이듯이 「구지가」에서는 "머리를 내어라"가 이어 해당된다. 그리고 창자의 희구가 이루어지지 않았을 경우 도마뱀이나 달팽이가 돌아갈 수 없는 것과 마찬가지로 거북이도 "구워 먹히는" 위협에서 벗어날 수 없다. 그리고 창자에게 위협받는 대상들이 창자의 희구와 주관자 사이에 위치한다고 지적했듯이 거북에게 머리를 내놓으라고 하는 것에서 首는 학대받는 대상과 관련된 것이 아니다. '수'를 거북의 머리와 무관한 것이라고 이해해야 할 근거는 여기에 있다. 결국 수로 후손들이 수로를 종천하강의 신성을 띤 인물로 격상시키면서 「구지가」를 견인했기에 '수'는 거북의 머리가 아니라 창자들의 희구인 수로왕을 의미한다.

"掘峯頂撮土"는 「구지가」의 '수'의 의미와 더불어 노래의 성격과 직결되는 단서이다. 논의자마다 이 부분에 대한 해석에 관심을 두었던 것은 여기서 기인한다. 물론 해석의 문제를 넘어 "掘峯頂撮土"이 구체적으로 무엇을 의미하느냐가 더욱 중요한 문제이다. "掘峯頂撮土"을 노동과 결부시키면 「구지가」를 노동요로 파악하게 되고, 수로왕 탄강과 결부시키면 맞이굿의 제의적 성격을 지닌 노래가 된다. 후자의 경우는 종천하강하는 수로를 맞기 위해 기다리던 사람들이 실제로 구지봉 꼭대기를 파서 흙을 끌어 모아 제단이나 신좌를 만든 것과 결부시킨 논의이다.[32] 또는 제단과 관련된 실제 행위가 아니라 제의적 드로메나로 보는 경우인데, 이것은 "掘峯頂撮土"을 거북토템 사회에서 이루어지는 토템의 擬作態로 파악한 것이다.[33] 그에 따라 "掘峯頂撮土"에 대한 의미는 제단과 관련된 실제 상황과 토템의 모방적 행위로

---

32) 김종우, 「고시가의 샤머니즘적 해석」, 『향가문학연구』, 선명문화사, 1974, 136면.
33) 황패강, 앞의 논문, 39면

나뉜다고 할 수 있다.

　그러나 수록경위를 중심으로 할 때, 「구지가」는 수로에게 신성을
부여하기 위한 수로후손들에 의해 견인된 노래였기에 "掘峯頂撮土"은
제단과 관련된 실제 상황이나 토템 모방과는 입장을 달리해서 파악해
야 한다. 수로의 후손들이 정치적으로 역량을 발휘할 때 그들의 정체
성과 관련된 문건이 『개황력(록)』으로 나타났는데 여기에 종천하강한
수로의 신화가 수록되어 있었다. 그리고 이것이 금관지주사에게 전해
져 「가락국기」의 찬술로 이어짐에 따라 『유사』에 略載될 수 있었다.
이러한 수록경위를 고려한다면 「구지가」는 제단이나 신좌를 구축하는
실제 상황이나 토템을 모방하는 것과는 다른 차원에서 논의해야 한다.
종천하강과 관련된 신화에 노래를 맞추다 보니까 제의 관련 노래가
견인될 수 있었던 것이고 그 과정 중에 제의와 관련된 "掘峯頂撮土"도
동시에 수로 신화에 편입된 것이다. 『김해읍지』 단묘조의 기우나 풍어
와 관련된 龍蹄峰, 打鼓峰, 龜旨峰, 龍塘, 神魚山는 제의를 떠나 생각할
수 없는 명칭들이었다. 제의 중에서도 기우를 결부시킬 수 있는 것은
기우 관련 노래의 구조나 그것을 매개하는 대상의 역할이 동일하다는
점이다. 그런데 도마뱀이나 달팽이 또는 개의 학대와 같은 것을 거북
과 결부시켜 찾을 수 없는 게 문제이다. 창자와 창자의 희구를 주관하
는 자를 매개하는 대상물이 학대를 받는 반면 거북은 학대에서 예외
인 듯하다. 그러나 도마뱀이 놓인 동이를 두드리거나 달팽이를 실에
꿰거나 혹은 개의 귀에 뜨거운 기름을 붓는 일련의 학대는 「구지가」
에도 예외 없이 일어난다. 구지봉이 거북이 엎드리고 있는 모습(十朋伏
之狀)이기에 두드리거나 실에 꿰거나 뜨거운 기름을 붓지 않더라도
"掘峯頂撮土"로 매개물에 대한 학대를 대신할 수 있었던 것이다.

4. 맺음말

상대시가 연구에서 어려운 점은 창작의 주변문제가 명확히 드러나지 않았을 때 흔히 발생한다. 논의자에 따라 노래의 성격을 달리 규정하는 것도 이러한 사정에서 출발한다. 물론 방증자료가 영성한 것도 연구의 커다란 장애가 아닐 수 없다. 이 글이 문제 삼고 있는 「구지가」의 경우 노래와 관련된 자료는 「가락국기」를 통해 얻을 수 있지만 그 자료를 어떤 시각에서 바라보느냐에 따라 노래의 성격을 달리 규정할 수 있다. 구간을 비롯한 많은 사람들이 수로의 천강을 의해 부른 노래이지만 「구지가」와 관련된 '首'와 "掘峯頂撮土"을 어떤 의미로 읽어 내느냐가 노래의 성격과 직결되는 것이었다. 그러나 수록경위를 고려했을 때, 「구지가」는 시조설화의 윤색에 가담했던 후손들에 의해 견인된 노래라 할 수 있다. 그리고 노래의 원형은 수로의 천강에 비추어 볼 때 여항의 노래가 아니라 제의와 관련된 것으로 추정할 수 있었다. 물론 김해 壇廟條에 나타나는 山名들은 제의를 떠나 생각할 수 없는 것들이었다. 결국 「구지가」는 기우(혹은 풍어)와 관련된 제의와 더불어 수토신화에 견인됐으며 노래 해석의 관건인 '首'와 "掘峯頂撮土"는 각각 수로(왕), 희구와 주관자 사이에 위치한 매개물에 대한 학대로 파악한 것이 이 글의 성과이다. 그리고 「구지가」와 의상이 유사한 「海歌」와 관련된 문제는 별고에서 다룰 예정이다.

가사부전의 「도솔가」를 이해하는 한 방법
-『삼국사기』 글자용례에 기대

1. 논의의 출발

「도솔가」는 儒理尼師今代와 景德王代에서 발견할 수 있는데, 이 글에서는 앞의 것을 논의하기로 한다. 후자는 "二日並現"[1]의 상황을 물리치고자 월명사가 지은 것으로 배경설화와 노랫말이 전하지만 전자는 가사부전이면서 작자도 불명확하기에 이 노래와 관련하여 정확히 지적할 만한 게 많지 않다. 그러나 가사부전의 「도솔가」와 관련된 "始製兜率歌 此歌樂之始也"는 한국 상대시가사를 기술하는 데 중요한 단서로, 이에 대한 해석은 크게 셋으로 나눌 수 있다. 예컨대 "이것이 가악의 시초"[2]이거나 "이것이 노래와 음악의 시작"[3]으로, 또는 "此歌樂之始也"에서 '此'를 대명사가 아니라 관형사로 파악하면 "이 노래가 樂의 시작"[4]으로도 이해할 수 있는 게 그것이다. 여기서 하나 더 주

---

1) 『삼국유사』 권5 감통7 월명사도솔가, 景德王十九年庚子四月朔二日並現挾旬不滅.

2) 김종권 역, 『삼국사기』, 대양서적, 1972, 77면.

3) 고전연구실 역, 『삼국사기』, 과학원, 1958, 11면.

목할 것은 "此歌樂之始也"의 앞에 진술된 "始製兜率歌"이다. 문면대로 '비로소 도솔가를 지었다'로 해석하면 될 터이지만 「도솔가」에 대한 『삼국사기』 찬술자의 판단이 이 구절에 개입된 만큼 면밀하게 검토할 필요가 있다. 이른바 『삼국사기』의 글자용례에 기대는 게 한 방법이다. 『삼국사기』 편찬 담당자들이 임의로 글자를 선택한 게 아니기에 글자용례가 해당구절을 이해하는 방법일 수 있다.5) 즉 『삼국사기』의 글자용례가 미시적인 방법이라 하더라도 「도솔가」와 관련된 논의를 보다 보강하는 계기는 물론 한국 상대시가사의 기술에 도움을 줄 수 있다는 것이다.

이 글은 「兜率歌」이해의 중요 구절에 해당하는 "始製兜率歌 此歌樂之始也"를 『삼국사기』의 글자용례에 기대 논의하는 게 목적인 만큼, 먼저 '製'라는 글자의 용례를 살필 것이다. 그리고 그 결과를 「도솔가」와 결부해 이것과 '歌樂'과의 관련을 논의할 것이다.

---

4) 홍재휴, 『한국고시율격연구』, 태학사, 1983, 150면; 김성언, 「도솔가재고」, 『국어국문학논문집』 6집, 동아대, 1985, 107~110면에 의하면 '이것이 歌樂의 시작'이라는 기존 해석의 문제점은 첫째 '가악'이라는 말 자체가 전문용어로서 어느 문헌에도 전승되지 않고, 둘째 『삼국사기』 안에서 '此'의 용례 중 대명사와 관형사의 비율이 50:500이라 한다. 그리고 김승찬(「신라인의 가악관」, 『국어국문학』11집, 부산대, 1974; 「사기·유사 소재 가악의 성격」, 『한국상고문학론』, 새문사, 1987, 재수록)도 歌樂이라는 것은 '歌'와 '樂'을 각각 분리시켜 그 개념을 파악하고, 이어 이 두 글자를 결합시켜 그 종합개념을 추출할 수밖에 없을 정도로 옛날부터 내려온 조어는 아니라 주장한다.

5) 『삼국유사』의 찬자 일연의 글자사용 용례를 통한 것이 향가연구의 한 방법(이영태, 「일연의 가요기술상 특징과 수록태도」, 『국어국문학』 117집, 국어국문학회, 1996)이었고 『삼국사기』의 글자용례에 기대 「황조가」를 이해한 것(이영태, 「황조가 해석의 다양성과 가능성」, 『국어국문학』 151, 국어국문학회, 2009)도 「도솔가」를 이해하는 한 방법을 시사한다.

2. '製'와 '歌樂'의 용례, 그리고 「도솔가」

'製'와 '歌樂'의 용례를 살피기에 앞서, 이 글자들이 「도솔가」와 관련된 진술에서 어떠한 위치에 있는지 가늠해야 한다.

> 겨울 11월에 왕이 나라 안을 巡行하다가 한 노파가 굶주리고 얼어서 죽어가고 있는 것을 보고 말하였다. '내가 왕위에 있으면서 백성을 능히 기르지 못하여 늙은이와 어린아이로 하여금 이런 극함에 이르게 하였으니, 이는 나의 죄이다.' 옷을 벗어서 덮어 주고 밥을 주어 먹게 하였다. 그리고 유사(有司)에 명하여 곳곳에 있는 홀아비와 홀어미, 고아, 자식 없는 늙은이와 늙고 병들어 스스로 살아갈 수 없는 사람을 위문하고 양식을 나누어 주어서 부양하게 하였다. 이에(於是) 이웃 나라의 백성들이 소문을 듣고 옮겨 오는 자가 많았다. 이 해(是年)에 백성의 풍속이 즐겁고 편안하여 비로소 도솔가를 지었(始製兜率歌)고 此歌樂之始이다.6)

위의 기록에 따르면 '於是'와 '是年'이 '始製兜率歌'의 계기와 관련된 글자이다. 이웃 나라의 백성들이 소문을 듣고 옮겨 오는 자가 많았다는 '於是'와 백성의 풍속이 즐겁고 편안했다는 '是年'은 「도솔가」가 긍정적인 상황에서 출현했다는 것을 가리키고 있다. 우리가 성글게나마 짐작할 수 있는 것은 노래의 성격과 이것이 특정한 것(歌, 樂, 歌樂)의 시작(此歌樂之始)이었다는 점이다. 다만 "始製兜率歌 此歌樂之始也"이란 구절에서 '此歌樂之始也'의 대한 해석은 전술한 대로 세 가지이되 이 글은 '始製兜率歌'에도 주목하고자 한다. 이를 '비로소 도솔가를 지었다.'처럼 직역해도 무난하겠지만, "후대 사람들이 그 소리를 따라서

---

6)『삼국사기』권1 신라본기1 유리니사금, 冬十一月 王巡行國內 見一老嫗飢凍將死曰 予以眇身 居上 不能養民 使老幼至於此極 是予之罪也 解衣以覆之 推食以食之 仍命有司 在處存問 鰥寡孤獨 老病不能自活者給養之 於是 隣國百姓 聞而來者衆矣 是年 民俗歡康 始製兜率歌 此歌樂之始也.

노래를 지어 회소곡”[7]이라 하거나 “눌지왕이 노래와 춤을 스스로 지은 경우”[8]에 ‘作’이 사용된 것과 달리 ‘製兜率歌’라는 구절에서 ‘製’에 관심을 갖고 검토할 필요가 있다.

『삼국사기』에서 「도솔가」 이외의 ‘製’는 다음과 같은 기록에 나타난다.

왕이 하림궁에 머무르며 음악을 연주하게 하니, 두 사람이 각각 새로운 노래를 지어(製) 연주하였다. 이보다 앞서 가야국 가실왕이 12줄 현금을 만들(製)었는데, 그것은 12달의 음률을 본뜬 것이다. 이에 우륵에게 명하여 곡을 만들(製)게 하였다.[9]

자기가 직접 지은(製) 온탕비와 진사비 그리고 새로 편찬한 진서를 내려 주었다.[10]

11월에 왕이 백관잠을 지어(製) 여러 신하들에게 보였다.[11]

현종이 5언 10운시를 몸소 지었(製)다.[12]

왕산악이 그 본래 모양을 보존하면서 자못 그 법제(法制)를 고쳐서 만들고, 아울러 100여 곡을 지어(製) 연주하였다. …… 옥보고가 지리산 운상원에 들어가 거문고를 배운 지 50년에 스스로 신조 30곡을 지었(製)다. …… 극종이 7곡을 지었(制)으며 극종의 뒤에는 거문고를 자신의 직업으로 삼는 자가 하나 둘이 아니었다. 지은(製) 음곡에는 2조가 있다. ····· 옥보고가 지은(制) 30곡 …… 극종이 지은

<hr>

7) 『삼국사기』 권1 신라본기1 유리니사금. 是時 負家一女子 起舞嘆曰 會蘇會蘇 其音哀雅 後人因其聲而作歌 名會蘇曲.

8) 『삼국사기』 권45 열전5 박제상. 初未斯欣之來也 命六部遠迎之 及見握手相泣 會兄弟置酒極娛 王自作歌 舞 以宣其意 今鄕樂憂息曲 是也.

9) 『삼국사기』 권4 신라본기4 진흥왕 12년. 王駐河臨宮 令奏其樂 二人各製新歌奏之 先是 加耶國嘉悉王 製 十二弦琴 以象十二月之律 乃命于勒製其曲.

10) 『삼국사기』 권5 신라본기5 眞德王 2년. 仍賜御製溫湯及晉祠碑并新撰晉書.

11) 『삼국사기』 권8 신라본기8 聖德王 10년. 十一月 王製百官箴 示羣臣.

12) 『삼국사기』 권9 신라본기9 경덕왕 15년. 玄宗御製御書五言十韻詩.

(製) 7곡은 지금은 없어졌다.13)

우륵이 지은(製) 12곡은 …… 이문이 지은(製) 3곡은…….14)

처음 서쪽으로 유학하였을 때 강동의 시인 나은과 서로 알게 되었
다. 나은은 재주를 믿고 자만하여 남을 쉽게 인정하지 않았는데 최
치원에게는 자기가 지은(製) 시 다섯 두루마리를 보여 주었다.15)

단지 지금 남쪽 지방에 더러 설총이 지은(製) 비명이 있으나 글자
가 마멸되고 떨어져나가 읽을 수 없으므로 끝내 그의 글이 어떠하
였는지를 알 수 없다.16)

위의 자료에서 '製'가 歌, 玄琴, 銘, 箴, 韻詩, 曲, 詩와 관련돼 모두 16
회 등장한다.17) 歌(1회), 玄琴(1회), 銘(2회), 箴(1회), 韻詩(1회), 曲(9회),
詩(1회)가 그것으로 음악과 관련된 歌, 琴, 曲의 횟수가 절대적이다. 우
륵, 왕산악, 옥보고, 이문이 지은 曲은 노랫말(가사)이 아니라 선율을
구현하는 방법과 관련된 것들이다. 그리고 우륵과 이문이 진흥왕 앞
에서 새로운 노래를 지어 연주했다는 "二人各製新歌奏之"라는 표현에
서 '새로운(新)'은 노랫말에 국한된 게 아니라 연주(奏之)를 동반한 만
큼 선율(曲)도 포함하고 있기에 曲의 횟수에 추가해야 한다. 결국 『삼
국사기』에서 '製'는 음악과 밀접하며 그 중에서 노랫말보다 선율을
구현하는 방법과 밀접한 글자였다는 점을 지적할 수 있다. 그래서 '製

---

13) 『삼국사기』 권32 잡지1 신라악 현금. 王山岳 存其本樣 頗改易其法制而造之 兼製一百餘曲以奏之 ……
   玉寶高 入地理山雲上院 學琴五十年 自製新調三十曲 …… 克宗制七曲 克宗之後 以琴自業者 非一二 所
   製音曲有二調 …… 玉寶高所制三十曲 …… 克宗所製七曲 今亡.

14) 『삼국사기』 권32 잡지1 신라악 가야금. 于勒所製十二曲 …… 泥文所製三曲.

15) 『삼국사기』 권46 열전6 최치원. 始西遊時 與江東詩人羅隱相知 隱負才自高 不輕許可人 示致遠所製歌詩
   五軸.

16) 『삼국사기』 권46 열전6 설총. 但今南地 或有聰所製碑銘 文字缺落不可讀 竟不知其何如也.

17) '制'와 관련해서 '法制'는 고유명사라 제외하고 '克宗制七曲'와 '玉寶高所制三十曲'처럼 동사로 기능하
   는 것은 '製'에 포함시켰다.

兜率歌'라는 표현은 단순히 노랫말에 비중을 두기보다 선율적인 부분을 감안해서 이해해야 한다는 것이다.

이를 토대로 '此歌樂之始也'를 이해해야 한다. '이것이 가악의 시초'이거나 '이것이 노래와 음악의 시작' 또는 '이 노래가 樂의 시작'으로 해석했는데, 『삼국사기』의 글자용례를 통해 타당성을 살펴야 한다.

> 혹은 歌樂으로 서로 즐겼는데, 산과 물을 찾아 노닐고 즐기니 멀리 이르지 않은 곳이 없었다. 이로 인하여 사람의 사악함과 정직함을 알게 되어, 착한 사람을 택하여 조정에 천거하였다.[18]

화랑들이 '歌樂으로 서로 즐겼(相悅以歌樂)다'는 부분에 '가악'이 등장한다. 그리고 이와 똑같은 것이 김흠운과 관련돼 있지만 이외에는 전혀 발견할 수 없다.[19] 물론 『삼국유사』에서도 '가악'이란 표현을 발견할 수 없다. 그러나 화랑이 서로 즐겼다는 '가악'은 필사본 『화랑세기』를 통해 그 실상을 짐작할 수 있다.[20] 화랑은 武事를 좋아하고 俠氣가 많은 '護國仙'과 鄕歌를 잘하고 淸遊를 좋아하는 '雲上人'으로 나뉘는데 그중에서 운상인 계열이 玉笛을 잘 불었다고 한다. 화랑들이 즐겼다는 '가악'에서 '가'는 노래를 짓거나 부르는 것이고 '악'은 젓대 같은 악기를 연주하는 것(相悅以歌樂)이었다. 그리고 화랑이 노래와 악기에만 결부된 게 아니라 11세의 풍월주 夏宗 조에 "공이 15살에 화랑에 들어가 토함공에게 史를 배우고, 이화공에게 歌를 배우

---

18) 『삼국사기』 권4 신라본기4 진흥왕 37년, 或相悅以歌樂 遊娛山水 無遠不至 因此知其人邪正 擇其善者薦之於朝.

19) 『삼국사기』 권47 열전 김흠운, 或相悅以歌樂 遊娛山水 無遠不至 因此知其邪正 擇而薦之於朝.

20) 필사본 『화랑세기』의 진위 여부에 대한 논란이 있지만, 화랑과 향가연구에 귀중한 자료이다. 이에 대해서는 김학성 교수가 누차 강조했고 관련된 글들은 『한국 고시가의 거시적 탐색』, 집문당, 1997에 수록돼 있다.

고, 문노에게 劍을 배우고, 미생공에게 舞를 배워 모두 그 精髓를 얻은 것"21) 처럼 춤과도 밀접했다. 그에 따라 『삼국사기』와 『삼국유사』에서 歌와 樂을 각기 나누어 그 개념을 천착했던 논자가 '가악'에 대하여 "노래와 무용이 합쳐진 악기연주의 음악을 지칭"22)한다는 지적은 필사본 『화랑세기』의 가악기록에 기대더라도 여전히 유효하다. 그리고 화랑들의 기본적인 사유가 '국가주의'에 집중돼 있던 만큼 그들이 즐겼던 가악도 개개인의 자족적인 부분보다 국가와 밀접할 수밖에 없다. 예컨대 '二日竝現'의 상황에서 향가 「도솔가」를 지은 월명사, 星怪의 소멸과 함께 일본병사를 물리칠 수 있도록 「혜성가」를 지은 융천사, 五岳三山神이 現身하는 상황에서 「안민가」를 지은 충담사 등은 "다른 어떤 것보다 호국과 흥방국을 우선으로 하는 이데올로기"23)를 지녔던 자들이다. 물론 이러한 사유를 지닌 충담사는 차사사뇌격에 기대 「찬기파랑사뇌가」를 지은 자이기도 하다.

"始製兜率歌 此歌樂之始也"에서 '製'와 '歌樂'의 특성을 살펴보았다. 『삼국사기』에서 '製'는 노랫말에 비중을 두기보다 선율적인 부분을 감안해 사용된 글자였고 '歌樂'은 노래와 악기연주, 그리고 무용을 통합하여 이해해야 할 글자였다. 사정이 이러할 때, "始製兜率歌 此歌樂之始也"라는 기록은 「도솔가」를 계기로 기존과 변별되는 통합 형태의 歌舞樂이 등장했다는 것을 가리킨다. 통합형태의 가무악이 등장하기 이전의 상황은 「동이전」에 나타난 대로 한결같이 '歌舞'이지 '歌樂'과 관련된 기록이 전혀 없다. 예컨대 부여의 '連日飲食歌舞', 고구려의 '相就

______

21) 이종욱 역주해, 『화랑세기』, 소나무, 1999, 270면, 公年十五而入花郎學史于免舍公 學歌于二花公 學劍于文弩公 學舞于美生公 皆得其精.

22) 김승찬, 앞의 책, 182면.

23) 김학성, 앞의 책, 69면.

歌戲’, 濊의 ‘晝夜飮食歌舞’, 마한의 ‘羣聚歌舞飮酒晝夜無休’, 변진의 ‘俗喜歌舞飮酒’가 그것이다. 이후 유리왕대에 이르러 통합 형태의 가무악이 등장했는데 이에 대해 구체적으로 알 수 없지만 “비로소 兜率歌를 지었는데 嗟辭와 詞腦格이 있었다.”[24)]의 『삼국유사』 기록을 통해 보건대 노랫말의 형식에 대해서는 짐작할 수 있다. 주지하듯 ‘차사’는 감탄사이고 ‘사뇌격’은 차사를 중심으로 전대절·후소절로 나뉘는 형태로 흔히 사뇌가라 칭하는 것에서 발견할 수 있다. 이러한 형태를 향가, 시조, 경기체가에서도 발견할 수 있기에 차사사뇌격을 한국 시가의 원초형으로 파악하기도 한다.[25)] 물론 유리왕대의 「도솔가」가 후대의 사뇌가(三句六名)처럼 정연한 형태를 띠지 못했다 하더라도 그것의 시작이 될 만한, 즉 기존과 변별되는 계기였다는 점을 나타내는 기록이라는 것이다.[26)]

3. 결론

『삼국사기』의 ‘製’와 ‘歌樂’의 용례에 기댔을 경우, “始製兜率歌 此歌樂之始也”라는 기록은 기존과 변별되는 통합 형태의 歌舞樂이 등장했다는 것을 가리킨다. ‘홀아비와 홀어미, 고아, 자식 없는 늙은이와 늙고 병들어 스스로 살아갈 수 없는 사람을 위문하고 양식을 나누어 주’자 ‘이웃 나라의 백성들이 소문을 듣고 옮겨 오는 자가 많았’고

---

24) 始作兜率歌有嗟辭詞腦格.

25) 정기호, 『고려시대 시가의 연구』, 인하대출판부, 1986, 214면.

26) ‘차사사뇌격’의 「도솔가」가 진술된 이후 「회소곡」 관련 기록이 있는데, 이 노래 드한 ‘起舞歎曰 會蘇雀蘇 其音哀雅 後人因其聲而作歌’로 보아 ‘회소회소’를 차사로 하는 노래임을 짐작할 수 있다.

‘이 해에 백성의 풍속이 즐겁고 편안하여 비로소 「도솔가」를 지은’
만큼 이 노래와 관련된 통합 형태의 가무악을 국가가 전면에 나서서
제작했던 것이다. 유리왕대에 이르러 六部의 이름을 개정하고 六姓을
내렸으며 보습과 얼음을 저장하는 창고와 수레를 만들었던 만큼[27]
‘민속환강’과 관련된 「도솔가」는 개인이 지은 게 아니라 국가가 나서
서 통합된 새로운 형태의 가무악을 제작할 때 그 안에 포함되었던 노
래이다. 물론 노랫말에 대해 알 수 없지만, 유리왕대의 민속환강과 관
련된 「도솔가」에 ‘차사사뇌격’이 있었고 이것이 가악의 시작이었다
는 점과 ‘국가주의’라는 사유를 지니고 차사사뇌격을 구사할 줄 알았
던 화랑들이 가악으로 서로 즐겼다는 점에 기댔을 때 어느 정도 추단
할 수 있다. 즉 개인의 정서보다는 ‘악장의 성격을 지녔을 만한 도솔
가’[28]로 이해하는 게 그것이다.

---

27) 『삼국유사』 권1 기이1 제3노례왕. 改定六部號仍賜六姓 …… 始製犁耜及藏冰車作乘.
28) 홍재휴, 앞의 책, 151면; 김승찬, 앞의 책, 66면.

* 보론 1. '사뇌(詞腦)'의 정체

『삼국유사』와 『균여전』의 시가 14수와 11수는 한글 창제 이전의 작품들이다. 이들은 향가나 사뇌가라는 명칭으로 문헌에 나타난다. 사뇌와 관련된 대표적 논의 몇 가지를 살피면 다음과 같다.

> 조선사람은 자기나라의 말을 俗訓 따위로 부를 정도였으므로 조선
> 어로 통속화된 말로 브를 경우 향가 같은 것도 이것을 시골노래,
> 즉 설위라 불렀으리라는 것은 상상하기 어렵지 않다.[1]

小倉進平의 주장은 스스로 말했듯이 '상상'에 머물 뿐이다. 그는 '思內·詩惱·詞腦'가 '설다(半熟·半煮)'의 명사형 '설위'의 寫音이기에 향가를 통속화된 말로 부르면 'ひなうた' 곧 '설위'인 것으로 추측했던 것이다.

> 吾人은 '思內·詞腦' 및 '詩腦·辛熱'로써 稱號되는 '東方·東土'의
> 義의 歌樂이 一方으로 '鄕歌·鄕樂'이라 對譯된 所以然을 述하였

---

1) 小倉進平, 『鄕歌及び吏讀の硏究』, 京城帝大法文學部紀要 第一, 1929, 24면. 朝鮮人は自國の語を俗訓など
と稱した程であるから朝鮮語に通俗化した語を以て呼ぶ場合には鄕歌の如きも之を「鄕(ひな)うた」
卽ち설위といつたであらうといふことは想像するに難くない.

다. 곧 問題의 '詞腦·詞腦歌'는 '鄕歌'의 原語를 全音寫한 것에 不
外하다.[2]

　小倉과 달리 위의 주장은 '향가=사뇌가'의 등식에 집중되어 있다.
그러나 논자의 학문적 태도는 높이 평가받았지만 논증의 부당함에
대한 섬세한 지적도 있었다.[3]
　이상의 논의는 '~歌'라는 어사에서 '~'을 해명하면 '~가'의 개념
이 선다는 믿음에서 '~'에 대한 어학적 해석에 주력한 경우들이다.
그러나 등식을 세우기에 앞서 선행될 것은 양자의 연구 토대 위에서
등식의 성립 여부를 고려하는 일이다. 개개의 논의 끝에 등식의 성립
여부가 결정되어야 타당성을 인정받을 터인데 위의 논의는 전후가
도치된 듯하다. 이는 앞서 언급했지만 '~歌'에서 '~'의 어학적 해명
이 바로 '~歌'의 전체를 규정할 수 있다는 생각에서 출발한 것이다.
　이러한 어학적 어의에 대한 논의 이외에도 향가와 사뇌가를 구별
한 논의가 있다.

> 1. 鄕歌는 詞腦歌보다 더 廣範圍한 樣式이고, 鄕歌란 카테고리 안
>   에는 巫歌·民謠·詞腦歌 等이 다 같은 位置에서 存在한다.[4]
>
> 2. 詞腦歌라는 말은 …… 아마도 10句體 定型詩의 鄕歌의 名稱이 詞
>   腦歌가 아니겠는가 생각된다.[5]

　1.과 2.의 논의는 등식이론이 아닌 향가와 사뇌가의 포함관계에 주

---

2) 양주동, 『증정고가연구』, 일조각, 1977, 47면.

3) 황패강, 「사뇌가양식의 고찰」, 『국문학논집』 9집, 단국대, 1978, 68~72면.

4) 김동욱, 「사뇌가산고」, 『국어국문학』 9호, 국어국문학회, 1954, 10면.

5) 조윤제, 『한국문학사』, 탐구당, 1979, 37면.

목하고 있다. 그리고 2에 이르러 사뇌가는 10구체 정형시로 규정되는데 이는 '향가'나 '사뇌가'로 칭한 「보현십원가」와 「찬기파랑사뇌가」에서 추단된 것이다.[6] 어학적 어의에 관한 논의보다 다소 시야가 넓어진 주장이기는 하지만 향가와 사뇌가의 범주관계를 논의했을 뿐 사뇌에 대한 구체적인 논의는 없었다.

> 思內는 上의 뜻이니 思內奇物樂은 上奇物樂이 되어서 …… 上奇物樂은 借字法으로 記寫하면 思內奇物詞腦(思內)가 될 것이란 말이다. 上의 古訓은 '수리'다. 端午날을 '수릿날'이라 하는 것은 上날의 뜻이요, 十月 上달은 '수리달'의 뜻이다. 十月과 五月은 蘇塗祭天節이기 때문이다.[7]

논자는 사뇌가와 향가의 등식이나 범주관계에서 탈피하여 '사뇌'라는 어사에 비중을 두어 이를 상고의 祭와 관련된 민간신앙과 결부시켰다.

> '詞腦歌'는 漢字語다. 한자차용표기로 된 우리말이 아니다. '思內, 詩惱 ……' 등은 차음표기된 '詞腦'다.[8]

'사뇌'가 우리말 소리표기(借字)라 하는 일반적 통설에 대해 반박한 파격적인 논의다. 그러나 '思內, 詩惱……' 등이 한자어 '사뇌'의 寫音或 異記라는 것에 대해 회의적인 논의도 있었다.

---

6)『균여전』역가현덕분, 此詞腦歌主眞一佛出世;『삼국유사』권2 기이2 경덕왕 충담사 표훈대덕, 朕嘗聞師讚耆婆郎詞腦歌.

7) 조지훈, 「신라가요연구논고」, 『민족문화연구』 1호, 고려대, 1964, 144면.

8) 황패강, 앞의 글, 102면.

漢字語의 寫音式 異記라는 것이 있을 수 있는 것인지 알 수가 없
다. …… 詞腦는 歌唱할 수 있는 '어떤 틀' 같은 것이며 11C에는 機
能上 이미 祭儀의 要素에서 벗어난 것이었다. 새로운 社會의 祭儀
는 祭天儀式은 아니며 祭天儀式의 要素였던 '詞腦'는 다만 '戲樂'
의 '具'일 따름인 것이다. 그 '詞腦'로 지었던 歌들은 10行 定型이
다. 그것이 [어떤 틀]을 보여 준다. 그것은 歌만의 틀인 것은 아니
며 樂·舞·琴·曲의 틀일 수 있었던 것이다.[9]

위의 논의는 지금까지 사뇌에 대한 외연적 논의를 넘어 그 구체적
구명에까지 근접한 경우다. 사뇌는 오랜 기원을 갖고 있는 '어떤 틀'
이라는 것이다.

이제까지 '사뇌'나 '사뇌가'와 관련된 논의들을 다음처럼 정리할
수 있다.

1. 사뇌가와 향가는 등식이 성립
2. 향가와 사뇌가와의 범주관계의 설정
3. 향가 중 10구체 정형시의 명칭
4. 사뇌는 고대 민간신앙과 관계
5. 사뇌는 한자식 조어일 뿐
6. 3단위 전후 양절이 바로 '사뇌의 틀'

이렇듯 '사뇌'에 대한 논의가 풍성했던 것은 '향가'나 '사뇌가'는
물론 상대시가들을 이해하는 문제와 직결되어 있기 때문이다. 사뇌와
관계된 모든 자료는 아래와 같다.

---

9) 정기호, 「사뇌고」, 『인문과학연구소논문집』 19집, 인하대, 1992, 17~24면.

Ⅰ. 문헌별

A. 『삼국사기』
1. 思內[一作詩惱]樂   奈解王時作也
2. 思內奇物樂   原郎徒作也
3. 德思內   河西郡樂也
4. 石南思內   道同伐郡樂也
5. 思內舞   政明王九年幸新村時
6. 思內琴   哀莊王八年始奏
                －권32 잡지1 제사악－

B. 『삼국유사』
7. 思內曲宅   －권1 기이1 진한－
8. [東泉寺在詞腦野北]   －권1 기이1 신라시조 혁거세왕－
9. 兜率歌有嗟辭詞腦格   －권1 기이1 노례왕－
10. 讚耆婆郞詞腦歌   －권2 기이2 경덕왕 충담사 표훈대덕－
11. 身空詞腦歌   －권2 기이2 원성대왕－

C. 『균여전』
12. 師之外學尤閑於詞腦[意精於詞故云腦也]
13. 夫詞腦者世人戲樂之具
                －제7 가행화세분－
14. 十一首之鄕歌詞淸句麗其爲作也號稱詞腦
15. 此詞腦歌主眞一佛出世
                －제8 역가현덕분－

D. 「玄化寺碑陰記」
16. 遂宜許臣下獻憂讚詩腦歌者

Ⅱ. 문헌별 변화상

『삼국사기』
思內樂(2세기) → 思內奇物樂·德思內·石南思內(6세기) → 思內舞
(7세기) → 思內琴(9세기)

『삼국유사』
思內曲宅・詞腦野(기원전) → 兜率歌有嗟辭詞腦格(1세기) → 讚耆
婆郎詞腦歌(8세기) → 身空詞腦歌(9세기)
『균여전』
詞腦[意精於詞故云腦也]・詞腦者世人戲樂之具・其爲作也號稱詞腦
・詞腦歌主(11세기)

『삼국사기』에서 사뇌는 樂・舞・琴과 더불어 '思內'로 나타나며 異
表記가 '詩惱'이기도 하다. 『삼국유사』의 사뇌 관련 기록 7.~11. 중에
서 9.~11.은 '歌'와 밀접하고 7.은 '宅'과 관계한 듯하지만 '思內曲'이
'宅'을 한정하기에 앞서 '사내'가 '곡' 앞에 위치한다는 점에 주목해야
한다. 결국 8.의 기록 '동천사는 사뇌야 북쪽에 있다(東泉寺在詞腦野
北)'만 '歌', '曲'과 관계없다. 『균여전』의 사뇌는 '歌'나 '作歌'는 물론
'戲樂之具'와 결부되어 있다.

『삼국사기』와 『삼국유사』의 사뇌 기록 사이에 차이가 생긴 것은
편찬자의 입장에서 기인한다. 전자는 왕실중심으로 편찬된 반면 후자
는 "철저한 實證癖"10)에 기반을 둔 승려 개인에 의해 찬술된 것이다.
『삼국사기』에 '思內'가 '樂・舞・琴'과 관련된 반면 『삼국유사』에 '思
內・詞腦'가 지명엔 물론 格이나 歌와 연계되어 있어 『삼국사기』보다
광범위한 사뇌 관련 자료를 간직하고 있는 것도 이런 이유와 무관하
지 않다. 특히 『삼국유사』에서 사뇌의 연대별 변화양상이 "思內曲
宅・詞腦野(기원전) →"有嗟辭詞腦格"(1세기) →讚耆婆郎詞腦歌(8세기) →
身空詞腦歌(9세기)"일 때 '思內' 및 '詞腦'라는 명칭이 '詞腦'로 결속되
는 중심에 "有嗟辭詞腦格"이 있다. '嗟辭'가 연결된 이후 사뇌는 '가'하

____

10) 민영규, 「삼국유사 해제」, 『한국의 고전백선』(『신동아』 1969 1월호 부록), 88면.

고만 조응한다는 것이다.

유리왕의 「도솔가」와 관련된 기록 "是年民俗歡康始製兜率歌此歌樂之始也"(『삼국사기』)와 "朴弩禮尼叱今[一作儒理王] …… 始作兜率歌有嗟辭詞腦格"(『삼국유사』)을 통해 '사뇌'와 '가'가 결합된 이유를 짐작할 수 있다. 이 기록에서 사뇌를 해명하기 위한 단서는 "此歌樂之始也"의 해석인데, 이 구절은 "이것이 가악의 시초"11)이거나 "이것이 노래와 음악의 시작"12)으로 해석될 수 있다. 그러나 "此歌樂之始也"에서 '此'를 대명사가 아니라 관형사로 파악하여 "이 노래가 樂의 시작"이라고 주장할 수도 있다.13) 양서의 기록을 종합해서 '이 노래가 樂의 시작이고 嗟辭詞腦格이 있다.'거나 '이것이 가악의 시작이고 차사사뇌격이 있다.' 정도로 해석할 수 있을 것이다. 여기서 전자의 '악'의 시작은 유리왕 이전에 樂이 없어야 가능한 표현인데 『魏志』를 통해 上古 樂의 존재를 확인할 수 있기에, 후자의 해석이 보다 개연적이다. 물론 '가악'은 '통합형태의 歌舞樂'이었을 것이다.14)

결국 "是年民俗歡康始製兜率歌此歌樂之始也"(『삼국사기』)와 "始作兜率歌有嗟辭詞腦格"(『삼국유사』)의 기록을 종합하면 治者의 善政15)으로 '民俗歡康'하여 '통합형태의 가무악'을 지었는데, 여기서 '歌'는 '차사

---

11) 김종권 역, 『삼국사기』, 대양서적, 1972, 77면.

12) 고전연구실 역, 『삼국사기』, 과학원, 1958, 11면.

13) 김성언, 「도솔가재고」, 『국어국문학론문집』 6집, 동아대, 1985, 107~110면; 김승찬, 『한국상고문학론』, 새문사, 1987에 의거해도 歌樂이라는 것은 '歌' '樂'을 분리시켜 각각 그 개념을 파악한 후 결합하여 그 종합개념을 추출할 수밖에 없다 한다.

14) 김승찬, 위의 책, 182면.

15) 홀아비와 홀어미, 고아와 병든 자들에게 선정을 베풀자 이웃나라의 백성들이 찾아왔다는 데에서 이런 경향을 읽을 수 있다. 『삼국사기』 권1 유리니사금 5년, 鰥寡孤獨老病不能者活者給養之 …… 於是鄰國百姓聞而來者衆矣. 또한 보습과 얼음을 저장하는 창고와 수레를 만든 시기가 도솔가 제작과 결부되어 있다. 『삼국유사』 권1 기이1 제3노례왕. 始製犁耜及藏冰車作乘.

사뇌격'의 틀을 지닌 「도솔가」였다는 것이다. '사내곡택'과 '사뇌야'로 두루 사용된 어사였던 '사뇌'가 '민속환강'이라는 상황에서 어떤 한 '格'에 결부되어 '歌'에 정착된 것이다. 물론 현종 13년(1022)에 세운 「玄化寺碑陰記」의 기록 "聖上乃御製依鄕風體歌遂宜許臣下獻慶讚詩腦歌者"도 '歌'와 떨어져서 생각할 수 없다.

'차사사뇌격'을 지녔다는 『균여전』의 향가 11수(十一首之鄕歌詞淸句麗其爲作也號稱詞腦)와 충담사의 향가 「찬기파랑사뇌가(讚耆婆郞詞腦歌)」를 통해 보건대 '차사'는 감탄사, '사뇌격'은 차사를 중심으로 전대절과 후소절로 양분되는 형태로 시조, 경기체가에서 나타나는바, 이를 '한국시가의 원초형'으로 규정할 수 있었던 것이다.[16]

---

16) 정기호, 『고려시대 시가의 연구』, 인하대출판부, 1986, 214면.

* 보론 2. 향가론의 전개와 과제
- 향가작가 문제를 중심으로

1. 문제의 범위

이 글은 근대 이후 한국학 탄생과 전개 과정을 살피는 데 목적이 있다. 하지만 근대 한국학의 범주에 포괄된 대상들을 일일이 거론하는 일은 필자의 능력을 넘어설 뿐 아니라 앞으로의 과제 및 방법론을 적시하는 데 도움이 못된다. 다만 근대 이후 한국학과 관련하여 곳 차례 연구사 검토가 이루어진바,[1] 이 글에서는 향가를 대상으로 삼아 연구사를 검토하면서 향후의 과제에 대해 언급할 것이다.

향가 연구사는 일일이 예거할 수 없을 정도로 방대하기에, 향가해 독과 향가작가를 중심으로 논의할 것이다. 향가론은 향가해독 방법에 서 출발하였기에 어학적 연구를 살피되 현재의 향가해독에 영향을

---

* 이 글은 인하대학교 한국학연구소 등아시아한국학 학술회의(한국학의 형성과 동아시아, 2010년 6월 17일) 의 발표문으로 『한국학연구』 23집(인하대, 2010)에 수록된 것임.

1) 이가원 외 4인 편, 『한국학연구입문』(지식산업사, 1981); 황패강 외 3인 편, 『한국문학연구입문』(지식~업 사, 1982); 국어국문학회 편, 『국어국문학 40년』(집문당, 1992); 류준필, 「한국학연구 50년 점검 : 광복 50 년, 고전문학연구사의 전개과정」, 『한국학보』21(일지사, 1995); 국어국문학회 편, 『국어국문학회 50년』(E 학 사, 2002).

주고 있는 대표적인 경우에 한정할 것이다. 그리고 향가작가와 관련
하여 현전하는 작가의 수가 적고 집단으로 묶을 만한 대상이 화랑과
그 주변 인물이기에 이들을 논의대상으로 삼는다.

2. 향가해독의 전개와 향가작가에 대한 異論

1) 향가해독의 전개

향가는 "空前絶後의 귀한 詩"[2]라 평가받을 만하다. 그것이 한글이 발
명되기 전 "우리말로 된 최초의 기록문학"[3]이기에 그렇다. 하지만 차자
표기된 향가의 창작 당시의 음가를 재구하여 현대어로 정확하게 해독
하는 일은 쉽지 않다. 그래서 향가론의 전개가 해독에서 출발하여 점차
문학적 영역으로 확장해 나간 것도 해독의 어려움과 무관하지 않다.

한국인으로서 향가해독을 시도한 사람은 신채호이다. 그는 『삼국
유사』의 「처용가」를 해독하기 위해 『악학궤범』의 「고려처용가」와 대
비하는 방법을 택했다.[4] 대비를 통해 오탈자를 지적하여 그것을 해독
에 반영하기도 했는데, 이는 현재의 해독방법에서 여전히 사용되는
방법이기도 하다. 이후 향가해독은 경성제대 법문학부 조선어문학 전
공 교수 小倉進平의 저작을 계기로 전환을 맞게 된다.[5] 하지만 그것이

---

2) 안자산(최원식 역), 『조선문학사』(을유문화사, 1984), 58면.

3) 조동일, 『한국문학통사 1』(지식산업사, 1982), 127면.

4) 신채호, 「조선고래의 문자와 시가의 변천」, 『동아일보』, 1924. 1. 1. 물론 신채호의 해독 이전에 일본인 金澤
   庄三郎이 「처용가」 해독을 두 차례 시도했지만, 첫 번째는 4자를 해독하지 못했고 두 번째는 전문을 해독하되
   영문자로 해독한 것이었다. 이에 대해서는 임기중, 「신라가요의 연구사 고찰」, 『새국어교육』 29 · 30호(한국
   국어교육학회, 1979), 참조.

조선총독부 관계자들의 관심과 밀접한 연관이 있었던 만큼 올바른 방향으로 진행될 수 없었다.

> 조선사람은 자기나라의 말을 俗訓 따위로 부를 정도였으므로 조선
> 어로 통속화된 말로 부를 경우 향가 같은 것도 이것을 시골노래,
> 즉 설위라 불렀으리라는 것은 상상하기 어렵지 않다.[6]

그는 향가 개념과 밀접한 '思內·詩惱·詞腦'를 '설다(半熟·半煮)'오- 관련시켜 'ひなうた', 곧 '설위'로 규정했다. 물론 이러한 판단의 기저에는 그의 조선어연구가 조선 지배를 정당화할 한 방편으로 시작됐다는 점과 무관하지 않다.[7] 그렇지만 "해독이 지니는 허점이나 약점은 수다히 지적할 수 있겠지만 그 모든 것을 초월하여 현존하는 향가를 모두 읽어 보였다는 사실만으로도 그의 공로는 길이 기억되기에 충분"[8]하다는 평가를 받는다.

小倉의 해독에 대해 "향가를 해독함에 있어서 그것을 한 시가로 보지 않고 그 대의의 모색만에 몰두하여 무릇 詰屈을 극한 희한한 奇文을 贏得하고 있다."[9]며 양주동이 등장하였다. 그는 小倉과 달리 향가가 지닌 가요로서의 음수율, 어감 등을 고려하여 그것을 해독에 반영

---

5) 小倉進平, 『鄕歌及び吏讀の硏究』(京城帝大法文學部紀要 第一, 1929)

6) 위의 책, 24면. 朝鮮人は自國の語を俗訓などと稱した程であるから朝鮮語に通俗化した語を以て呼ぶ場合には鄕歌の如きも之を「鄕(ひな)うた」卽ち설위といつたであらうといふことは想像するに難くない.

7) 小倉 이전에도 향가에 대한 관심을 갖았던 일본인 연구자들이 있었는데, 鮎貝房之進과 金澤庄三郎이 다크적이다. 물론 그 배경에는 1890년대부터 정치적인 계기로 해서 본격적으로 일기 시작한 조선어에 대한 ■교언어학적 관심이 자리 잡고 있다. 鮎貝房之進과 金澤庄三郎의 기본 입장은 한일병합의 정치적 근거로 이용하기 위한 '日朝兩國語同系論'이다. 이에 대해서는 임경화, 「향가의 근대: 향가가 국문학으로 탄생하기까지」, 『한국문학연구』 32(동국대한국문화연구소, 2007), 430~437면 참조.

8) 김완진, 「향가의 해독과 그 역사적 전망」; 김열규·신동욱 편, 『삼국유사와 문계적 가치해명』(새문사, 1982); 『향가와 고려가요』(서울대출판부, 2000), 7면 재수록.

9) 양주동, 「향가의 해독, 특히 원왕생가에 취하여」, 『청구학총』 19호(1937), 『양주동전집』 3(동국대출판부, 1995), 49면 재수록.

했다.[10] 소창과의 변별은 향가 개념에서도 확인할 수 있는데, '시골노래, 즉 설위'라 규정했던 것에 대해 '東方·東土의 義의 歌樂'으로 이해했던 게 그것이다. 소창의 향가의 개념 규정을 '그릇된 명칭'이라 하여 일절 쓰지 않고 '사뇌가'라 부른 데에서도 확인할 수 있다.[11] 하지만 그의 향가해독은 소창의 방법과 근본적인 차이가 있었던 게 아니라 그것을 계승한 것이었다.[12] 小倉의 미해독 부분이나 오류를 호한한 자료를 동원하여 극복했지만 "해독과 어학적 해설에 머물러 시종 證釋爲主學이라는 범부를 벗어나지 못하여 향가 본래의 문학적 연구가 궐락"[13]됐다는 지적에서 이러한 면을 확인할 수 있다. 그럼에도 불구하고 "향가해독을 통해 신라와 고려의 차자 원리를 체계화함으로써 고어법을 재구하고, 이로써 그의 향가해독이 학문차원에서 과학성을"[14] 지니게 했다는 데에 의의가 있다. 양주동의 계기로 해독의 문제를 넘어 문학적 논의로 넘어갈 수 있었다는 것이다. 물론 그의 해독에 오류가 있지만 그것을 보완 및 개선하는 과정이 향가해독의 역사인 만큼 그의 위치는 중요하다.[15]

---

10) 양주동, 『증정고가연구』(일조각, 1977), 65면.

11) 위의 책, 47면. 吾人은 '思內·詞腦' 및 '詩腦·辛熱'로써 稱號되는 '東方·東土'의 義의 歌樂이 一方으로 '鄕歌·鄕樂'이라 對譯된 所以然을 述하였다. 곧 問題의 '詞腦·詞腦歌'는 '鄕歌'의 原語를 全音寫한 것에 不外하다.

12) 김영배, 「국어학사상의 무애 양주동」; 김장호 외, 『양주동연구』(민음사, 1998), 331~332면.

13) 황패강, 「무애 양주동과 조선고가연구」; 김장호 외, 『양주동연구』(민음사, 1998), 245면.

14) 위의 글, 272면.

15) 이후 향가해독에 공헌한 연구자로 지헌영, 이탁, 김선기, 서재극, 김준영, 김완진, 신재홍 등이 있다.

2) 향가작가에 대한 異論

  향가연구의 연혁이 한 세기를 넘어섰지만 작품에 대한 해석의 편
차는 심각할 정도이다. 이는 향가작가의 성향을 어떻게 규정했느냐와
무관하지 않다. 그러나 향가작가와 관련된 자료가 영성하지만 그나마
월명사를 중심으로 충담사, 융천사처럼 '師'와 관련된 작가들은 논의
할 수 있다.

> 경덕왕 19년 경자 4월 초하루 두 해가 나란히 나타나서 열흘 동안
> 이나 사라지지 않았다. …… 월명사가 왕에게 아뢰었다. '신승은 다
> 만 국선의 무리에 속해 있어 향가만 알 뿐 범패는 익히지 못했습니
> 다.' 왕이 말했다. '이미 인연 있는 중으로 뽑혔으니 향가라 하더라
> 도 좋다.' 월명이 「도솔가」를 지었는데 그 가사는 이렇다. …… 월
> 명은 또 일찍이 죽은 누이동생을 위해서 재를 올릴 때 향가를 지어
> 제사지냈더니 갑자기 광풍이 일어나 종이돈이 서쪽으로 날려 없어
> 졌다. …… 천지 귀신을 감동시킨 게 한 번이 아니었다.[16]

  해가 둘이 나타난 상황에서 이를 물리치기 위해 월명사가 등장했
다. 그는 승려이되 국선의 무리에 속해 있고 다만 향가만 알 뿐 범패
를 익히지 못한 자이면서 죽은 누이동생을 위하여 재를 올리고 향가
(「제망매가」)를 지어 제사를 지냈는데 문득 바람이 불어 종이돈을 서
쪽으로 날려 없어지게 했다는 사례와 관련된 자이다. 이에 대해 일연
은 '천지 귀신을 감동시킨 게 한 번이 아니(能感動天地鬼神者非一)'라며
향가에 대한 전반적인 자신의 평가를 부기했다. 월명사와 관련된 자

---

16) 『삼국유사』 권5 감통7 월명사도솔가. 景德王十九年庚子四月朔 二日竝現 挾旬不滅 …… 明奏云 臣僧 旦
屬於國仙之徒 只解鄕歌 不閑聲梵 王曰 旣卜緣僧 雖用鄕歌可也 明乃作兜率歌賦之 其詞曰 …… 明又嘗
爲亡妹營齋 作鄕歌祭之 忽有驚颷吹紙錢 飛擧向西而沒 …… 能感動天地鬼神者非一.

료가 여타의 향가작가에 비해 풍부한 편이지만,[17] 이것이 작가론을 모호하게 만들기도 했다. 예컨대 승려이되 범패를 모르고 향가만 할 줄 안다는 점과 국선(화랑)에 소속돼 있다는 점, 노래를 부르자 광풍이 불었다는 점이 그것이다. 월명사와 관련된 자료를 종합적으로 이해하는 경우 그는 郞·佛 융합의 인물이거나,[18] 주술과 관련된 인물이어야 한다.[19] 반면에 발굴된 필사본『화랑세기』에 기댔을 때, 월명사는 불승이나 주술사와 거리가 있는 신라 고유의 풍월도적 사유체계를 지닌 화랑의 주변에 있던 인물에 해당한다.[20]

월명사를 이해하는 세 가지의 경우는 해가 둘이 나타났을 때(二日竝現), 이를 물리치는 데 기능했던 「도솔가」를 통해 확인할 수 있다.

오늘 이에 散花 불러
솟아나게 한 꽃아 너는
곧은 마음의 命에 부리워져
彌勒座主 뫼셔 羅立하라.[21]

낭·불 융합의 쪽에서 노랫말(散花, 彌勒座主 뫼셔)과 월명이 자신의 소속을 밝힌 진술(臣僧但屬於國仙之徒)에 기대 그를 불승이면서 화랑도라 규정했다. 노랫말의 '미륵좌주'란 말은 순불교적인 칭호인 미륵존불이나 미륵보살과는 좀 이질적인 것으로 불교를 화랑화한 표현이기에 낭·불 융합의 좋은 예라 한다.[22] 그리고 노랫말이 "어딘가 神明에

---

17) 대부분 전무하다.

18) 김종우, 『향가문학연구』(3판, 이우출판사, 1978)

19) 임기중, 『신라가요와 기술물의 연구』(이우출판사, 1981)

20) 김학성, 『한국 고시가의 거시적 탐구』(집문당, 1997)

21) 김완진, 『향가해독법연구』(서울대학교 출판부, 1980), 123면.

22) 김종우, 앞의 책, 41~42면.

게 告祝하는 呪詞 같은 느낌을 가져다준다.”23)는 말을 부기하여 낭·불의 복합적인 경향을 지적하기도 했다.

　주술 쪽으로 이해하는 경우, ‘二日並現’이라는 변괴가 나타났을 때 「도솔가」를 지어 불러서 그것을 사라지게 했다는 것은 그 기능과 효과에서 볼 때 呪歌일 수밖에 없다고 한다.24) 노랫말에서 ‘호칭(솟아나게 한 꽃아)’과 ‘명령(彌勒座主 뫼셔 羅立하라)’의 공존이 범세계적 주술구조의 유형에 해당하며 특히 ‘꽃’은 회생력을 지닌 呪草로서 호칭된 것이기에 이런 노래를 부른 자는 주력을 지닌 인물이다.25)

　풍월도적 사유체계를 지닌 화랑의 주변에 있던 인물에 기댄 경우, 「도솔가」는 산화공덕 때에 뿌린 ‘꽃’에게 ‘미륵좌주’를 모시라고 강제적인 명령을 한 노래에 해당한다. 그리고 노래를 부른 이면에는 꽃이 佛力이고 미륵좌주가 풍월주를 각각 환유한 것이기에 ‘꽃’은 정통불교에 바탕을 둔 반왕권파의 귀족세력이고 풍월주는 호국선의 후예인 왕권파의 세력을 의미한다고 하였다. 그에 따라 「도솔가」는 반왕권파(정통불승의 고승 대덕과 연계한 귀족세력)가 왕권파(왕과 연계한 풍월주와 화랑세력)에게 굴복하라는 노래가 되는 셈이다.26) 여기서 경덕왕이 ‘이일병현’의 변괴를 소멸시키는 방법으로 고승이나 대덕, 또는 밀승 같은 정통불승의 다라니나 범패를 택하지 않고 그들과 대립적 성격을 지닌 화랑에 속해 있던 승려의 향가를 택했다는 점에서 논자는 월명사를 ‘낭도승’으로 이해하고 있다. 국가의 이데올로기

---

23) 위의 책, 196면.

24) 임기중, 앞의 책, 169면.

25) 위의 책, 253~254면; 김열규, 「향가의 문학적 연구 일반」, 『향가의 어문학적 연구』(서강대, 1972), 13~14면. 兜率歌는 日怪의 祓禳이라는 그 효험에 있어서만 呪歌인 것이 아니라 그 양식에 있어서도 의연히 呪歌인 것이다.

26) 김학성, 앞의 책, 56면.

가 불교로 넘어가자 화랑도도 미륵사상을 주체적으로 수용하였고, 이 때에 이 분야를 보좌했던 자가 낭도승으로 이들은 승려이되 풍월도적 사유에 충실한 "국내파 승려"[27]로 정통불승이 아니라 신라 고유의 풍월도적 입장에 선 승려라는 것이다.[28]

낭·불 융합이나 주술의 입장은 '신승은 다만 국선의 무리에 속해 있다(臣僧但屬於國仙之徒).'와 '천지 귀신을 감동시킨 게 한 번이 아니다(能感動天地鬼神者非一).'란 기록을 교직시켜 월명사를 이해한 것으로 양쪽 모두 화랑의 기원을 '샤먼(무당)'에서 찾고 있다. 낭·불 융합은 화랑의 기원을 샤머니즘에서 찾으면서 "화랑으로서도 그 주술적 역할을 충분히 담당할 수가 있었기 때문이요, 또 불교인이라 하지만 역시 신라의 화랑과 관계가 깊었"[29]다고 주장하고 있다. 그리고 주술의 입장은 화랑집단에서도 주력관념을 수용한 사실이 확인된다며 "공적 주술의례의 직무를 담당할 신분이 승려로서 확정"[30]된 것으로 이해하고 있다. 반면에 풍월도적 입장에서, 신라의 화랑이 무당이라는 주장은 일인학자들의 사유에서 비롯된 것이지 그와 관련된 근거는 어디에도 없다고 한다. 그리고 화랑의 기원을 논할 때 자주 거론하는 「난랑비서」의 "우리나라에는 현묘한 도가 있었으니 이른바 풍

---

27) 유효석, 『풍월계 향가의 장르성격 연구』(성균관대학교 박사학위논문, 1993), 148면.

28) 위의 글, 86~87면. 낭도승의 존재론적 의의는 風月道의 특수성에서 그 원인을 찾을 수 있다. 화랑도가 토속신앙에 기저하며 여기에 불교를 수용한 것은 지극히 현실주의적 목적에 기인한다. 화랑도의 사상적 근간이 되는 전통신앙 자체가 현실중심주의에 기반을 두고 있으므로, 삼국통일기 화랑의 위상을 격상시키기 위해 수용된 불교 역시 유독 현실적 성격이 강한 미륵하생사상만을 섭취한 것이다. …… 그러나 국가의 이데올로기가 불교로 넘어갔고 화랑도 불교의 미륵사상을 수용하게 되자, 이 분야를 보좌할 수 있는 전담자가 필요했을 터이다. …… 그러나 낭도승으로 정통불교계의 신망과 학식을 두루 갖춘 승려가 추천된 것으로 보이지 않는다. …… 이들은 토속신앙을 근간으로 風月道的 입장에서 불교를 수용한 신라사회의 특수한 승려계층이었다고 하겠다.

29) 김종우, 앞의 책, 198면.

30) 임기중, 앞의 책, 343면.

류라 한다. 이 교를 창설한 내력은 선사에 자세히 밝혀 있으니 곧 三
敎를 포함하여 인간을 교화하는 것이다."[31]라는 부분에서 화랑집단이
유·불·도라는 삼교를 받아들일 때 어디까지나 풍월도를 중심바탕
으로 한 토대 위에서의 수용이지 그 근본을 버리고 외래사상을 통째
받아들인 것은 아니라고 주장한다.[32] 물론 이런 주장은 필사본『화랑
세기』를 근거로 하는데, 14대 풍월주 虎林公이 낭도들에게 "仙佛은 하
나의 道이다. 화랑 또한 佛을 알지 않으면 안 된다."[33]고 교시한 것은
선도들도 필요에 따라 佛을 수용하라는 의미이지 삼교의 통합이 아
니라는 점이다. 이러한 점을 고려했을 때, 승려이되 범패에 능하지 않
고 화랑에 속해 있으면서 천지귀신을 감동시킨 월명사의 복합적 성
격을 해명할 수 있다고 한다. 승려이지만 범패를 못하고 향가만 찰
수 있었던 이유는, 화랑은 武事를 좋아하였고 호탕한 기질(협기)이 같
은 '護國仙'과 향가를 잘하고 속세를 떠나 유람(淸遊)을 좋아한 '雲上人'
계열로 나뉘는데, 향가 담당층은 운상인 계열의 화랑 또는 낭도나 낭
도승이라는 것이다.[34] 그간에 막연했던 화랑과 향가의 관련성을 필
사본『화랑세기』를 통해 검증한 것으로 화랑에 소속된 승려는 풍월
도적 사유에 충실한 자로 화랑도가 미륵사상을 수용했을 때 그 분야
를 보좌할 수 있는 전담자에 해당한다.

특히 일연이「제망매가」와 관련하여 '문득 바람이 불어 종이돈을
서쪽으로 날려 없어지게 했다.'고 설명한 후 향가에 대하여 '천지 귀

---

31) 『삼국사기』 권4, 신라본기4 진흥왕. 國有玄妙之道 曰風流 設敎之源 備詳仙史 實乃包含三敎 接化羣生.
32) 김학성, 앞의 책, 66면.
33) 김대문(이종욱 역주), 『화랑세기』 소나무, 1999), 151면.
34) 김학성, 앞의 책, 47면.

신을 감동시킨 게 한 번이 아니다(能感動天地鬼神者非一).'로 평가했는데, 이는 향가에서 마력적인 요소를 찾고자 했던 낭·불 융합이나 주술가요의 입장에서 적극적으로 활용하던 단서였다. 하지만 일연이 언급하고 있는 향가의 감동론(能感動天地鬼神者非一)은 초자연적인 것과 무관하다는 주장이 있었다.[35] 논자에 따르면 동아문화권에서 가장 오래고 널리 알려진 전통적 시론서인 「모시서」와 「시품서」에서 '천지를 움직이고 귀신을 감동케 하는 데에는 시를 따를 게 없다(動天地 感鬼神 莫近於詩).'는 표현은 귀신과 관련된 게 아니라 '시적 울림'이나 '시적 감동'을 가리킨다고 한다. 시적 울림이나 시적 감동을 귀신을 결부해 표현한 경우로 「청구영언서」에서도 발견할 수 있는데, "김악사가 거문고를 타고 백함이 화답하여 노래하면 그 소리가 맑고 밝아서 가히 귀신을 움직이고 화창한 봄기운을 펼칠 수 있다."[36]처럼 향가의 감동론(能感動天地鬼神)은 귀신과 무관하게 시적 울림이나 감동과 관련된 관습적 표현으로 이해해야 할 것이다. 사정이 이러할 때 '能感動天地鬼神'이란 구절을 향가의 지극한 경지로 이해하고,[37] '臣僧但屬於國仙之徒 只解鄉歌 不閑聲梵'을 낭도승의 특성을 감안한 풍월도적 접근이 기존의 낭·불 융합이나 주술가요의 입장보다 선명한 경우에 해당한다.

---

35) 성기옥, 「감동천지귀신'의 논리와 향가의 주술성 문제」, 『고전시가의 이념과 표상』(임하최진원박사정년 기념논총간행위원회, 대한, 1991), 72면.

36) 정래교, 「청구영언서」, 『한국의 서발』(열상고전연구회 편, 바른글방, 1992), 266면. 金師操琴 伯涵和而歌 其聲瀏瀏然有可以動鬼神而發陽和 二君之技.

37) 김학성, 앞의 책, 125면.

3. 향가론의 과제

향가론의 과제는 향가작가에 대한 異論에서 살폈듯이, 화랑과 그 주변에 있던 자를 온전히 해명하는 문제와 관계있다. 작자에 대한 이해가 작품으로 연계되기 마련이지만 실증할 만한 논거가 영성한 상태에서 논자마다 작자의 성향을 다르게 규정하게 된다. 실제로 향가를 단일 성격이 아니라 낭·불 융합의 복합체계나 주술가요, 화랑집단의 고유신앙인 풍월도와 연계시킨 것도 작자의 성향과 관련된 진술들을 어떤 입장에서 이해했느냐에 따른 일이었다. 이러한 이설은 화랑을 이해하는 방식과 밀접하다.

다음은 일본인들의 화랑연구를 검토한 최재석의 논의 중에서 해당 부분을 발췌한 것이다.[38]

> 今村鞆: 화랑은 男色, 源花는 賣笑와 연관이 있다(26면) 화랑은 불교가 신라에 들어오기 전의 고대종교인 Shamanism의 신에 司事하는 역할을 했다(22~23면).
>
> 鮎具房之進: 『삼국유사』의 화랑은 娼妓를 칭하는 말(44면). 죽지랑과 득오(곡)와의 관계는 동성애의 관계이다(77면). 新羅末에 男巫를 화랑, 女巫를 巫堂이라 칭했다(119면). 통일 전의 화랑이 통일 후에는 男巫를 호칭하는 데 사용되고 그 대신 仙郎·國仙이 화랑을 지칭하게 되었다(123면). 박저상과 물계자도 일본민족의 자손이다(95면).
>
> 池内宏: 『삼국유사』의 화랑의 鼻祖인 薛原郎은 후인의 상상에서 생긴 가공인물이다(527면).

---

38) 今村鞆, 鮎具房之進, 池内宏, 三品彰英 등에 대한 오류는 최재석(「신라의 화랑과 화랑집단」, 『민족문화논총』 8, 영남대민족문화연구소, 1987)이 지적한 바 있다. 인용문에 있는 면수는 해당 학자의 저작물에 의거함.

三品彰英: 신라의 화랑제도를 '奇俗', '奇妙한 習俗', '奇異'(56면).
화랑은 대만의 현존 원시종족인 고사족에서 전파된 것이며 한반도
는 한때 일본의 식민지였다.『삼국사기』기록은 왜곡된 것, 화랑의
습속을 風流 혹은 풍월도라 하는 것은 神仙趣味에 의한 윤색이다
(297면). 화랑 관계 이야기는 어느 것이나 신선사상과 불교신앙에
의하여 대단히 윤색되었다(76면).

화랑에 대하여 남색, 남무, 奇俗, 동성애를 운운하고 있는 그들의
시각이 온당할 리 없다. 이는 한반도가 한때 일본의 식민지였다거나
『삼국사기』의 기록이 왜곡됐다고 주장하는 것과 별반 다를 바 없다.
향가를 낭·불 융합이나 주술가요로 이해하는 근거에 그들의 화랑연
구가 자리 잡고 있는 셈이다. 전자의 낭·불 융합에서 '낭'은 '巫'를
가리키기에 巫·佛 융합을 의미한다. 후자의 주술가요 입장은 주술사
의 발달단계를 참고하여 향가의 작자를 이해했는데,[39] 양자 모두 일
본인의 화랑연구와 무관하지 않은 것이다. 물론 낭·불 융합이나 주
술가요의 논리를 세우는 데에 '臣僧但屬於國仙之徒 只解鄕歌 不閑聲梵'
과 '能感動天地鬼神'이란 기록이 영향을 주었을 것이다. 하지만 필사본
『화랑세기』는 진위 여부가 확정이 되지 않았지만,[40] 그 안에 있는 화
랑관련 기록은 기존의 향가론을 개선 및 보완할 수 있는 자료이다.

① 文弩의 낭도들은 武事를 좋아하였고 호탕한 기질(협기)가 많았
   다. 설원랑의 낭도들은 鄕歌를 잘하고 속세를 떠나 유람(淸遊)
   을 즐겼다. 그러므로 국인이 문도(文徒)를 가리켜 '호국선(護國

---

39) 임기중(앞의 책, 342면)에 따르면, 呪師의 발달을 개인의 이익을 위한 단계, 공익을 위해 주력을 행사하는
   단계(특별계층으로서 주사가 형성), 공적인 직무를 담당할 계층이 확정되면서 대단한 권위에 오르는 단계
   로 나누었는데, 이는 프레이저(장병길 역, 「주술사의 발달」, 『황금가지』, 삼성출판사, 1988, 85면)의 논의
   를 향가작자에 적용시킨 것이다.

40) 이에 대해 권덕영, 「필사본 화랑세기 진위논쟁 10년」, 『한국학보』 99(일지사, 2000), 참조.

仙’이라 하였고, 설도(薛徒)의 낭도를 가리켜 ‘운상인(雲上人)’
이라 불렀다. 골품이 있는 사람들은 설도를 많이 따랐고, 초택
(草澤)의 사람들은 믄도를 많이 따랐다. 서로 의(義)를 갈고 닦음
을 주로 하였다.[41]

② 風只吹留如久爲都　　　　　바람이 분다고 해도
　郎前希吹莫遣　　　　　　　郎 앞에 불지 말고,
　郎只打如久爲都　　　　　　물결이 친다고 해도
　郎前打莫遣　　　　　　　　낭 앞에 치지 말고.
　早早歸良來良　　　　　　　일찍 일찍 돌아와
　更逢叱那抱遣見遣　　　　　다시 만나 안아 보고.
　此好郎耶執音乎水乙　　　　이렇게 랑이 움켜쥔 손을
　忍麼等尸里良奴　　　　　　차마 가르려나?[42]

③ 靑鳥靑鳥 彼雲上之靑鳥　　파랑새야 파랑새야 저 구름
　　　　　　　　　　　　　위의 파랑새야

　胡爲乎 止我豆之田　　　　어찌하여 나의 콩밭에 머무
　　　　　　　　　　　　　는가

　靑鳥靑鳥 乃我豆田靑鳥　　파랑새야 파랑새야 너 나의
　　　　　　　　　　　　　콩밭의 파랑새야

　胡爲乎 更飛入雲上去　　　어찌하여 다시 날아들어 구
　　　　　　　　　　　　　름 위로 가는가

　旣來不須去 又去爲何來　　이미 왔으면 가지 말지 또 갈
　　　　　　　　　　　　　것을 어찌하여 왔는가

　空令人淚雨 腸爛瘦死盡　　부질없이 눈물짓게 하며 마음
　　　　　　　　　　　　　아프고 여위어 죽게 하는가

　(吾)死爲何鬼 吾死爲神兵　나는 죽어 무슨 귀신 될까,
　　　　　　　　　　　　　나는 죽어 신병 되리

　飛入(殿主護) “神)　　　　(전주)에게 날아들어 보호하
　　　　　　　　　　　　　여 호신되어

　朝 “暮” 保護殿君夫妻　　　매일 아침 매일 저녁 전군부

---

41) 김대문, 앞의 책, 85면. 文弩之徒 好武事多俠氣 薛原之徒 善鄕歌好淸遊 故國人指文徒爲護國仙 指薛徒
　爲雲上人 骨品之人多從薛徒 草澤之人多從文徒 互相磨義爲主.

42) 신재홍, 『향가의 해석』(집문당, 2000), 450면.

　　　　　　　　　　　　　　　　　　　　처　보호하여
　　萬年千年　不長滅　　　　　　　　만년 천년 오래 죽지 않게 하라[43]

　　①은 화랑을 호국선과 운상인으로 나누어 설명하고 있고, ②는 미
실이 전장으로 떠나는 사다함을 위해 지은 향가로 '송랑가'나 '송가'
로 지칭한다. ③은 전장에서 돌아온 사다함이 자신의 情人이었던 미실
이 세종전군과 혼인한 것을 계기로 지은 노래를 한역한 것(「청조가」)
이다. 사다함이 「청조가」를 지어 슬퍼했는데, 그 내용이 구슬퍼서 그
때의 사람들이 다투어 서로 암송하여 전했다고 한다.[44] ①에서 화랑
을 호국선과 운상인으로 나누고 후자에 해당하는 자들이 향가에 능
통했다는 진술은 여타의 기록에서 발견할 수 없는 부분이다. ②의 미
실 노래 또한 필사본 『화랑세기』에서만 발견할 수 있는 향가이다. 특
히 ②의 경우, 필사본 『화랑세기』의 진위 여부를 논의하면서 「송랑가」
나 「송사다함가」로 지칭하는 향가의 향찰표기가 "執音乎手라는 표현
이 나오는데 이것은 헌화가의 표현 그대로이며 나머지 부분들은 향
찰의 허울을 쓰고 있으나 향찰의 격조에 맞지 않는다"[45] 하여 위서로
판단하는 단서가 되기도 했다. 하지만 근자의 성과에 따르면 "필사자
가 만일 송가를 아주 그럴 듯하게 창작하기 위해서, 당대에 존재하지
않았던 고대 문법의 현상을 남몰래 알아가지고 그것을 송가를 지을
때 삽입했을 것이라고. 이러한 가정이 성립되려면 필사 당시에 최소
한 1960년대 수준의 고전문법 지식을 지니고 있어야 할 것이다. 그러

---

43) 김대문, 앞의 책, 76면.

44) 靑鳥歌而悲之 辭悽愴 時人爭相傳誦.

45) 김완진, 「향가에 대한 두어 가지 생각」, 『향가와 고려가요』(서울대출판부, 2000), 176면. 필자는 당시의
　　상황을 '원고지에 즉흥적으로 적었던 내용을 노태돈 교수가 참고하겠다고 가져갔는데, 뒤에 그것이 세상
　　에 나돌아 김아무개의 '해독'이라고 일컬어지는 데에는 약간 당혹하고 있다.'며 당시를 회상하고 있다.

나 이것은 불가능한 것"46)이라 하거나 "천년 이상을 뛰어넘어 전해진 책인 만큼 필사를 통한 전승과정에서 탈락된 글자와 착종된 표현이 생겨서 지금 보는 바와 같은 불완전한 표기로 정착되었다고 할 수 있다. 그렇게 보는 것에 비해, 향찰표기를 인위적으로 조작하였다고 볼 만한 징표를 현재 상태에서는 찾기 어렵다."47)는 쪽으로 기울고 있다.

한 개인이 조작할 수 없을 정도로 「송랑가(송사다함가, 송가)」의 향찰표기가 복잡하다 할 때, 표기방식의 복잡성은 조작이기보다 누대에 걸쳐 필사하는 과정에서 생긴 착종으로 이해할 수 있다. 그리고 이러한 필사과정에 생긴 오류는 향가에만 한정된 게 아니라 여타의 기록에서도 발견될 수 있다. 이른바 위서의 증거로 제시된 글자의 착종이 대표적인 경우일 것이다.48)

필사본 『화랑세기』에서 향가관련 기록을 인정했을 경우, 화랑과 낭도승 관련 향가는 새로운 해석이 필요하다. 낭·불 융합의 복합체계나 주술가요로 이해했던 데에서 벗어날 수 있다는 것이다. 특히 낭도승의 향가인 「도솔가」(월명사), 「제망매가」(월명사), 「안민가」(충담사), 「찬기파랑사뇌가」(충담사), 「혜성가」(융천사)와 낭도의 향가인 「모죽지랑가」(득오)는 화랑과 낭도승 및 화랑과 낭도의 관계를 재설정

---

46) 김영욱 · 백두현, 「구결자료를 통허 본 국어사의 연구, 화랑세기 진위에 관한 문법사적 접근 – 향가해득을 중심으로」(구결학회, 제22회 공동견구회 발표논문집, 2000), 166면. 논자는 "오히려 30년대 당시의 향가 연구 수준으로 보아 필사자가 흉내 내기 어려운 고대 국어 문법 현상들을 송가에서 발견할 수 있었으며, 여러 시대의 문법사적 현상들이 복합적으로 얽혀 있음을 알 수 있었다. 그중에는 필사자가 도저히 될 수 없는 문법현상도 포함되어 있다."며 필사자의 조작을 불가능한 일로 규정하고 있다.

47) 신재홍, 「화랑세기의 신빙성에 대한 어문학적 접근」, 『고전문학연구』 29(한국고전문학회, 2006), 29면. 이런 입장은 박희숙, 「화랑세기 향가의 차자표기에 대하여」, 『청람어문연구』 25(청람어문교육학회, 2002)에서도 이미 논의되었다.

48) 이에 대해서는 이종욱, 「화랑세기 연구 서설」, 『역사학보』 146(역사학회, 1995), 노태돈, 「필사본 화랑세기의 사료적 가치」, 『역사학보』 147(역사학회, 1995), 참조.

하여 논의해야 한다. 그리고 향가연구에서 가장 많은 편수를 차지했던 「처용가」(처용랑)는 불교나 낭·불 융합, 또는 주술의 노래가 아니라 전장에서 돌아온 화랑 사다함이 情人 미실의 혼인에 대처한 것(매일 아침 매일 저녁 전군부처 보호하여 만년천년 오래 죽지 않게 하리)처럼 화랑의 독특한 애정관과 관련된 노래이다. 그리고 필사본『화랑세기』에 전하는 운상인 계열의 화랑이 향가를 잘하고 유람(好淸遊)을 좋아했다는 기록은 기존의 향가 관련 기록에서 불분명했던 부분을 온전히 복원시킬 만한 자료이다. 예컨대 승려이되 범패를 모르고 향가만 할 줄 안다는 다소 모순된 월명사의 진술(臣僧但屬於國仙之徒 只解鄕歌 不閑聲梵)을 이해할 수 있을 뿐 아니라, 향가를 잘하던 화랑 계열을 '운상인'이라 지칭할 때 '운상(구름 위)'이란 약호가 사다함의 「청조가」에 나타는 '저 구름 위의 파랑새(彼雲上之靑鳥)'와 충담사의 「찬기파랑사뇌가」에 나타나는 '흰구름 따라 떠간 달(月羅理 白雲音 逐于)'과 무관하지 않기 때문이다.49) 게다가 운상인 계열의 화랑이 유람(好淸遊)을 좋아했다는 것으로 보아, 융천사가 「혜성가」를 짓기 전에 세 화랑의 무리가 풍악에 놀러가려고 했다(三花之徒 欲遊楓岳)에서 '놀러'와 처용랑이 지은 「처용가」에 "밤들이 노니다가(夜入伊遊行如可)"에서 '노니다'는 단순히 '놀다(遊)'의 의미가 아니라 '好淸遊'와 결부해 이해해야 한다. 무엇보다 필사본『화랑세기』에 화랑의 기원이 '신궁을 모시고 하늘에 大祭를 행하는 것'에서 출발하여 '國公들이 봉신을 행하게 된 이후 仙徒들이 道義에 힘썼다'고 하는 만큼, 화랑의 '好淸遊'는 '놀다'와 다른 의미를 지닌 '도의'와 결부시켜야 할 것이다.

---

49) 김학성, 『한국 고전시가의 정체성』(성균관대출판부, 2002), 121면.

그리고 미실이 지은 8행시 「송랑가」는 득오의 「모죽지랑가」, 처용랑의 「처용가」, 예종의 「도이장가」로 연계된다는 점에서 형식의 유사점을 넘어 창작담당층의 특징을 적시할 수 있을 것이다. 물론 지금 언급한 것들은 섬세한 논의가 뒤따라야 하는데, 특히 화랑의 '好淸遊'는 단순히 '놀다(遊)'라는 자의에 국한된 게 아니기에 이와 관련된 향가를 재논의할 수 있을 것이다.

이처럼 『삼국유사』의 향가 중에서 50%를 재해석해야 할 정도로 필사본 『화랑세기』가 향가론에 미칠 파장은 크다. 이러한 논의가 보다 활발하게 진행되기 위해 이에 대한 진위 여부를 결정해야 한다. 이것이 앞으로 전개될 향가론의 가장 큰 과제에 해당한다. 물론 이러한 과제는 향가연구자에 국한된 게 아니라 화랑연구자들에게도 해당하기에 『화랑세기』에 대한 통합적 논의를 시작해야 할 것이다.

끝으로 한국고전시가를 전공하는 사람으로서 부언한다면, 향가연구의 연혁을 고려할 때 어학적 성과는 미세한 부분을 제외하고 일정한 궤도에 올랐지만 향가작가와 관련된 자료가 영성한 관계로 異論이 분분했다. 작가적 성향을 파악하는 일이 작품론을 온전하게 하기에 가용할 수 있는 자료를 동원하여 작가론을 다각적으로 전개했지만 모순되거나 불합리한 단서를 이해할 수 없었던 게 그간의 사정이었다. 이를 타개할 만한 자료로 필사본 『화랑세기』가 등장했지만 이에 대한 진위는 아직 논쟁 중이다. 다만 국문학 쪽에서 향찰을 해독하는 전문가들의 경우, 필사본 『화랑세기』에 수록된 「송랑가(송사다함가, 송가)」의 향찰표기가 복잡하여 한 개인이 조작할 수 없다고 한다. 게다가 필사 당시에 최소한 1960년대 수준의 고전문법 지식을 특정 개인이 습득한다는 일은 더욱 불가능하다는 점을 감안하면 필사본 『화랑세기』 전체에 대한 진위 여부에만 몰입할 게 아니라 해당 텍스트에서 신뢰할 만한 것과 그렇지 못한 것을 논의하는 게 보다 발전적인 논의가 될 듯하다. 한 개인이 조작할 수 없을 정도로「송랑가」향찰 표기의 복잡성은 조작이기보다 누대에 걸쳐 필사하는 과정에서 생긴 착종으로 이해하는 것처럼 말이다. 세부 전공자들의 논의가 축적되는 것이야말로 필사본『화랑세기』의 진위를 가늠하는 방법이며 동시에 앞으로의 과제이기도 하다.

제2부

신라시대 참요(서)를 이해하는 한 방법
- 형혹의 설을 중심으로*

1. 논의의 시작

이 글은 신라시대 讖謠(書)를 이해하는 방법으로 熒惑의 說에 주독하고자 한다.1) '참'이라는 글자가 "驗也 預言也"2)나 "兆也 如符讖圖等 皆言將來得失之兆也"3)의 의미와 밀접한 만큼 참요(서)는 예언이나 전조의 기능을 하는 노래(글)을 지칭한다. 특히 참요가 관계문헌에 '童謠'나 '謠讖'으로 나타나는바,『증보문헌비고』와『연려실기술』에서 천지의 변이, 기상의 이변, 동물과 식물의 변이 등 해명하기 힘든 자연현상을 기록한 항목에 동요가 편제된 것도 그것이 지닌 예언 및 전조의 기능과 무관하지 않다.

---

* 이 글은『새국어교육』87호(한국국어교육학회, 2011)에 수록된 것임.

1) 이 글에서 신라시대는 '통일신라'에 국한된 게 아니라 이를 포함한 이전시대를 지칭한다. 이에 해당하는 참요(서)의 수가 적어 원삼국시대, 통일신라시대, 후삼국시대 등으로 나누기보다 이를 통합하여 '신라시대'라 하는 것이다. 예언과 관련된 글을 참서라 하는데 이것이 아이들의 노래에서 흔히 발견할 수 있는 단형이견서 단순한 비유체계를 갖추었을 경우 참요의 기능을 할 수 있기에 '참요(서)'라 통칭한다. 참요와 관련된 기존의 논의들 대부분 단순한 구조를 지닌 참서를 함께 논의해왔던 것도 이런 이유와 무관하지 않다.

2)『설문해자』

3)『사원』

이러한 특성과 밀접한 참요(서)는 민요의 범주 안에서 논의되기 시작했다. 참요가 '동요의 근간'[4]이라는 문제제기를 필두로 자료를 민요사에 포함시켜 논의하거나,[5] 정치적 기능에 주목하기도 했다.[6] 이어 참요(서)를 독립적 대상으로 삼아 기능과 유형적 특징,[7] 정신분석학적인 해명,[8] 참요의 태생적인 생성과정에 주목한 논의가 있었다.[9] 하지만 어른들의 조작 및 날조가 개입되지 않은 참요다운 참요에 해당하는 형혹의 설을 재구하려는 시도는 없었다.

선인들의 동요관에 해당하는 형혹의 설은 熒惑星이 時變의 징조를 나타내기 위해 아이로 변해 노래를 부른다는 것이다. 대체로 어른들이 특정 사건의 당위성을 얻기 위해 조작 및 날조한 동요가 흔하지만 형혹의 설과 관련된 동요는 선인들이 '驗也 預言也'로 생각한 것처럼 참요다운 참요이다. 본문의 '참요(서) 이해의 한 방법'에서 언급하겠지만 참요가 현실과 밀접한 관련이 있고 어른과 변별되는 아이들이 지닌 특성, 예컨대 지연모방, 놀이, 운율적 경향을 감안하면 형혹의 설에 대하여 시론적 재구가 가능할 것이다. 이는 형혹의 설이 천문의 변이와 관련된 게 아니라는 점을 밝히는 과정이기도 하다.

---

4) 이은상, 「한국참요고」, 『노산문선』, 민중서관, 1958.

5) 임동권, 『한국민요사』, 집문당, 1964; 임동권, 『한국민요집』, 동국문화사, 1966; 임동권, 『한국민요연구』, 이우출판사, 1980.

6) 공용배, 「정치적 커뮤니케이션으로서의 민요 연구 – 조선조 민요를 중심으로」, 연세대석사논문, 1981; 박기원, 「조선시대 이전의 참요 연구」, 『어문논집』 19, 중앙대, 1985.

7) 권오경은 선전형, 선동형, 풍자형, 예언형으로 유형화(「참요의 기능과 유형적 특성」, 경북대석사논문, 1990)하였고 성무경은 유언형, 선언형, 회고형으로 나누었다(「한국 참요의 연구 – 구술상황을 중심으로」, 성균관대석사논문, 1990).

8) 조영주, 「참요에 대한 정신분석학적 연구」, 건국대석사논문, 2001.

9) 이영태, 「조선시대 참요 연구 – 생성과정과 관련된 주변문제를 중심으로」, 『어문연구』 101호, 한국어문교육연구회, 1999.

2. 참요(서) 이해의 한 방법 – 지연모방, 놀이, 운율적 경향

아이들이 부르는 노래가 '皆言將來得失之兆也'처럼 예언적 성향을 띤다는 점은 선인들의 공통된 생각이었다.

> 옛날부터 항간에 동요가 일어나는 것은 처음에는 아무런 뜻도 없이 무정한 데서 생겨난다. 사람이 거짓을 섞는 것을 용납하지 않고 순전히 허령한 속에서 생겨서 스스로 감동되어 먼저 정한 참응이 어긋나지 않는다. …… 나라의 흥폐는 천명과 인심의 향배로 반드시 먼저 그 징조가 나타나는 것이 있는데 옛날부터 그러했다.[10]

> 대개 아이들은 지려가 주관하는 바 없고 이해를 관계하지 않고 행동하기에 귀신이 어린아이에게 붙어서 말을 내게 되는데, 가히 믿을 만하기에 동요가 일어난다.[11]

> '동요란 천상의 熒惑星이 지상에 내려와 동자로 변성하여 노래지어 부르는 것이다.'는 말은 동요를 어떤 時變의 先兆로 나타내는 것으로 알아 온 民信의 시초이어니와, 말하면 동요란 것은 민중의 입을 빌려 가장 정직히 발표되는 시사적 또는 후험적인 일종의 예언이라 할 수 있다.[12]

선인들은 동요가 '사람이 거짓을 섞는 것을 용납하지 않'거나 '귀신이 어린아이에게 붙어서 말을 내'는 것, 또는 '熒惑星이 지상에 내려와 동자로 변성하여 노래지어 부'른 것으로 이해했다. 이는 『증보문헌비고』와 『연려실기술』에서 동요를 천지나 동물과 식물의 변기 등 해명하기 힘든 항목에 편제시킨 것과 무관하지 않다. 이처럼 선인

---

10) 『용천담적기』, 自古街巷童謠之興 初無意義 而出於無情 不容人偽之雜 純乎虛靈之天 自能感通前定 讖應不爽 …… 國之廢興 天命人心之所背嚮 必有先兆之見 自昔而然.

11) 『성호사설』 권22 경사문 동요, 蓋孩童之身 志慮無所主 不及於利害 作爲則鬼憑說出於是 可信故必擧是謠.

12) 이은상, 앞의 글, 471면.

들이 동요를 불가해한 자연 현상으로 받아들인 것은 '가히 믿을 만'
한 '時變의 先兆'로 기능한다고 믿었기 때문이다.

　하지만 참요의 양상이 다음과 같을 때, 그것의 생성과정에 주목할
필요가 있다.

　　1. 본래의 노래가 있었는데 그 의미를 알 수 없게 된 뒤 역사상의
　　　 사건과 결부시켜 날조한 것
　　2. 후대의 사람이 날조하여 역사상의 사건 뒤에 유포한 것
　　3. 하늘의 의지를 드러낸다고 하면서 예언을 하는 것. 이것을 특히
　　　 참언이라고 하며, 노래의 형태로 된 것이 참요
　　4. *熒惑*의 설과 결부된 참요[13]

　중국의 '요'에 대한 지적이지만 우리의 경우를 살피는 데 유효하다.
1.~4.의 경우에서 노래를 부른 자가 아이이고 날조 및 유포, 熒惑의
설과 결부시켜 의미를 부여코자 했던 자는 어른이다. 그런데 1.~3.의
경우는 특정한 사건과 결부된 만큼 어른들의 날조 및 유포한 의도를
명백하게 알 수 있지만 4.의 경우는 생성과정이 모호하다.

　　동요는 강구에서 비롯된다. 그러나 방방곡곡 도리의 말은 符讖과
　　아주 다르다. 大丈夫 老成의 뜻을 아이가 익혀서 노래를 부른 것이
　　다. …… 가히 믿을 만하기에 동요가 일어난다.[14]

　동요가 아이들의 자발적인 창작이 아니라 그들이 '대장부 노성의
뜻'을 익혀 노래로 부른 것이라 한다. 참요의 생성에 '대장부 노성'이
라는 어른의 개입이 절대적이라는 지적은 앞서 언급한 '요'의 존재양

---

13) 심경호, 「한국한문문헌 속의 참요」, 『한국한문학연구』38집, 한국한문학회, 2006, 34~35면.

14) 『성호사설』 권22 경사문 동요, 童謠自康衢始 然坊坊道理之言 殊異乎符讖 丈夫老成之意而童幼 亦習而
　　歌之也 …… 可信故必擧童謠.

상에서 1.~3.의 생성과정과 밀접하다. 그러면서도 '가히 믿을 만하'다고 하는데 이는 어른의 인위적 개입을 인정하면서 동시에 '어떤 미래의 예언' 혹은 '귀신이 어린 아이에게 붙은 것'마저 수긍하는 것으로 참요의 생성과정을 다시 생각하게 한다. 특히 어른들이 특정 목적을 위해 적극 날조한 것에 해당하는 1.~3.은 제외하더라도 선인들의 등요관에 해당하는 4.의 생성과정을 재구할 필요가 있다. 이는 형혹성이 '시변의 선조'를 알리기 위해 지상에 내려와 아이로 변성하여 부르는 과정을 재구하는 일이다. '시변의 선조'를 알리기 위해 형혹성이 아이로 변해 노래를 부르고 이것이 마치 '귀신이 어린 아이에게 붙은 것'처럼 예언적 성향을 띤다는 것을 재구성한다는 게 불합리해 보이지만 '驗也 預言也'라는 어른들의 판단이 현실을 토대로 하고 있기에 개연적이나마 재구할 수 있다.

무엇보다 동요가 아이들의 노래인 만큼 그들의 특성을 감안하는 데에서 실마리를 풀어야 한다.

Piaget 중심의 인지발달적 접근에서는 모방을 인간의 전체발달의 한 측면으로 보아 모방은 인지발달과 함께 점진적으로 발달되는 것으로 설명하고 있다. 특히 언어발달에서의 지연모방의 중요성을 강조하고 있으며, 대부분의 연구는 자연적인 관찰연구를 통하여 모방의 발달과정을 밝히고 있다.[15]

아이들의 언어발달에서 모방은 대상에 대한 즉각적인 게 아니라 시간적 거리를 둔 상태에서 대상을 모방하는 지연모방에 의한다는 지적이다. 대체로 모방은 인간본성에 내재한 것으로 인간이 동물과

---

15) 우남희, 「아동의 언어발달에서의 모방의 역할: 각 이론에 따른 연구절차 분석」, 『아동학회지』 13호, 한국아동학회, 1992, 1면.

다른 점이며, 인간은 어려서부터 모방에 의하여 지식을 습득한다. 또
한 모든 인간은 태어날 때부터 모방된 것에 대하여 쾌감을 느낀다고
한다.16) 쾌감은 반복되고 반복은 놀이로 규정되기 마련이다.

> 놀이 속에서 그들은 실제 생활에서 그들에게 큰 인상을 끼쳤던 것
> 은 무엇이나 반복하며 이러한 반복을 통해 그들은 그 인상의 강도
> 를 소산시키고, 자신들이 그 상황의 주인이 된다는 것은 분명한 사
> 실이다. …… 경험의 불쾌한 성격이 반드시 놀이에 부적합한 조건
> 이 되는 것은 아니라는 사실도 주목해야 한다.17)

아이들의 놀이를 정신분석학적으로 규정한 내용이다. 그들에게
'큰 인상을 끼쳤던 것'은 놀이를 통해 반복되는데, 여기서 반복은 지
연모방 방식에 기댄 것을 가리킨다. 심지어 '경험의 불쾌한 성격'을
지닌 것조차 아이들이 놀이로 삼을 정도로 그들에게 불쾌건 유쾌건
모방의 대상이 된다는 것이다. 이러한 것은 특정한 시공간에서만 존
재했던 게 아닌데 '孟母三遷之敎'라는 조어의 생성과정에서 이를 확인
할 수 있다. 孟母三遷之敎는 맹자의 어머니가 자식을 위해 세 번 이사
를 했다는 뜻으로, 성장기 교육환경의 중요성을 가리키는 말이지만
그 바탕에는 어린 맹자의 지연모방과 놀이가 계기를 이루고 있었다
는 점을 알 수 있다.

아이들의 놀이와 관련하여 하나 더 부언하면, 그들은 "재미있는 현
상이나 말 등으로부터 단서를 포착하여 반복적인 운율로 이를 노래
하기를 즐"기며 심지어 "평범한 대화체에서도 수시로 운율을 붙여 말

---

16) 아리스토텔레스, 『시학』, 천병희 역, 문예출판사, 1976, 35면.
17) 지그문트 프로이트, 『정신분석학의 근본 개념』, 10쇄; 윤희기·박찬부 옮김, 열린책들, 2010, 282면.

하는 경향"18)이 있다고 한다. 이 또한 어른들과 변별되는 아이들만이 지닌 특성으로 곧 지연모방의 방식으로 구현된 놀이인 것이다. 여기서 아이들이 지연모방의 대상이 무엇이건 상관없이 그것을 운율에 기대 말하거나 노래한다는 특성은 선인들이 규정한 '謠'의 특성을 떠올리게 한다. '謠'는 '曲'과 '樂'이 결합된 '歌'와 달리 '徒歌'라는 게 그것이다.19) '곡'과 '악'의 결합된 '가'와 달리 '도가'되는 '요'는 노랫말이 고정적일 필요가 없기에 아이들의 놀이로 기능할 수 있었던 것이다.

동요의 가창자인 아이들이 지닌 특성을 지연모방과 놀이, 그리고 운율적 경향에서 찾을 수 있었다. 이제는 이러한 특성을 감안하여 아이들의 노래와 관련된 노래가 '驗也 預言也'의 성향을 띠는 노래로 견인되는 과정을 재구허야 할 것이다.

「阿也謠」20)

阿也麻古之那	아야마고지나
從今去何時來	인제 가면 언제 오나21)

충혜왕이 게양현으로 유배를 가다가 악양현에서 죽었는데 이를 예언한 동요로 『고려사』와 『증보문헌비고』에 수록돼 있다. 1행은 해독

---

18) 유혜령, 「유아의 역할 놀이에 나타난 모방과 창조의 미학」, 『유아교육연구』 24집, 한국유아교육학회, 2004, 298면.

19) 『시경』 권3 魏園有桃, 曲合樂日歌徒歌日謠.

20) 노래명은 임동권이 지칭한 것(『한국민요사』)에 따른다.

21) 『증보문헌비고』 권11 상위고11 동요. 阿也麻古之那 從今去何時來. '阿也麻古之那'에 대한 해석은 '아야 말고지라(양주동)', '아야 망가저라(현종호)' '아야 마고지나(정동화)' '이제야 고수레(오상태)'이다. 양주동, 『여요전주』, 을유문화사, 1954, 34면; 현종호, 『조선국어고전시가사 연구』, 교육도서출판사, 1984, 2□면; 정동화, 『한국 민요의 사적 연구』, 일조각, 1987, 189면; 오상태, 「아야마가 연구」 『어문연구』 95호, 한국어문교육연구회, 1997, 149면.

이 불가하여 음독한 것이고 2행은 일반적인 해석이다. 아이들이 부른 노래에 대하여 당대 사람들은 충혜왕이 "악양에서 죽을 재난(岳陽亡故之難)"[22]을 예언했던 것으로 판단하였다. 1행이 무엇을 의미하는지 알 수 없지만, 왕의 죽음에 대한 사관의 평가와 백성들의 반응을 통해 당대인들의 현실에 대한 인식을 짐작할 수 있다.

> 충혜왕은 英銳한 재질로써 그것을 옳지 않은 데 써서 惡小를 친근
> 히 하고 방탕하여 안으로는 부왕에게 책망을 듣고 위로는 천자에
> 게 죄를 얻어 죄수의 몸이 되어 도로에서 죽었으니 마땅하다.[23]

사관은 왕의 죽음에 대해 '마땅하다(宜矣).'고 논평하고 백성들은 "다시 갱생의 날을 보게 됐다(復見更生之日)."며 환호했다. 예컨대 職稅를 징수하자, "가족을 거느리고 산에 올라가고 혹은 배를 타고 달아나자 산택을 불살라 이를 수색하니 화가 일족에 미쳐 백성이 이를 원망했다는 것"[24]을 통해서도 왕의 죽음에 대한 백성들의 환호를 짐작할 수 있다. 게다가 "심히 가난하여 가산을 다 팔아도 그 액수를 충당하지 못하니 그 딸이 아비가 욕보는 것을 통분히 여겨 머리칼을 잘라 베를 바꾸어 납부하고 아비와 딸이 함께 목을 매어 죽은 일"[25]에서도 왕의 죽음에 대하여 백성들이 '갱생'을 운운했던 이유를 짐작할 수 있다. 하지만 왕의 실정에 따른 피해를 백성들이 감당할 수밖에 없었다고 하더라도 그들이 왕을 향해 직접 힐난할 수 있는 처지는 아니었

---

22) 『고려사』 권36 세가36 충혜왕, 至是人解之曰 岳陽亡故之難 今日去何時還.

23) 『고려사』 권36 세가36 충혜왕, 史臣贊曰 忠惠王 以英銳之才 用之於不善 昵比惡小 荒溢縱恣 內則見責 於父王 上則得罪於天子 身爲纍囚 死於道路 宜矣.

24) 『고려사』 권79 지33 식화2, 人聞令下 或挈家登山 或乘舟而遁 焚山澤而索之 禍及於族 民甚怨之.

25) 『고려사』 권79 지33 식화2, 貧甚賣盡家産 不充其額 其女痛父被辱 斷髮貿布以納 父及女皆縊死.

다. 기껏해야 철저한 사적 공간에서 왕을 향해 원망하거나 혹은 桀三
과 같이 죽기를 각오했던 “民欲與之偕亡”26)의 정도였을 것이다. 공조
공간이 아니라 사적 공간인 만큼 왕을 향해 ‘망해라, 죽어라’ 혹은 자-
신을 포함하여 ‘함께 망하자, 함께 죽자(偕亡)’는 정도로 진술할 수 있
다는 것이다.

  ……인제가면 인제가네 내년삼월 봄이되어……(중원지방)

  ……너도울고 나도울어 에~인제가면 언제오나……(여주지방)27)

 위의 노래는 상여를 메고 가며 부르는 운상소리나 장지에 도착했
을 때 부르는 도착소리로 충혜왕의 죽음을 예언한 동요 「아야요」의
제2행 ‘인제 가면 언제 오나(從今去何時來)’이다. 물론 특정인의 삶을
마무리하는 의례에서 불렸기에 공적 공간에서 진술되기 마련이다.
 동요의 가창자인 아이들이 지연모방과 놀이, 그리고 운율적 경향
과 밀접하다 할 때 사적 공간에서 진술되는 어른들의 판단 및 직관과
공적 공간에서의 여러 상황이 아이들에 의해 견인될 가능성은 크다.
사적 공간에서 진술된 현실과 왕에 대한 원망투와 공적 공간에서 진
술된 만가의 일부분이 아이들의 모방에 포착되어 놀이적 모습을 띨
수 있다는 것이다. 예컨대 왕의 죽음에 대한 백성들의 환호와 사관의
논평을 통해 보건대 ‘아야마고지나(阿也麻古之那)’는 당대인들이 사적
공간에서 진술할 만한 현실에 대한 판단 및 직관으로, ‘아야’라는 탄
사와 ‘망해라, 죽어라’라는 원망투가 결합된 것일 수 있다. ‘阿也’는

---

26) 『맹자』梁惠王章句上, 湯書日 時日害喪 予及女偕之 民欲與之偕之 雖有臺池鳥獸 豈能獨樂哉.
27) 신찬균, 『한국의 만가』, 삼성출판사, 1990, 103~114면.

탄사로 '아야' 혹은 '에라'의 의미이고,[28] '麻古之那'는 '망가져라'로
이해할 수 있기에 그렇다.[29] 사적 공간에서 진술되는 어른들의 탄사
(아야, 에라)와 원망투(망해라, 죽어라, 망가져라)의 심각성 여부는 아
이들에게 중요하지 않다. 그들은 '재미있는 현상이나 말 등으로부터
단서를 포착하여 반복적인 운율로 이를 노래하기를 즐길 정도'이기
에 탄사와 원망투를 모방하여 그들의 놀이로 삼았을 것이다. 물론 공
적 공간에서의 만가 부분도 맹자의 경우처럼 죽음의 심각성으로 받
아들이지 않고 놀이를 위한 모방일 뿐이다. 아이들이 모방하여 놀이
로 삼은 것이 어른들의 주목을 받지 않고 사라질 수도 있다. 그러나
아이들의 모방을 통한 놀이는 우연히 왕의 죽음이라는 특정 사건과
결부되는 경우 모방에 의한 단순한 놀이는 어른들에 의해 의미부여
를 받고 예언 및 전조의 기능을 확보하게 된다. 형혹성이 아이로 변
해 부른 노래를 아이들이 놀이삼아 따라 부르는 것으로 생각한다는
것이다. 비로소 선인들의 동요관과 밀접한 참요다운 참요(4의 경우)
형혹의 설을 신뢰하게 되는 것이다.

결국 형혹성이 아이로 변하여 예언하는 노래를 부르는 과정을 아
이들의 지연모방, 놀이, 운율적 경향을 통해 재구성하면, 현실에 대한
어른들의 '판단 및 직관'을 아이들이 놀이의 방편으로 '지연모방'하
고, 그것이 특정 사건과 '우연'히 연계됐을 경우 어른들이 '의미부여'
를 하는 것이었다. 단순히 반복적인 운율로 노래하기를 즐기는 아이
들에게 모방에 의한 놀이의 방편으로 견인된 노래가 참요로 격상된
후, 참요는 사적 공간에서 운운하던 어른들의 판단과 직관을 공적 공간

---

28) 오상태, 앞의 글, 148면.
29) 북한 쪽 연구성과에서는 '마고지나'를 모두 '망가져라'로 해석하고 있다.

으로 옮겨 어른들로 하여금 동요의 '驗也 預言也'를 믿게 했던 것이다.

하지만 앞서 언급한 참요의 양상(1.~4.의 경우) 중에서 형혹의 설이 생성되는 과정을 도외시하고 동요관에 기대 특정 목적에 따라 의미부여에만 매달렸던 사례가 훨씬 많았다. 이른바 앞의 1.~3.의 경우처럼 정치민요에 해당하는 게 그것인데 "고금의 참요가 대부분 견강부회에서 나오며 전사를 부회한 것"[30]이라는 서포의 지적은 이를 염두에 둔 것이다.[31]

3. 신라시대의 참요(서)

참요(서)를 이해하는 한 방법으로 형혹의 설에 주목해 보았다. 역사적 사건과 관련된 동요는 동요관을 이용하려는 의도에 따른 것이었다(1.~3.의 경우). 그러나 형혹성 관련 동요는 해명하기 힘든 면을 지녔지만 현실에 대한 어른들의 판단과 직관, 아이들의 모방과 놀이, 특정사건과의 우연, 어른들의 의미부여의 순서를 고려해서 참요 생성의 한 과정을 재구할 수 있었다. 무엇보다 형혹성 관련 참요가 출발하는 계기는 아이들에게서 찾을 게 아니라 그들이 모방대상으로 삼은 어른들인데, 특히 사적 공간에서 진술되는 현실에 대한 판단과 직관이 중요한 부분을 차지하고 있었다. 이제는 참요(서)다운 참요, 즉 이에 합당한 신라시대 참요(서)에 어떤 것이 있는지 살필 것이다. 참요의

---

30) 『서포만필』 상. 古今讖謠率出於附會 而此則前史之所以附會者.

31) 박연희, 「정치민요의 현실반영과 그 해석」, 『한국민요론』, 최철 편, 집문당, 1986; 이창식, 「민요의 정치시학」, 『비교민속학』 26집, 비교민속학회, 2004.

양상에서 지적했듯 어른들의 날조(1.~3.의 경우)와 거리를 둔 형혹의 설(4.의 경우)과 밀접한 참요를 찾는 일이다. 기존의 논의들에서 거론 했던 참요(서)를 대상으로 찾도록 하겠다.

「原花謠」

> 남모 낭자와 교정 낭자의 두 원화를 뽑으니, 모여든 무리가 3~4백 명이나 되었다. 교정은 남모를 질투하여 술자리를 베풀어 남모에게 술을 먹여 취하게 한 후에 몰래 북천으로 메고 가서 돌로 묻어서 죽였다. 그 무리들은 남모가 간 곳을 알지 못해, 슬피 울면서 헤어 졌다. 그 음모를 아는 사람이 있어 노래를 지어 거리의 아이들을 꾀어 부르게 했다. 남모의 무리들은 노랫소리를 듣고 남모의 시체 를 북천에서 찾아내고는 이에 교정을 죽였다.[32]

남모랑의 억울한 죽음을 밝히는 과정에서 아이들의 노래가 중요한 역할을 했다. 아이들의 노래가 없었으면 남모랑의 실종은 미제의 사 건으로 남을 수밖에 없었을 터이지만 남모의 죽음을 밝히려는 어른 이 개입함에 따라 사건의 전말이 드러날 수 있었다. 특정인의 죽음을 직접 나서서 해명하지 않고 동요에 기대 우회적으로 해결했기에 '음 모를 아는 사람'이 적극적으로 나설 수 없는 상황이었다는 것을 짐작 할 수 있다. 여기서 '음모를 아는 사람'이 "노래를 지어 거리의 아이 들을 꾀어 부르게 했다(作歌誘街巷小童唱於街)"는 것은 문면 그대로 새 로운 '노래를 지었(作歌)'다기보다는 아이들이 부르던 기존의 노래에 사건과 관련된 노랫말을 얹어 바꿔 부르게 한 것을 가리킨다. '음모

---

32) 『삼국유사』 권3 탑상4 미륵선화 미시랑 진자사. 乃取南毛娘姣貞娘兩花 聚徒三四百人 姣貞者嫉妬毛娘 多置酒飮毛娘 至醉潛昇去北川中 擧石埋殺之 其徒罔知去處 悲泣而散 有人知其謀者 作歌誘街巷小童 唱於街 其徒聞之 尋得其尸於北川中 乃殺姣貞娘. 한편 『삼국사기』 권4 신라본기4 진흥왕37년에는 아이 들의 노래에 대한 기록이 없다.

를 아는 사람'이 '귀신이 아이에게 붙어서 말을 내게 되고, 가히 믿을
만하기에 동요가 일어난다'는 동요관에 기대어 사건의 전말을 밝힌
경우일 뿐 참요다운 참요는 아니다.

「薯童謠」

선화공주님은	善化公主主隱
남 몰래 얼어 두고	他密只嫁良置古
서동방을	薯童房乙
밤에 알을 안고 가다	夜矣卯乙抱遣去如[33]

　마를 캐어 팔던 백제사람 서동과 신라의 아름다운 공주는 서로 만
날 수 있는 처지가 아니었다. 그들이 만나려면 공주가 궁에서 쫓겨나
야 하는데 이를 가능하게 했던 게 위의 동요이다. 동요가 널리 퍼지
자 신하들이 임금에게 극간하여 공주를 쫓아낼 정도로 노랫말은 신
라왕실에 부정적인 영향을 끼칠 만한 내용이었다. 물론 향찰표기 '卯
乙'에 대해 이설이 분분하지만 공주가 서동과 潛通한 후에 동요가 맞
은 것(信童謠之驗)을 알았다는 표현으로 보건대 쫓겨날 이유(潛通)와
관련시켜 해석해야 한다. 『증보문헌비고』에 수록된 동요들이 '童謠云
…… 今見其驗', '童謠云 …… 其言乃驗'과 조응하고 있는 것처럼 선화공
주가 「서동요」의 '驗'을 받아들이고 있다는 데에서 확인할 수 있다.
특히 '밤에 알을 안고 가다(夜矣卯乙抱遣去如)'가 「서동요」 해석의 쟁
점이지만 노래를 통해 공주가 쫓겨난 것을 감안할 때, 신라왕실에게
불쾌감을 주는 당시의 비유적 표현인 것으로 추단할 수 있다.[34]

---

33) 『삼국유사』 권2 기이2 무왕.
34) 이에 대해서는 민찬의 글(「서동요 해석 및 해석의 관점」, 『한국문화』 33, 서울대, 2004)에 잘 정리돼 있다.

서동이 아이들을 꾀어 노래를 부르게했다(作謠誘羣童而唱之)는 점에서 「원화요」의 경우(作歌誘街巷小童唱於街)와 유사한 점을 발견할 수 있다. 선화공주를 궁에서 쫓아내려는 서동과 남모의 살해사건을 알리려는 자가 아이들의 노래를 통해 목적을 이룰 수 있었던 것은 그들이 당대인들의 동요관을 이용했기 때문이다. 그들이 각각 노래를 지었다(作謠/作歌)라는 표현이 있지만 창작이기보다 기존의 동요에 목적에 맞게 노랫말을 얹어 부르게 했던 것(誘羣童而唱之/誘街巷小童唱於街)으로 짐작할 수 있다. 의도된 가사를 쉽게 퍼트린 것으로 보아 아이들의 유희요 가락에 얹어 불렀던 것으로 이해할 수 있다. 무엇보다 아이들이 지닌 운율적 경향이 그들의 놀이로 기능할 수 있는 '도가'라는 '요'의 특성과 밀접하기에 「원화요」와 「서동요」도 이에 해당한다는 것이다. 특히 「서동요」의 경우 '얼래껄래 類'라는 지적이 있었듯이 누군가를 놀리는 노랫말과 가락이 이용됐을 것이다.[35] 예컨대 유희요 중에서 빡빡머리 아이, 곰보 아이, 버짐이 난 아이, 벼룩에 물린 아이, 앞니 빠진 아이, 고자질하는 아이, 오줌싸개 아이를 놀리는 노래 등이 그것이다.[36]

「完山謠」

가련하다 완산 아이   可憐完山兒
아비를 잃고 눈물 흘리네   失父涕漣濡[37]

---

35) 박노준, 『신라가요의 연구』, 4쇄; 열화당, 1990, 292면.

36) 이에 대해서는 강혜인, 「전래동요 놀리는 노래의 음악분석 연구」, 『유희요연구』 I, 한국민요학회 엮음, 민속원, 2006, 참조.

37) 『삼국유사』 권2 기이2 후백제 견훤; 『증보문헌비고』 권11 상위고.

신검이 그의 아비 견훤을 金山寺에 가두고 스스로 왕을 자칭했지만 나중에 왕건에게 항복했다. 그리고 며칠 후 견훤은 등창으로 죽었는데 이를 예언한 노래라 한다. 노랫말 중에서 완산은 전주의 옛 지명이면서 후백제의 도읍이었기에 완산 아이는 신검이라는 것이다. 아비 견훤이 죽고 나서야 자신의 행동에 대해 후회하고 있는 신검의 모습을 연상케 하는 노래인데 이는 신검의 부도덕한 행동과 왕건의 창업을 옹호하려는 부류들의 입장과 관련된 노래로 활용된 듯하다. 예컨대 "견훤은 신라 백성으로 일어나 신라의 녹을 먹으면서도 불칙한 마음을 품었으며, 나라의 위기를 다행으로 여겨 도성과 고을을 침략"했지만 "견훤과 같은 흉한이 어찌 우리 태조에게 대항할 수 있었으랴."[38]처럼 그에 대한 『삼국사기』의 평가에서 이를 방증할 수 있다.

　　　「陀羅尼」

　　　나무망국　　　　　　南無亡國
　　　찰니나제　　　　　　刹尼那帝
　　　판니판니소판니　　　判尼判尼蘇判尼
　　　우우삼아간　　　　　于于三阿干
　　　부이사파가　　　　　鳧伊娑婆訶[39]

　　　眞聖女王이 즉위한 지 몇 해 만에 乳母 鳧好夫人과 그의 남편 魏弘 匝干이 3~4명의 寵臣들과 더불어 정사를 어지럽히자 도둑들이 벌떼처럼 일어났다. 이때 나라사람이 이를 근심하여 陀羅尼의 隱語를 써서 길에 던졌다(國人患之 乃作陀羅尼隱語 書投路上). 조정어서 은어를 王琚

---

38) 『삼국사기』 권50 열전10 견훤. 甄萱 起自新羅之民 食新羅之祿 而包藏禍心 幸國之危 侵軼都邑 …… 萱之 凶人 豈可與 我太祖相抗歟.

39) 『삼국유사』 권2 기이2 진성여대왕 거타지.

仁이 지은 것으로 판단하여 그를 감옥에 가두었으나 하늘에서 벼락이 쳐서 감옥을 깨뜨린 일화가 부기돼 있다. 여기서 주목할 것은 나라사람(國人)이 특정인이 아니라는 점이다. 『유사』에서 '국인'이란 표현이 산견되는데, 예컨대 물고기가 연오랑을 등에 업고 일본으로 간 것에 대해 나라사람들이 범상한 일이 아니라고 언급한 경우(國人見之曰 此非常人也),[40] 산신과 지신이 나라의 멸망을 경계하며 춤을 춘 것에 대하여 나라사람들이 깨닫지 못한 경우(乃地神山神知國將亡 故作舞以警之 國人不悟),[41] 그리고 중생사에 관음보살 상을 만들자 나라사람들이 모두 우러러보고 기도하여 복을 얻은 경우(因成此寺大悲像 國人瞻仰 禳禱獲福)[42] 등이 그것이다. 사정이 이러할 때 '은어'를 길에 내던졌다는 '국인'은 특정인이 아니라 당대의 사람들 대부분을 지칭하는 표현이다. 그래서 은어에 명기된 내용은 당대인들의 공통된 생각으로 파악해야 한다. 이는 하늘에서 벼락이 쳐서 왕거인을 구출한 과정을 통해서도 짐작할 수 있다. 특히 '南無亡國'에서 '나무'는 '돌아간다'라는 六字眞言 '나무아미타불'을 응용한 것이기에 '나무망국'은 '나라 망한다'는 의미이다. 一然은 다음처럼 해설을 덧붙였다.

> 찰니나제란 여왕을 가리킨 것이요, 판니판니소판니는 2명의 소판을 말한 것이다. 소판은 관작의 이름이요, 우우삼아간은 3~4명의 총신을 말한 것이요, 부이는 부호를 말한 것이다.[43]

---

40) 『삼국유사』 권1 기이1 연오랑 세오녀.

41) 『삼국유사』 권2 기이2 처용랑 망해사.

42) 『삼국유사』 권3 탑상4 삼소관음 중생사.

43) 說者云 刹尼那帝者 言女主也 判尼判尼蘇判尼者 言二蘇判也 蘇判爵名 于于三阿干也 鳧伊者娑 言鳧好也. 일설에는 '于于三阿干也' 다음에 '者言三四寵臣'의 6자가 탈락한 것이라 하기에 이에 준해 해석했다. 이재호 역, 『삼국유사』, 광신문화사, 1993, 226면; 이민수 역, 『삼국유사』, 을유문화사, 1994, 176면.

그가 해설한 隱語는 '나라 망한다(南無亡國)'는 이유와 관련돼 있다.
『삼국유사』에서 '은어'라는 표현은 이 부분에서만 유일한데, 단어가
지시하는 대로 '원래의 의미를 숨긴 말'로 해석할 수 있다. 흔히 원개
념을 은폐하기 위해 일련의 장치, 예컨대 은유와 상징 또는 破字와 孵
字 등이 동원되는 참요(서)도 '은어'와 다름 아니다. 일연이 해설한 「陀
羅尼」도 예외가 아니다. '나무망국'의 이유를 여왕, 2명의 소판, 3~4
명의 아간, 부호부인에서 찾을 수 있는데 이들은 각각 '찰니나', '판니
판니', '우우', '부이'와 같은 글자가 덧씌워 있어 '여왕(帝)', 소판, 아
간, 부호부인이 직접 드러나는 것을 막는 역할을 하고 있다. '찰니나
제'에서 '제'를 숨기기 위해 '찰니나'를 덧씌우거나 소판이란 관직명
을 숨기기 위해 'A'를 첨가시켜 'AA소A'로 만들거나 '삼아간'이면 3
명의 아간일 테지만 그것을 온전히 드러내지 않으려고 '우우'를 첨가
한 경우에서 확인할 수 있다. 결국 일련의 수사들을 제외시키면 '나
무망국 제 소판 삼아간 부이'처럼 원관념을 복원하여 '나라가 망한다
왕, 소판벼슬, 셋의 아간벼슬, 부이' 정도로 해석할 수 있다. 당대인들
이라면 누구건 이와 같은 재구가 가능했을 것이다.

　　하지만 길에 던졌다는 은어(乃作陀羅尼隱語 書投路上)가 글(書)이 아
닐 가능성은 아래의 동요 구조를 통해 추단할 수 있다.

　　　중아중아 까까중아/……/인두불로 지질중아[44]

　　　곰보딱지 발딱지/나그내먹든 짠지쪽[45]

---

44) 김소운 편, 『언문조선구전민요집』, 제일서방, 1933, 51면.
45) 위의 책, 433면.

동무동무 억게동무/동무동무 짜치동무/동무동무 사발동무/동무동무
솟갈동무46)

    머리 깎은 아이나 얼굴이 얽은 아이를 놀릴 때, 그리고 마지막은 아
이들이 어깨동무를 하면서 부르는 노래이다. 'AA짜짜A'와 '곰보B발B',
'CC억게C'는 아이들이 부르기에 용이한 구조이다. 그리고 이런 경우
는 '판니판니소판니'의 'AA소A'와 다름 아니라는 점에서 길에 던져진
「陀羅尼」는 단순한 글(書)이 아니라 아이들의 모방에 노출돼 널리 유포
된 것을 가리키고 있는지도 모른다. 왕, 소판, 아간, 부이가 정사를 어
지럽히고 이에 따라 도적이 일어났던 상황에서 그들과 관련된 국인들
의 원망이 있었을 터, 누구누구 때문에 망할 것 같다는 진술이 사적
공간에 소통되다가 그것이 아이들의 모방에 포착됐다. 아이들에게 포
착된 것은 六字眞言 '나무아미타불'도 마찬가지였다. 사적 공간에서 진
술되는 현실에 대한 어른들의 판단과 직관, 그리고 공적 공간에서 쉽
게 발견할 수 있는 육자진언을 아이들이 놀이의 방편으로 모방했고
그것이 우연히 현실을 반영하고 있었기에 어른들이 적극적으로 의미
를 부여했을 것이다. 기록이 간략하여 추단하기 힘들지만 현실에 대한
어른들의 직관과 판단이 사적 공간에서 진술되고 그것이 공적 공간으
로 이동하는 데 아이들이 일정한 역할을 했다는 것이다.

「智理多謠」

지리다도파도파 智理多都波都波

---

46) 위의 책, 56면.

헌강왕대에 지신과 산신이 나라가 망할 것을 경고하며 부른 노래이다. 나라 사람들이 이를 깨닫지 못하고 도리어 상서로움이 나타났다고 하여 술과 여자를 탐했기에 결국 나라가 망했다고 한다. 일연은 『어법집』에 기대 노랫말에 대한 해석을 "지혜로 나라를 다스리는 사람은 사태를 미리 알고 많이 도망했으므로 도읍이 장차 파괴된다."[47]고 하였다. 흔히 「智理多謠」를 『시용향악보』의 무가계열 고려가요에 나타나는 주술적 표현으로 파악하기도 한다.

> ……리라리러 나리라 리라리(『나례가』)

> ……도람다리러 다로렁 디러리(『성황반』)

> ……로리라 리로런나(『구천』)[48]

위의 내용은 알 수 없는 단어가 반복되고 있는 무가계열 고려가요의 일부분으로 「智理多謠」와 유사한 노랫말 배열을 발견할 수 있으나 정확한 연계를 지적할 수 없다. 무가와의 관련보다는 일연의 설명에 주목하면 실상을 이해할 수 있다. 예컨대 '以智理國者 知而多逃 都邑將破云謂也'라는 해설에서 특정 글자 '지혜(智), 다스림(理), 많이(多), 도읍(都), 파괴(破)'를 모으면 '智理多都破'로 나타나는데 여기서 '破(파괴)'를 '波(물결)'로 바꾸고 반복하면 「智理多謠」와 동일하게 된다. 결국 지신과 산신의 예언 내용이 '지혜로 나라를 다스리지 못했기에 도읍이 파괴된다.'로 원관념을 숨기기 위해 글자를 생략하거나 바꾼 것

---

47) 以智理國者 知而多逃 都邑將破云謂也.

48) 『관서지방무가』(무형문화재지정자료 제24호)에서도 이러한 경향을 발견할 수 있다. ……/바라 아바라 바라 아바라/지따 지따 지리 지리/빠다 빠다 신지가 시레 사바하/…….

이기에 참요에 해당하는데 이는 신라 멸망의 당위를 확보하려는 쪽
에서 적극적으로 유포시켰을 것이다. 그것도 지신과 산신이 나설 정
도였으니 말이다.

「龜背文」

백제는 둥근달　　　　百濟同月輪
신라는 초승달　　　　新羅如月新[49]

　백제 의자왕대에 귀신이 나타나 '백제가 망한다.'고 두 차례 외치
고 땅속으로 들어갔다. 3척 깊이의 땅속에 있던 거북의 등에 '百濟同
月輪 新羅如月新'이라는 글자가 있었다. 巫堂이 "月輪은 가득 찼기에 곧
이지러질 것이고 月新은 차지 않았기에 곧 차게 될 것"[50]으로 풀이하
자 왕이 그를 죽였다. 한편 어떤 자가 "月輪은 성한 것이고 月新은 미
약한 것이니 우리가 성하고 신라가 미약한 게 아닙니까."[51]라고 풀이
하자 왕이 기뻐했다는 기록이 부기돼 있다.
　아이들이 불렀을 만한 단서가 없는 이상 참요이기보다는 讖書에 해
당한다. 하지만 참서의 내용을 주변에 유포하려는 특정인들의 의도가
개입됐다면 그들이 동요를 이용했을 가능성도 있다.

　　허균은 …… 어려서 讖記를 지어 비밀리에 세상에 전했는데 모두
　　凶慘의 말이다. …… 또 謠를 지어 …….[52]

---

49) 『삼국사기』 권28 백제본기6의 기록은 『삼국유사』 권1 기이1 태종춘추공. 百濟圓月輪 新羅如新月로 기
　　록돼 있다.

50) 同月輪者滿也　滿則虧　如月新者未滿也　未滿則漸盈　王怒殺之.

51) 同月輪者盛也　如月新者微也　意者國家盛　而新羅寢微者乎　王喜.

52) 이가원, 『한문학연구』, 탐구당, 1969, 494~495면에서 재인용, 「荷潭破寂錄」, 許筠 …… 早年作讖記 秘
　　傳于世　皆凶慘之語 …… 又作謠曰 …….

동요는 강구에서 비롯된다. 그러나 방방곡곡의 도리의 말은 符讖과
아주 다르다. 大丈夫 老成의 뜻을 아이가 익혀서 노래를 부른 것이
다. …… 가히 믿을 만하기에 동요가 일어난다.[53]

　아이들이 어른의 뜻을 익혀 노래 부르거나 어른이 讖書나 謠를 지
어 유포시킨 것에서 어른들의 '의도'를 엿볼 수 있다. 당시 상황과 밀
접한 그들의 의도가 당위성을 확보하기 위해 동요에 기댔던 것이다.
「龜背文」의 경우도 이런 맥락에서 이해할 수 있다. 동일한 대상을 어
떤 입장에서 접근하느냐에 따라 해석이 달라질 수 있는 사례이지만
결국에는 백제가 망했기에 무당의 해석이 타당성을 띤다. 하지만 백
제가 망하지 않았다면 거북의 등에 있던 글자를 백제에게 긍정적인
쪽으로 해석할 수 있었다. 어쨌건 「龜背文」은 백제와 신라에 대한 간
단한 은유를 갖춘 2구의 단형으로, 백제인이 유포시켰기보다 신라인
들에 의해 적극적으로 이용됐을 것이다.

「鷄林謠」

계림은 황엽이고　　　　　　　鷄林黃葉
곡령은 청송이다.　　　　　　　鵠嶺靑松[54]

　중국에서 돌아온 최치원이 신라의 부패한 정치와 사회를 등진 상
태에서 왕건에게 편지를 보낸 내용 중에 있다는 구절이다. 최치원이
고려왕실로부터 "조상의 왕업을 몰래 도왔"기에 "내사령(內史令) 문창
후(文昌侯)라는 시호를 추증"[55]받았다는 기록이 부기될 것으로 보다

---

53) 『성호사설』, 권22 경사문 동요. 童謠自康衢始 然坊坊道理之言 殊異乎符讖 丈夫老成之意而童幼 亦習而
　　歌之也 …… 可信故必擧童謠.
54) 『삼국사기』 권46 열전6 최치원.

위의 편지는 신라가 '망'하고 고려가 '흥'할 것을 예견한 셈이다. 최치원이 중국에서 돌아오기 직전 강동의 시인 羅隱에게 전달한 漢詩에는 자신의 나라에 대해 "계림이 푸르다(傍邊一點鷄林碧)."고 표현했던 것에 비해 황엽은 그 반대의 상황과 관련돼 있다. 누렇다는 의미는 부정적인 상황과 연계되는데, 예컨대 누런 안개가 생긴 후 천재지변이 일어나고 인심이 등을 돌려 나라가 불안해졌다는 혜공왕대의 경우에서 이를 확인할 수 있다.[56] 이에 비해 '鵠嶺은 靑松이다'의 '곡령'에서 받침 'ㄱ'과 'ㅇ'을 빼면 '고려'로 나타나는데 이는 황엽과 반대되는 '푸른 소나무'인 것이다.[57] 편지를 보낸 여부는 확증할 수 없지만 노랫말에서 계림과 곡령에 대한 은유가 각각 낙엽을 지칭하는 황엽과 푸른 소나무를 지칭하는 청송으로 나타나고 있다. 이처럼 이해하기 힘들지 않는 은유를 갖추고 있는 경우는 민요에서 흔히 발견할 수 있는데, 신라 멸망과 고려 건국의 당위를 선양하는 쪽의 입장을 담고 있는 셈이다.

4. 결론

참요(서)는 정치적 목적에 의해 견인 및 날조된 경우가 대부분이다. 이는 선인들이 '皆言將來得失之兆也'의 신비스런 기능과 관련된 동요

---

55) 其門人等 至國初來朝 仕至達官者非一顯宗在位 爲致遠密贊祖業 功不可忘 下敎 贈內史令 至十四歲太平二年壬戌五月 贈諡文昌侯.

56) 『삼국사기』 권9 신라본기9 혜공왕16년, 春正月 黃霧 二月 雨土 王幼少卽位 及壯淫于聲色 巡遊不度 綱紀紊亂 災異屢見 人心反側.

57) 고려 충혜왕의 죽음과 관련된 참요 「아야요」의 '阿也麻古之那'는 '岳陽亡故之難'에서 받침을 모두 뺀 것과 다름 아니듯이 '곡령'도 이런 경우에 해당한다.

관을 이용하려 했기 때문이다. 물론 선인들의 동요관의 중심에 있는, 이른바 형혹성이 아이로 변해 미래의 일을 노래로 부른다는 것은 해명하기 힘든 일이지만 당대인들의 상황과 아이들이 지닌 특성 자연 모방, 놀이, 운율적 경향을 감안하여 시론적 재구할 수 있었다.

형혹성이 아이로 변하여 미래를 예언하는 노래를 부르는 일은 사적 공간에서 진술되는 '현실에 대한 어른들의 판단 및 직관'과 그것에 대한 '아이들의 모방과 놀이' 그리고 '특정 사건과의 우연'과 '어른들의 의미부여' 단계가 순차적으로 결합된 것으로 이해할 수 있었다. 아이들의 놀이로 기능하던 단순한 동요가 참요로 격상된 후, 참요는 사적 공간에서 진술되던 어른들의 판단과 직관을 공적 공간에서 운용되게 하는 데 결정적인 역할을 하기 마련이다. 예컨대 고려시대의 참요 「아야요」에서 확인할 수 있듯 사적 공간에서 진술되는 현실에 대한 어른들의 열망투와 공적 공간에서의 만가 일부분이 아이들의 모방에 노출되어 놀이로 기능한 후, 그것이 우연히 왕의 죽음과 맞닥트렸을 때 어른들이 의미부여를 하여 단순한 모방에 기댄 놀이가 참요로 격상될 수 있었던 것처럼 말이다. 이러한 과정이 순차적으로 교직되지 않는 것은 참요의 기능에 기대려는 목적에 따라 제작된 노래인데 이는 동요관을 이용하려는 의도에서 조작 및 날조된 노래이다.

신라시대를 대상으로 한 것 중에서 온전히 참요(서)라 지칭할 수 있는 것으로 「陀羅尼」가 있었다. 왕, 소판, 아간, 부이가 정사를 어지럽히고 이에 따라 도적이 일어났다면 나라사람(國人)들이 사적 공간에서 현실에 대한 판단과 직관을 진술했을 것이다. 사적 공간이었기에 누구 때문에 나라가 망할 것 같다고 구체적으로 원망의 대상이 포함됐기 마련이다. 이와 함께 공적 공간에서 진술되던 六字眞言 '나무아미타불'이 아이들이 모방에 포착돼 놀이로 기능하는 중, 우연히 현실을 반영한 듯한 '나라가 망한다. 누구누구 때문'이라는 진술이 어른들의 적극적인 의미부여에 따라 참요(서)로 격상될 수 있었다는 것이다. 무엇보다 길에 던져진 글(書)이지만 그것에 대한 일연의 해설, 길에 던진 자들이 나라사람들(國人)이었다는 점, 왕거인의 파옥과정, 아이들의 유희요와 유사한 구조를 지녔다는 점 등을 고려했을 때 「陀羅尼」가 노래로 불렸을 가능성도 배제할 수 없다. 한편 정치적 정당성을 확보하려는 경우는 「完山謠」, 「龜背文」, 「鷄林謠」, 「智理多謠」이고 아이들 꾀어 기존 가락에 얹어 특정 목적한 바를 얻은 경우로 「原花謠」, 「薯童謠」가 있었다.

신라시대 참요(서)를 이해하는 한 방법으로 형혹의 설에 주목해 보았다. 무엇보다 미래의 일을 예언한다는 동요의 출발은 현실에 대한 당대인들의 직관과 판단이지 형혹성의 등장과 무관한 것이었다. 이미 지적했듯이 현실에 대한 어른들의 '판단 및 직관'을 아이들이 '모방'하고 그것이 특정 사건과 '우연'히 연계되면 어른들이 '의미부여'를 해야 온전한 참요가 발생하는 것이었다. 아이들의 노래가 참요로 격상되는 과정을 고려하면, 이에 해당하는 신라시대의 참요로는 「陀羅尼」 하나 정도인데 이는 특정시대의 특이한 현상이 아니라 고려시대나 조선시대의 경우와 유사할 것으로 판단된다. 결국 신라의 참요는 고려와 조선의 경우와 마찬가지로 서포의 '전사의 부회(前史之所以附會)'라는 지적처럼 자신들의 목적에 맞게 의미를 부여하려는 시도가 그만큼 많았다는 것이다.

고려시대 참요에 대하여
-예언성 획득과정을 중심으로*

1. 머리말

讖謠는 민요의 범주 안에서 논의되어 왔다. 민요나 참요가 집단적인 것을 특징으로 하는 것은 '謠'의 특징에서 말미암은 것이다.

참요라는 용어는 후대인들이 논의의 편의상 지칭한 것일 뿐 관계문헌에 '童謠'나 '謠'로 나타난다. 아이들의 노래를 참요라 한 것은 그것이 지닌 예언적 성격에 주목했기 때문이다. 실제로 문헌에 수록된 동요는 '讖'의 字義처럼 "驗也, 預言也"[1]나 "兆也 如符讖圖等 皆言將來得失之兆也"[2]의 기능을 하고 있다. 특히 『증보문헌비고』에 수록된 동요들이 '驗'의 의미와 일정하게 조응하고 있는 것을 보더라도 예언성은 참요의 기준이라 할 수 있다.[3]

* 이 글은 『한국고전시가의 재조명』(국학자료원, 1998)에 수록돼 있다. 예언성 획득과정을 구체적으로 다루지 못했지만, 이후의 논의(조선시대 참요 연구-생성과정과 관련된 주변문제를 중심으로」; 「신라시대 참요(서)를 이해하는 한 방법-생성과정을 중심으로」)들을 전개하는 계기였기에 이에 수록한다.
1) 『설문해자』
2) 『사원』
3) 『증보문헌비고』 권11 상위고1 동요, 童謠云 …… 武臣之變 …… 童謠云 …… 未幾元世祖訃至 …… 童謠

그러나 이러한 기준이 하나의 관습화되어 참요에 대한 진전된 논의를 미리 제약하기도 했다. 참요의 예언적 성격이 관계문헌을 통해 확인되더라도 그것에 대한 판단이 보다 구체적으로 이루어져야 하는데, 이것은 참요를 참요답게 하는 역사적·사회적 요인을 최대한 배려하거나 참요가 예언성을 획득하는 과정을 고려하는 데에서 가능하다. 특히 참요의 예언성 획득과정에 대한 관심은 참요연구의 한 방법일 수 있다.

참요가 특정 시기에만 발생한 게 아니기에 예언성 획득과정을 통해 전 시기의 참요를 논의할 수 있다는 것이다. 다만 이 글에서 고려시대의 참요로 한정하는 것은 『증보문헌비고』라는 문건에 노래들이 수록돼 있고 '童謠云 …… 今見其驗'처럼 문맥에 연계돼 있어 각각의 노래가 지닌 예언성을 구체적인 역사적 사건을 통해 가늠할 수 있기 때문이다.

2. 참요의 일반적 성격

동요가 『증보문헌비고』의 象緯考에 수록된 것은 이채롭다. 동요를 藝文考에 싣지 않고 천지의 변이, 기상의 이변, 동물과 식물의 변이 등 정상적이지 않은 자연현상을 기록한 상위고에 결부시킨 것을 통해 선인들의 동요관을 엿볼 수 있다. 물론 『연려실기술』의 동요가 天文典考에 수록된 것도 우연이 아니다. 그래서 아이들의 노래가 인간의

云 …… 未幾王被竄于元 …… 童謠云 …… 今見其驗 …… 童謠云 …… 其言乃驗.

능력을 넘어선 현상과 관련된 상위고나 천문전고란 항목과 결부되어 있다는 것은 동요가 예사롭지 않은 기능을 했다는 것을 의미한다.

'童謠란 天上의 熒惑星이 地上에 내려와 童子로 變成하여 노래지어 부르는 것이다.'는 말은 童謠를 어떤 時變의 先兆로 나타내는 것으로 알아 온 民信의 始初이어니와, 말하면 童謠란 것은 民衆의 입을 빌려 가장 정직히 발표되는 示唆的 또는 後驗的인 一種의 豫言이라 할 수 있다.[4]

하늘의 형혹성이 시변의 징조를 나타내기 위해 아이로 변해 부른 노래를 동요라 한다. 그래서 동요가 상위고나 천문전고에 수록된 것이며 아이는 동요를 통해 천심을 전달하는 중개자에 해당한다.

民意가 곧 天意이란 것은 동양인이 오랫동안 공유해 왔던 사유방식이기에 천심을 대행하는 사람을 天子라 했던 것이다. 민의와 천의의 관계는 皐陶가 帝舜에게 언급한 "하늘이 듣고 보심은 우리 백성의 듣고 보는 것을 따르며, 하늘이 밝히시고 위협하심은 우리 백성이 밝히고 위압함을 따르는 바입니다. 하늘과 아래의 백성은 서로 통하는 것이니 공경하십시오"[5]라는 것을 통해 확인된다. 이것은 백성의 입과 귀가 곧 하늘의 입과 귀라는 천명사상과 다름 아니다. 그리고 아이들이 천의의 중개자로 설정될 수 있었던 것은 그들이 지닌 순수함 때문이다. 이러한 경향은 "세상에서 가장 훌륭한 문학은 언제나 어린아이들과 같은 마음에서 우러나온다."[6]는 明代의 사상가 李贄의 동심설을

---

4) 이은상, 「한국참요고」, 『노산문선』, 민중서관, 1933, 471면.

5) 『서전』, 우서, 고도모, 天聰明自我民聰明 天明畏自我民明威 達于上下 敬哉有土.

6) 이 지, 天下之至文 未有不出於童心焉者也(이장우 역, 유약우 저, 『중국의 문학이론』, 명문당, 1994, 198면에서 재인용).

통해 확인할 수 있다. 그에 따라 동요가 곧 천의라는 신뢰성을 확보
하게 된다.

천의는 아이들의 노래를 통해 신뢰성을 확보한 후 정치적인 사안
과 결부된다. 예언성과 정치성의 결부는 동요들이 '驗'이라는 글자와
조응하는 것을 통해 확인된다. 그리고 정치적인 문제는 노래뿐만 아니
라 표현되는 방법에 따라 圖讖, 符讖, 虫讖, 言讖 등과 연계되기도 한다.

다음은 讖을 정치적으로 이용한 사례라 할 수 있다.

> 太祖가 왕이 되기 전에 어떤 중이 방문하여 이상한 글을 바치면서
> 말하기를 "지리산 바위 속에서 얻었습니다."라 하였다. 그것은 "木
> 子가 돼지를 타고 와서 다시 삼한의 지역을 평정하리라"[태조는 乙
> 亥年에 태어났다.]는 구절이었다. 사람으로 하여금 그를 맞이하게
> 했는데 이미 가 버려 찾을 수 없었다.[7]

위의 사례에서 讖의 秘文을 가지고 온 사람이 홀연히 사라진 것은
참의 신성성을 갖추기 위한 일련의 장치로 예언적 성격의 비문을 정
치적으로 이용하기 위해서이다. 이른바 참요는 예언성과 정치성을 동
시에 지닐 수밖에 없는 것이다.

예언성과 정치성을 동시에 띤 참요는 의미의 원관념을 은폐하기
위한 수사적 특징을 수반한다. 원관념 은폐를 위한 일련의 장치는 은
유와 상징을 통해 나타난다. 은유는 두 사실 사이의 유사성, 상호 관
련성을 근거로 한 일대일의 유추적 관계에 의존하고, 상징은 은유보
다 한 단계 높은 연상이 작용하게 된다. 결국 상징은 본질을 드러내
기 위해 모호성을 동반하게 되는 것이다.

---

7) 이정형, 『동각잡기』상, 太祖在潛邸 有僧踵門獻異書云 得之智異山巖石之中 書有木子乘猪下 復正三韓境
之句[太祖誕於乙亥歲]使人迎之 則已去 尋之不得(『대동야승』, 재인용).

계림은 황엽이고 곡령은 청송이다.[8]

저 남산에 가서 돌을 캐니 정이 남은 게 없네.[9]

鷄林謠[10]는 중국에서 돌아온 최치원이 신라의 부패한 정치와 사회를 등지고 입산하여 지은 것이다. 계림과 황엽, 곡령과 청송은 일대일의 은유가 형성되며 황엽은 '망'을 청송은 '흥'을 지닌다. 계림과 곡령은 각각 신라와 고려를 의미하는 것으로 신라가 망하고 고려가 일어날 것을 예언한 참요라 할 수 있다. 南山謠는『증보문헌비고』의 설명에 따르면, 南山과 釘은 각각 南誾과 鄭道傳을 뜻하며 "정이 남은 게 없네."에서 '남은'은 한자로 '餘'이고 그것의 우리말 명사형이 '남음'이기에, '남은'과 '정도전'의 죽음을 예언한 노래가 되는 것이다.[11]

참요가 지닌 수사적 특징은 은유나 상징을 동원하여 본래의 뜻을 은폐시키려는 데에서 찾을 수 있는 것이다. 물론 이런 특징은 예언성과 정치성이라는 참요의 특징에서 말미암은 것이다.

3. 고려시대의 참요와 예언성

『증보문헌비고』 상위고에 수록된 고려시대의 참요는 모두 9수이다. 이들 참요는 민요의 한 갈래로 논의되다가,[12] 본격적인 연구대상

---

8) 『삼국사기』 권46 렬전6 최치원, 鷄林黃葉 鵠嶺靑松.

9) 『증보문헌비고』 권11 상위고11 동요, 彼南山往伐石 釘無餘.

10) 개개의 참요에 대한 노래명은 임동권(『한국민요연구』, 이우출판사, 1980)에 따른다.

11) 『증보문헌비고』, 같은 곳, 南謂南誾 釘謂鄭道傳 釘與鄭同音 餘字釋 但與南誾之音相似 謂南鄭皆無矣.

12) 임동권, 『한국민요사』, 집문당, 1974.

으로 격상된 것은 박기원에 이르러서다.[13] 이후 여러 논의가 있었는
데 그중에서 노래의 구술 상황을 유언비어와 관련시킨 경우가 참요
에 대한 보다 진전된 시야를 제공했다.[14] 이것은 참요에 대한 구비원
문학적 이해로 구연자들의 사회적·심리적 상황에 따른 텍스트 형성
과정을 논의의 중심으로 삼은 것이었다. 그에 따라 참요는 亂世之音의
예언적 동요로 규정되며 그것의 정착과정을 '의미 모를 동요→어떤
사실의 실현→참요'로 그려 낼 수 있었다.

그러나 참요에 대한 선험적인 기준이 '驗'과 관련된 예언성이라는
데에 보다 엄정한 판단이 요구된다. 참요의 예언성은 미래에 대한 단
순한 지시의 차원을 넘어 천의의 현시를 전제한다. 참요의 내용이 사
실에 부합되면 그것은 결국 천의가 되는 셈이다. 그에 따라 사건 담
당자들이 정당성을 확보하기 위해 천의에 기대고자 하기 마련이다.

목자가 나라 얻네[15]

서경성 밖에는 불빛이요
안주성 밖에는 연기로세
그 사이를 왕래하는 이원수여
우리 백성 살려 주소서[16]

역성혁명의 담당자들은 그들의 정당성을 획득하기 위해 동요를 이
용했다. 그들은 새로운 동요를 짓기보다는 기존의 노래에 가사를 변
개하여 조작·유포했을 것이다.[17] 특히 "願言救濟黔蒼" 부분을 "木子

---

13)「조선시대 이전의 참요 연구」,『어문논집』19, 중앙대, 1985.

14) 성무경,「한국 참요의 연구 – 구술상황을 중심으로」, 성균관대석사논문, 1990.

15)『증보문헌비고』권11 상위고11 동요, 木子得國.

16)『증보문헌비고』권11 상위고11 동요, 西京城外火色 安州城外煙光 往來其間李元帥 願言救濟黔蒼.

得國"으로 귀결시켰던 것에서 그들의 의도를 파악할 수 있다.

> 보현찰이 어디 있나
> 이곳에서 모두 때려잡았다네[18]

普賢刹謠는 毅宗이 보현찰에 遊樂을 갔을 때, 무신이 문신을 죽인 사건과 관련된 노래이다. 『증보문헌비고』와 『동국통감』에 각각 있는 "未幾幸普賢刹遭武臣之變"과 "先是童謠云"은 무신난이 일어나기 이전에 노래가 불렸다는 것을 의미한다. 그래서 사건 이전에 불린 동요는 천의를 예언한 셈이기에 무신난의 정당성을 확보하는 쪽으로 기능할 수 있었다.

> 이 政變은 前日의 腐敗政治를 바로잡고 刷新味를 가져오겠다는 참다운 革新的인 意味에서 일어난 義擧가 아니라, 오랫동안 文臣에게 눌려 지내던 怨恨의 報復的이고 雪憤的인 暴擧일 뿐더러, 워낙 富貴에 굶주리고 文職을 渴望하던 터이므로[19]

무신난의 정당성을 예언한 동요는 위의 논의를 통해 허구를 드러낼 수밖에 없다. 『고려사』의 반역조에 기록된 사건 주체자들이 동요 조작에 적극 개입했던 것은 아이들 노래가 지닌 기능 때문이었다. 이것은 민심을 반영하는 기능을 지닌 동요에 조작을 가할 정도로 그들이 가담한 사건이 정당치 못했다는 것을 반증하는 것이기도 하다.

---

17) 「무왕조」 배경설화가 『삼국유사』에 수록된 경위를 고려할 때 「서동요」는 기존의 노래를 백제 입장에 맞게 개사 및 유포시킨 노래였다. 이영태, 「삼국유사 소재 향가 연구 – 배경설화의 수록경위를 중심으로」, 인하대박사논문, 1997.

18) 『증보문헌비고』 권11 상위고11 동요, 何處是普賢刹 隨此盡同力殺.

19) 『한국사』 중세, 진단학회, 을유문화사, 1971, 459면.

이성계와 무신난 관련 노래는 수사적 측면에서도 참요의 요건에서 함량미달이다. 참요의 성격이 예언성과 정치성이기에 은유나 상징을 수반한 낯설게 하기를 특징으로 하는 반면 이들 노래들은 내용을 구체적으로 드러낸 한계가 있다. 이것은 사건 담당층의 여론 조성이 그만큼 시급했기 때문이다.

조작된 천심에 기대고자 하는 사고는 중세에만 국한된 게 아니다. 讖의 한 갈래로 파생된 『정감록』에 관한 분분한 주장이 해방공간에 있었다.

> 如何튼 最近 朝鮮에 新生된 類似宗敎 中에는 或者에 있어서는 鄭을 「正」으로 解讀한다. 其中에도 代表的인 것이 「正道敎」이니 그敎主가 「正道領」일 것이다. 그뿐만 아니라 發令을 「道令」이라고 한 布敎文도 流布되고 있는 것이다. 더욱 注目되는 것은 八十九年의 歷史와 數百萬敎徒를 자랑하는 天道敎에 있어서도 「正副道領」이란 最高敎職을 日帝當年에도 堂堂히 公用하여 왔든 것이다.[20]

『정감록』의 구절을 견인하여 자신에게 유리하게 해독하려는 시도가 격변기의 한 양상을 드러낸다는 데에는 이견이 없다. 기존에 있었던 讖書의 구절을 담당자들의 취향에 맞게 조율하려 했던 의도는 그들의 정당성을 보다 많은 사람들로부터 획득하고자 하는 데에서 출발한 것이다. 물론 이러한 경향은 전망이 부재하는 격변기에 더욱 기승을 부리기 마련이다.

박나무 가지 잘라 한 그릇 물로 밥을 짓고
느티나무 가지 잘라 한 그릇 물로 밥을 짓자

---

20) 최수정, 『정감록에 대한 사회학적 고찰』, 해방서림, 1948, 44~45면.

　　가자 가자 멀리 가자
　　저 산 꼭대기까지 멀리 가자
　　서리가 내리기 전에 낫 갈아 삼 베러 가자[21]

　高宗 26년 11월어 불리던 동요이다. 이 노래가 구체적으로 무엇을 예언하고 있는지 알 수 없지만 상위고에 수록되어 있기에 '驗'과 관련되어 있을 것으로 추정될 뿐이다. 참요로서 이해할 때 서리(霜喪也)는 사건의 전조와 관련됨 직하다.[22] 서리(喪)와 관련된 사건이 일어나기 전 삼을 베자는 의미를 정확하게 지적할 수 없다. 다만 아래와 같은 시를 통해 화자가 "彼山之巔遠而去"하려 한 상황을 짐작할 수 있을 정도이다.

　　사해는 모두 여우와 토끼의 소굴이 되었고
　　온 나라는 오히려 개나 양의 하늘을 우러러보네
　　인간 세상에 낙원이 어디인가
　　깊이 탄식하노라- 선대나 후대에 태어나지 못한 것을[23]

　崔滋가 고종 19년에 副樞使로서 몽고로 사신으로 갔을 때, 興中府에서 유숙한 후 절간의 벽 위에 있는 구절을 보고 『보한집』에 수록한 시이다. 작자는 개나 양(오랑캐)이 온 나라를 지배하고 있다고 지적하며 낙원을 찾고 있다. 그러나 어디에도 낙원이 존재하지 않다는 것은 출생 시기마저 탄식하는 것에서 헤아릴 수 있다. 낙원을 찾으며 출생 시기를 탓했다는 점에서 당대는 어떤 형태로든 霜이 닥칠 상황이었

---

21) 『증보문헌비고』 권11 상위고11 동요. 瓠之木枝切之一水饍 陌台木枝切之一氺饍 去兮去兮遠而去兮 彼山之巔遠而去兮 霜之不來磨鎌刈麻去兮.

22) 『중문대사전』

23) 『보한집』 권상 문종대강칠년신유. 四海盡爲狐兎窟 萬邦猶仰犬羊天 人間樂國是何處 深歎吾生不肯先.

다. 그에 따라 현실을 일탈하고자 한 동요가 계층을 초월해서 불렸을 것이다. 특히 "가자(去兮)"의 반복은 예사롭지 않은 상황에서 어디든 떠나고자 하는 일탈욕구를 대변한 것이다.

만수산에 연무 꼈다[24]

忠烈王代에 元 世祖의 죽음을 예언한 동요이다.[25] 燕京에 있는 만수산에 흉조를 의미하는 안개가 끼고 난 후 세조가 죽었으니 상징을 동원한 동요라 할 수 있다. 결국 고려인이 원 세조의 죽음을 예언했다는 점에서 양국의 관계를 짐작할 수 있는 노래이다.

하지만 만수산에 낀 구름이 굳이 원 세조의 죽음과 관련됐는지 생각해 볼 문제다.

바람이 불라는지
나무가지가 우줄우줄
춤울 춘다
억수장마 질라는지
만수산에 구름돈다
童子야 그물걷어
사려담고 닻내려
돛달아라
갈길이 바쁘다(서천지방)[26]

풍랑의 전조를 보고 그물 걷는 어부의 모습을 연상케 하는 노동요다. 어부가 귀항하게 된 계기는 비구름이 산을 에워싼 "만수산에 구

---

24) 『증보문헌비고』 권11 상위고11 동요, 萬壽山 煙霧蔽.
25) 『증보문헌비고』 권11 상위고11 동요, 未幾元世祖訃至.
26) 임동권, 『한국민요집』 Ⅱ, 집문당, 1974, 116면.

름 돈다"이다. 여기서 만수산은 연경에 있는 산이 아니라 노동요가
채록된 서천지방 근처에 위치한 것으로 판단된다. 만수산이란 山名은
연경에만 있는 게 아니라 충청도 延豊縣과 鴻山縣은 물론 개성에드 있
기에 동일 명칭이 우리나라에만 세 개나 되는 셈이다.27) 그래서 "만
수산에 구름 돈다"를 굳이 연경과 결부시켜 해석할 필요가 없다.

그러면 서천지방의 노동요 사설이 萬壽山謠와 동일한 이유는 무엇
인가? 우리는 먼저 만수산요를 부른 아이들의 입장에서 이유를 찾아
야 할 것이다. 아이들은 무엇이든 모방하려는 욕구가 있다. 아이들의
무조건적인 모방 사례는 "孟母三遷之敎"라는 成語에서 찾을 수 있다.
맹모가 맹자의 교육을 위해 세 차례 집은 옮긴 것은 유명한 일화이다.
우리는 여기서 교훈적인 문제를 넘어 어린 맹자의 모방욕구에 주목
해야 한다. 상여꾼들을 흉내 내던 맹자를 생각하면 만수산요에 노동
요 사설이 견인된 이유를 알 수 있다. 노동요와 동요의 가사가 동일
한 이유는 아이들이 무엇인가를 모방했고 그것이 세조의 죽음과 우
연히 일치했기 때문일 것이다.

    가는 베로 만든 도목
    정사는 정말 묵책인가
    내가 기름칠하고 싶어도
    올해는 삼씨도 귀해
    슬프다 얻을 수 없음을28)

忠肅王代의 동요이다. 『증보문헌비고』의 관련기록을 통해 동요를

---

²⁷⁾ 『신증동국여지승람』에서 충청도 산천을 찾아보면 연풍현과 홍산현에 각각 만수산이 등장한다. 그리고 「하
여가」에 등장하는 만수산은 개성과 관련된 것이지 연경과는 무관하다. 실제로 홍산현은 노동요가 채집된
서천지방과 불과 8리 정도 떨어져 있기에 만수산은 홍산현에 있는 것으로 생각된다.

²⁸⁾ 『증보문헌비고』 권11 상위고11 동요, 用綜布作都目 政事眞墨册 我欲油 今年麻子少 噫不得.

보다 쉽게 이해할 수 있다.

金之鏡 등이 관리 임명을 담당하고 있었는데 벼슬하려는 자들이
다투어 온 것을 일일이 보아 주느라 도목책이 朱와 墨으로 섞여 버
렸다. 사람들이 말하기를 墨冊政事라 했다.[29]

축숙왕대의 동요가 전하는 주된 내용은 "政事眞墨冊"라 할 수 있다.
여기서 정사가 글자 연습할 때 쓰는 묵책으로 비유된 것은 인사청탁
에 갈팡질팡하는 김지경의 모습에서 비롯된 것이다. 정사는 썼다가
지우기를 반복할 수 있는 묵책이 아니라 "正也"[30]를 기준으로 삼는다.
정당하지 못한 청탁이 있을 때마다 묵책에 표시하다 보니 朱와 墨이
뒤섞였던 것이다.

그런데 묵책은 삼씨기름을 발라야 썼다 지우기를 반복할 수 있는
데 금년에는 삼씨가 적은 게 문제이다. 바르지 못한 정사 때문에 백
성들은 삼씨도 없을 정도로 생활고에 시달렸던 것이다. 이런 처지에
서 "내가 기름칠하고 싶어도(我欲油)"는 화자를 묵책정사의 동조자로
파악하게 하지만 실상은 그렇지 않다. "我欲油"은 "我不欲油"을 내면
에 둔 것으로 묵책정사에 대한 조롱인 것이다.

위의 동요는 예언적인 기록과 결부되지 않았지만 김지경이 嬖幸의
부류에 속해 獄死한 것으로 보아 묵책정사를 자행한 관리의 죽음과
연결되었던 것이다.[31]

---

29) 『증보문헌비고』 권11 상위고11 동요, 及金之鏡等掌詮曹 用事者爭相塗抹 朱與墨相渾 謂之墨冊政事.

30) 『논어』 안연편, 季康子問政於孔子 孔子對曰 政者正也 子帥以正 孰敢不正.

31) 『고려사』 권35 세가35 충숙왕19, 流于島金之鏡瘦死獄中.

아야마고지나
인제 가면 언제 오나[32]

위의 노래는 忠惠王이 岳陽縣에서 죽기 전에 궁중과 항간에서 유행하던 동요이다. 충혜왕은 정사를 돌보지 않고 享樂과 여색에 골몰한 군왕이었다. 그래서 元 왕실은 그를 소환하여 揭陽縣으로 유배하려 했다. 그는 燕京에서 2만 리 떨어져 있는 게양을 향해 가던 중 악양현에서 생을 마쳤다.

충혜왕이 지닌 군왕으로서의 면모는 史官의 평을 통해 짐작할 수 있다.

충혜왕은 英銳한 재질로써 그것을 옳지 않은 데 써서 惡小를 친근히 하고 방탕하여 안으로는 부왕에게 책망을 듣고 위로는 천자에게 죄를 얻어 죄수의 몸이 되어 도로에서 죽었으니 마땅하다.[33]

사관은 왕의 죽음을 "마땅하다."고 표현한다. 한편 백성들은 "갱생의 날을 보게 됐다."[34]그 하면서 기뻐했다. 이것은 도두 왕이 행한 弊政의 결과이다.

그런데 아이들이 부른 동요에 나타난 "從今去何時來"이란 표현이 輓歌에서 상여를 메고 가겨 부르는 운상소리나 장지에 도착했을 때 부르는 도착소리와 유사하다는 게 특이하다.

---

32) 『증보문헌비고』 권11 상우고11 동요. 阿也麻古之那 從今去何時來.

33) 『고려사』 권36 세가36 충혜왕. 史臣贊曰 忠惠王 以英銳之才 用之於不善 昵比惡小 荒淫縱恣 內則見責於父王 上則得罪於天子 身爲纍囚 死於道路 宜矣.

34) 復見更生之日.

>   ……인제가면 인제가네
>   내년삼월 봄이되어……(중원지방)35)
>
>   ……너도울고 나도울어
>   에~인제가면 언제오나……(여주지방)36)

여주지방의 만가 사설이 충혜왕대에 불린 동요와 동일하다는 것은 납득키 어려운 문제다. 왕의 죽음을 예언한 동요의 가사와 死者를 보낼 때 부른 만가의 가사가 지닌 동일성은 어떤 식으로든 연계될 수 없는 것이다. 그러나 왕의 죽음을 예언한 동요는 아이들이 지닌 무조건적인 모방욕구에서 비롯된 결과일 수 있다. 그리고 아이들의 모방욕을 염두에 둘 때 "阿也麻古之那"도 쉽게 이해할 수 있다.

왕의 죽음에 대하여 백성들이 갱생의 날을 보게 됐다며 기뻐했던 것은 폐정기간 동안 백성들의 삶이 온전하지 않았음을 의미한다. 그에 따라 삶을 체념하는 어투가 자연스럽게 나오기 마련이다. 그리고 그 어투는 특정한 대상이 아니라 자신을 포함한 세계 전체를 향하게 된다. 이런 경우는 虐政에 시달리던 백성이 桀王과 같이 죽기를 각오했던 데에서 찾을 수 있다.37) 전망이 없는 상태에서 그것의 탈출은 "民欲與之偕亡"처럼 함께 망하는 데에서 찾을 수밖에 없는 것이다. 결국 阿也麻古之那 부분은 모두 망해 버리자는 의미로 읽을 수 있다.38)

전망 부재의 절대 상황에서 발화된 체념적 어투와 만가의 한 부분

---

35) 신찬균, 『한국의 만가』, 삼성출판사, 1990, 103면.

36) 위의 책, 114면.

37) 『맹자』 양혜왕장구상, 湯書日 時日害喪 予及女偕之 民欲與之偕之 雖有臺池鳥獸 豈能獨樂哉.

38) 阿也麻古之那에 대한 해독은 "아야 말고지라"(양주동, 『여요전주』, 을유문화사, 1954, 34면), "아야 망가 저라"(현종호, 『조선 국어 고전시가사 연구』, 교육도서출판사, 1984, 230면), "아야 마고지나"(정동화, 『한국 민요의 사적 연구』, 일조각, 1987, 189면), "이제야 고수레"(오상태, 「아야마가 연구」, 『어문연구』 제25권, 한국어문교육연구회, 1997)가 있다.

이 아이들의 모방욕에 의해 결부된 것이 우연히 왕의 죽음을 예언하는 동요로 상승할 수 있었던 것이다.

소가 크게 우니 용이 바다를 떠나고
얕은 물이 파도를 희롱하는구나[39]

갑자기 나타난 홍건적이
와우봉 깊숙이 들어간다[40]

恭愍王 10년 10월에 홍건적 10만이 압록강의 결빙을 이용하여 침입하였다. 王駕가 이천에 이르던 날 개경을 함락시킨 적들은 수개월간 人薔을 마구 유린하였다. 이해 辛丑年 12월경에 왕이 안동으로 피난을 오게 되었는데 이때 사람들이 "옛날에 듣던 말이 지금에서 효험을 본다."[41]고 했다. 결국 "昔聞其言"은 노래의 예언성을 의미하는 것이다.

소가 울은 것은 신축년에 난리가 난 것을 가리키는 것이고, 용이 바다를 떠난 것은 왕이 궁궐을 떠나 피난 온 것이다. 그런데 노래는 피난 온 공민왕이 뱃놀이를 즐기고 있는 모습을 나타내지만 당시는 嚴冬이라 호수가 결빙된 상태였다고 생각된다. 호수의 결빙과 뱃놀이는 부적절한 대응을 이루지만 결빙 이전에 노래가 있었기에 참요의 예언성에 따른 결과로 생각해도 무방하다.

---

39) 『증보문헌비고』 권11 상위고11 동요. 牛大喉 龍離海 淺水弄淸波.
40) 『증보문헌비고』 권11 상위고11 동요. 忽有一南寇 深入臥牛峰.
41) 『증보문헌비고』 권11 상위고11 동요. 人曰昔聞其語今見其驗.

4. 맺음말

형혹성이 아이로 변하여 부른 노래가 동요라는 게 고대나 중세인들의 동요관이었다. 물론 이러한 생각의 중심에는 '天意가 곧 民意이다.'라는 것이 자리 잡고 있어 동요는 예언적인 성격을 지니게 마련이었다. 그래서 예언이 들어맞는 경우 그것은 바로 천의와 직결되기에 동요는 정치적 성격을 띨 수밖에 없었기에 동요를 '참요'라 해도 무방했던 것이다.

참요의 성격은 결국 천의에 기대어 사건의 정당성을 획득하고자 동요를 조작하려는 부류나 단순한 동요에 특별한 의미를 두어 해석하려는 사례를 만들었다. 역성혁명이나 무신난의 담당층과 관련된 동요와 원 세조의 죽음을 예언한 동요가 그 예라 할 수 있다.

그러나 동요는 형혹성이 아이들을 중개자로 삼아 천의를 전달하는 과정에서 생성된 게 아니라 아이들이 지닌 무조건적인 모방성에서 비롯된 것이었다. 아이들의 무조건적인 모방성이 어떤 사건과 결부되어 우연성을 획득할 때 비로소 아이의 노래는 의미를 지니게 된다는 것을 노동요나 만가의 사설이 동요에 견인된 사례를 통해 짐작할 수 있었다. 특히 「阿也歌」의 경우 아이들의 모방이 단순한 데에만 머물고 있는 게 아니라 어른들이 처해 있는 절실한 부분까지 포함되어 있다는 점에서 참요의 올바른 이해는 사회·역사적 접근에서 가능할 것이다.

조선시대 참요 연구
−생성과정과 관련된 주변문제를 중심으로*

1. 머리말

民謠는 집단에 의해 제작 및 전파되는 민중의 노래이다. 그래서 민중의 사상과 감정이 노래에 담겨 있게 마련이다.

민요의 범주 안에 논의되어 왔던 讖謠는 預言性을 획득한 童謠를 지칭한다. 『增補文獻備考』 童謠條에 수록된 노래들이 일반적으로 아이들의 노래이되 예언적 의미의 '驗'字와 깊이 관계된 것을 보더라도 先人들은 동요를 참요로 여겼던 것이다.1) 그에 따라 참요 관련 논의에 항상 신비적 요소를 결부시켜 왔던 것이 그간의 사정이다.

참요에 대한 관심은 「韓國讖謠考」2)에서 비롯됐고 본격적인 연구는 『韓國民謠史』3)에 이르러 이루어졌다. 특히 『한국민요사』는 후대 연구

---

* 이 글은 『어문연구』 101호(한국어문교육연구회, 1999)에 수록된 것임.

1) 『증보문헌비고』 권11, 상위고11 동요, 童謠云 …… 武臣之變 …… 童謠云 …… 未幾元世祖訃至 …… 童謠云 …… 未幾王被竄于元 …… 亘謠云 …… 今見其驗 …… 童謠云 …… 其言乃驗.

2) 이은상, 「한국참요고」, 『노산문선』, 민중서관, 1933.

3) 임동권, 『한국민요사』, 집문당, 1974.

자들의 참요 관련 논의에 커다란 영향을 끼친 저작물이다. 그에 따라 참요에 대한 논의가 기존의 것을 답습하는 형극이 되고 말았다. 이런 가운데 참요 관련 논의를 한 단계 높인 논의가 있는데 □演者들의 사회적·심리적 상황에 따른 텍스트 형성과정을 중심으로 참요를 연구한 것이 그것이다.[4] 논의자에 따르면 참요는 예언적 동요이며, 의미 모를 동요가 어떤 사실의 實現을 통해 참요로 거듭날 수 있었다고 한다.

그러나 참요가 지닌 예언적 성향을 인정하더라도 신비적 요소가 어떻게 획득되며 그것이 사람들에게 어떤 영향을 주는가를 밝히는 것이 참요와 관련된 논의를 구체화시킬 수 있을 것이다. 참요가 지닌 예언성이 당대인들의 삶과 밀착된 상태에서 획득된다는 점에서 노래의 생성과정과 관련된 주변문제를 구체적으로 검토할 필요는 여기에 있다.

2. 참요의 일반적 성격

참요라는 語詞는 후대인들이 지칭한 것으로 문헌에 童謠나 里謠, 謠 정도로 기록되어 있다. 아이들의 노래를 참요라 稱한 것은 동요가 지닌 '讖'的 기능 때문이다. 아이들의 노래가 讖의 字義처럼 "驗也, 預言也"[5]나 "兆也 如符讖圖等 皆言將來得失之兆也"[6]와 동일하다는 점에서 동요를 참요라 칭했던 것이다.

동요가 미래의 일과 결부되어 있다는 생각은 동양권에서 오래전부

---

4) 성무경, 「한국 참요의 연구─구술상황을 중심으로」, 성균관대학교 석사논문, 1990.

5) 『설문해자』.

6) 『사원』.

터 내려오던 전통이다.

> 요제가 천하를 다스린 지 15년 천하의 다스림을 알 수 없자 변장하
> 고 강구에 나아가 아이들의 노래를 들었다.[7]

> 천자는 …… 대사에게 명하여 백성의 노래를 바치게 했다.[8]

堯帝가 변장을 하고 거리에서 동요를 들은 것이나 天子가 大師에게 백성의 노래를 바치게 한 것은 民意를 바탕으로 善政을 베풀기 위한 일이다. 治者가 민의를 담고 있는 노래에 귀를 기울였던 것은 民意가 곧 天意의 반영이라는 동양적 사유에서 기인한다. 민의와 천의의 관계는 皐陶가 帝舜에게 언급한 "하늘이 듣고 보심은 우리 백성의 듣고 보는 것을 따르며, 하늘이 밝히시고 위협하심은 우리 백성이 밝히고 위압함을 따르는 바입니다. 하늘과 아래의 백성은 서로 통하는 것이 니 공경하십시오."[9]라는 것을 통해서도 확인할 수 있다.

민의를 반영한 동요는 천의와 다음과 같은 관계에 있다.

> '童謠란 天上의 熒惑星이 地上에 내려와 童子로 變成하여 노래지
> 어 부르는 것이다.'는 말은 童謠를 어떤 時變의 先兆로 나타내는
> 것으로 알아 온 民信의 始初이어니와, 말하면 童謠란 것은 民衆의
> 입을 빌려 가장 정직히 발표되는 示唆的 또는 後驗的인 一種의 豫
> 言이라 할 수 있다.[10]

天上의 熒惑星이 時變를 나타내기 위해 아이로 변래 부른 노래가 동

---

7) 『열자』, 중니편. 堯治天下五十年 不知天下治歟不治歟 乃微服遊於康衢 聞童兒謠.

8) 『예기』, 왕제5. 天子 …… 命大師陳詩以觀民風.

9) 『서전』, 우서 고도모. 天聰明自我民聰明 天明畏自我民明威 達于上下 敬哉有土.

10) 이은상, 앞의 책, 471면.

요이다. 그래서 문헌에 수록된 동요들은 天地의 變異, 氣象의 異變, 동식물의 變異 등 정상적이지 않은 자연 현상을 기록한 항목에 포함되어 있다. 『增補文獻備考』나 『燃藜室記述』에 동요가 각각 象緯考나 天文典考에 수록된 것도 우연이 아니다.

先人들이 동요를 자연 현상과 동일하게 인식한 것은 노래가 지닌 예언적 성격 때문이다. 아이들이 부르는 노래가 예언성을 획득할 때 비로소 동요는 천의를 담게 된다. 그리고 오늘날 우리가 이것을 참요라 칭한 것이다.

金安老도 동요의 예언성에 대하여 다음과 같이 지적하고 있다.

옛날부터 항간에 동요가 일어나는 것이 …… 능히 감통하여 미리 정해진 참응이 틀리지 않는다.[11]

아이들의 노래가 참요로 상승할 수 있는 조건이 바로 예언성이다. 미래의 일과 일치하지 않는 동요는 말 그대로 아이들의 遊戲謠 정도에 머물겠지만 예언성을 획득하는 시점에 이르러 그 노래는 참요로 거듭나게 된다.

동요를 자연현상과 동일하게 인식하여 형혹성이 童子로 변해 시변을 알리기 위해 노래를 부른 것으로 생각한 것은 노래가 지닌 예언적 성격 때문이다. 예언성이야말로 동요를 참요답게 하는 조건이라 할 수 있다.

참요가 예언성과 관련된 노래이기에 原觀念을 은폐하기 위한 수사적 장치를 동반한다. 원관념을 낯설게 하기 위한 방법으로 은유와 상징이 있다. 은유는 두 사실 사이의 유사성, 상호 관련성을 근거로 한

---

11) 『용천담적기』. 自古街巷童謠之興 …… 能感通前定讖應不爽.

일 대 일의 유추적 관계에 의존하고, 상징은 은유보다 한 단계 늦은 연상이 작용하게 된다. 결국 상징은 본질을 숨기기 위해 모호성을 동반하는 것이다.

> 계림은 황엽이고 곡령은 청송이다.[12]

> 나무망국 찰니나제 판니판니소판니 우우삼아간 부이사파가[13]

鷄林謠[14]는 유학을 마치고 귀국한 崔致遠이 정치 부패에 따른 벽성들의 至難한 삶을 보고 入山하여 지은 것이다.[15] 鷄林과 黃葉, 鵠嶺과 靑松은 일대일의 은유가 형성되며 黃葉은 '亡'을 靑松은 '興'을 지닌다. 계림과 곡령은 각각 신라와 고려를 의미하는 것으로 계림요는 신라가 망하고 고려가 일어날 것을 예언한 참요라 할 수 있다. 陀羅尼謠는 眞聖女王이 즉위하자 乳母 鳧好夫人과 그의 남편 魏弘匝干이 3~4명의 寵臣들과 더불어 政事를 어지럽히자 도둑들이 벌떼처럼 일어났을 때 등장한 노래이다. 이 노래에는 정사를 문란하게 하여 백성을 도탄에 빠뜨린 여왕이나 3~4명의 총신들 그리고 부호부인이 등장하는데 이들은 "亡國"이란 표현과 직접 관련되어 있다. 이 노래에 대하여 一然은 다음과 같은 해설을 덧붙였다.

> 찰니나제란 여왕을 가리킨 것이요, 판니판니소판니는 두 소판을 말

---

12) 『삼국사기』 권46, 列傳6 최치원, 鷄林黃葉 鵠嶺靑松.

13) 『삼국유사』 권2, 기이2 진성여대왕 거타지, 南無亡國 刹尼那帝 判尼判尼蘇判尼 于于三阿干 鳧伊娑婆訶.

14) 개개의 참요에 대한 노래명은 임동권에 따른다.

15) 임동권, 앞의 책, 42면. 당시의 정세가 민요 속에 반영되어 민간에 노래 불러지고 있는 것을 고운의 손에 의해서 정착된 것으로 믿어진다.

한 것이다. 소판은 관작의 이름이요, 우우삼아간은 3, 4명의 총신을 말한 것이요, 부이는 부호를 말한 것이다.[16]

일연의 해설이 없었으면 이 노래는 이해할 수 없는 언어의 무의미한 조합일 뿐이다. "찰니나", "판니판니", "우우", "부이"라는 단어는 우리에게 두 사실 사이의 상호관련성을 근거로 한 유추를 허용하지 않는다. 다만 일연이 모호성을 헤집고 타당한 문맥을 해석해 낸 것이다.

참요의 수사적 특징이 은유와 상징으로 나타나는 근본적인 이유는 '讖'이라는 字義가 지닌 신비스러운 예언성 때문이다. 예언은 초월적 존재와 결부되기에 그것에 대한 구체적인 내용은 철저히 낯설어야 한다. 신비적 요소가 평범한 경우와 관계됐을 때 그것은 그때부터 그러한 요소가 거세되고 평범해지기 때문이다.

3. 참요의 생성과정과 관련된 주변문제

동요가 예언성을 띠는 경우 참요가 된다. 동요는 예언성 획득 여부에 따라 참요나 또는 단순한 유희요에 머문다. 그러나 예언성의 유무는 결과에 의한 것이기에 예언성을 획득하는 과정에 주목해야 한다. 참요로 상승하기 이전의 동요가 예언성을 어떤 경로를 통해 갖추었느냐는 문제는 참요의 생성과정과 밀접한 것으로 노래가 사람들과 어떻게 관계하는가를 해명하는 데에 귀중한 단서로 활용될 수 있다. 동요가 예언성을 갖추는 과정은 아래의 노래를 통해 엿볼 수 있다.

16)『삼국유사』권2, 기이2 진성여대왕 거타지, 說者云 刹尼那帝者 言女主也 判尼判尼蘇判尼者 言二蘇判也 蘇判爵名 于于三阿干也 鳧伊者娑 言鳧好也.

萬壽山 煙霧蔽[17]

바람이 불라는지
나무가지가 우줄우줄
춤을 춘다
억수장마 질라는지
만수산에 구름돈다
童子야 그물걷어
사려담고 닻내려
돛달아라
갈길이 바쁘다(서천지방)[18]

忠烈王代의 동요 "萬壽山 煙霧蔽"는 "얼마 안 있다가 元 世祖의 訃音이 이르렀다(未幾元世祖訃至)."는 割註와 긴밀하게 연계되어 있다. 燕京에 있는 만수산에 흉조를 의미하는 煙霧가 세조의 죽음과 결부됐기에 이 노래는 예언성을 획득한 동요, 즉 참요라 할 수 있다. 그리고 서천지방의 노동요는 漁具를 철수하는 어부의 모습을 연상케 한다. 어부가 그물을 걷고 돛을 달게 된 계기는 폭우의 前兆인 "만수산에 구름돈다"이다. 동요 "萬壽山 煙霧蔽"의 해석이 노동요 사설 "만수산에 구름 돈다"와 일치하기에 동일한 사설이 경우에 따라 元나라 세조의 죽음이나 폭우를 암시한 셈이다.

그러나 사설이 동일한 것과 더불어 그 이유에 대하여 주목해야 한다. 참요와 노동요라는 차이에도 불구하고 사설이 동일하게 나타난 이유는 구비전승물이라는 민요의 특징에서 비롯된 것이다. 민요에서 "謠는 興에 겨워 直興的으로 口唱하는 것"[19]이기에 唱者에 따라 가사

---

17) 『증보문헌비고』 권11, 상위고11 동요.

18) 임동권, 『한국민요집』 Ⅱ, 집문당, 1974, 116면.

19) 고정옥, 『조선민요연구』, 수선사, 1949, 102면.

가 변개되기 마련이다.[20] 그래서 두 사설이 동일한 것은 참요나 노동요의 창자가 기존의 가사에 영향을 받은 것으로 생각할 수 있다. 참요 사설이 노동요 사설에 영향을 준 경우, 고려의 아이들이 타국에 있는 만수산을 거론하며 세조의 죽음을 예언했으니 동요는 말 그대로 천상의 형혹성이 시변을 알리기 위해 동자로 변해 부른 노래인 것이다. 그리고 그런 신비스런 노래가 노동요 사설에 영향을 준 것으로 생각할 수 있다. 한편 노동요 사설이 참요 사설에 영향을 준 경우는 서천지방 근교에 만수산이 과연 있는가 없는가에 따라 그 진위를 가늠 할 수 있다. 萬壽山이란 山名은 忠淸道 延豊縣과 鴻山縣은 물론 개성에도 있기에 동일 명칭이 우리나라에만 세 개나 되는데 특히 홍산현은 노동요가 채집된 서천지방과 불과 8리 정도 떨어져 있다.[21] 그래서 "만수산에 구름 돈다"는 사설은 서천지방 근교에 있는 산에 비구름이 모인 것을 가리키는 것이기에 노동요 사설이 참요 사설의 영향을 받은 것은 아니다.

그러면 서천지방의 노동요 사설과 萬壽山謠는 영향문제와 무관한 채 각각 독자적으로 존재한 것인가?

> 모방한다는 것은 어렸을 적부터 인간본성에 내재한 것으로, 인간이 다른 동물과 다른 점도 인간이 가장 모방을 잘하며, 처음에는 모방에 의하여 지식을 습득한다는 점에 있다. 또한 모든 인간은 날 때부터 모방된 것에 대하여 쾌감을 느낀다.[22]

---

20) 민요가 지닌 기능, 唱曲, 가사의 관계는 5가지로 나눌 수 있다(고정적 결합은 =, 유동적 결합은 ≠로 나타낼 때). a) 기능=창곡=가사, b) 기능=창곡≠가사 c) 기능=가사=≠창곡 d) 기능≠창곡=가사 e) 기능≠창곡≠가사. 장덕순 외 3인, 『구비문학개론』, 일조각, 1971, 79~80면.

21) 『신증동국여지승람』에서 충청도 산천을 찾아보면 연풍현과 홍산현에 각각 만수산이 등장한다. 그리고 「하여가」에 등장하는 만수산은 개성과 관련된 것이지 연경과는 무관하다.

22) 아리스토텔레스, 『시학』, 천병희 역, 문예출판사, 1976, 35면.

인간본성에 내자된 模倣에 관한 『詩學』의 내용이다. 모든 인간은 모방을 통해 지식습득과 쾌감을 얻는데 이런 사례는 서양에만 극한된 것이 아니다. 특히 아이들의 모방사례는 "孟母三遷之敎"라는 成語에서도 찾을 수 있다. 맹모가 맹자의 교육을 위해 서 차례 집을 옮긴 것에서 우리는 교육적인 문제를 넘어 어린 아이의 모방욕구에 주목해야 한다. 어린 맹자가 상여꾼들을 흉내 낸 것을 통해 만수산요에 노동요 사설이 견인된 이유를 짐작할 수 있다. 결국 아이들이 무엇인가를 모방하여 노래를 불렀는데 그것이 세조의 죽음과 우연히 일치했기 때문에 동요는 참요로 거듭날 수 있었다.

노동요의 사설이 참요로 견인된 사례를 통해 예언성 획득에 전제될 일은 모방과 우연의 개입이라는 점을 알 수 있었다. 그런데 우연의 개입에 따라 예언성을 띠게 되는 경우는 동요에만 국한되지 않는다.

> 송강이 어사가 되어 北塞에서 1수의 단가를 지었는데 얼마 후 명종이 사망했다. 대개 또한 歌讖이다.23)

松江 鄭澈이 御使로 關北에 갔을 때 단가 1수를 지었는데, 얼마 후 明宗이 賓天했다. 車天輅가 정철의 노래를 "대개 歌讖(盖亦歌讖也)"일 것으로 생각한 것은 군왕의 죽음이라는 우연의 개입에 따른 것이다. 그런데 송강의 노래와 명종의 죽음이 맞아떨어진 것은 우연과 더불어 결과를 중심으로 노래에 일정한 의미를 부여하려 했던 차천로의 입장에서 비롯된다. 노래를 바라보는 처지에 따라 그에 대한 의미크여가 얼마든지 다를 수 있는 것이다.

---

23) 『오산설림초고』, 松江爲繡衣北塞也作一短歌 未幾 明廟賓天 盖亦歌讖也.

上道雀 下道雀 全州高阜 綠豆雀 圓瓠 橐橐后羿[24]

아랫녁새야 윗녁새야
전주고부 녹두새야
록두밧헤 앉지마라
두류박 싹싹 우여[25]

예산지방의 민요는 "록두밧헤 앉지마라"를 제외하면 黃玹이 한자로 채록한 동요와 동일하다. 上道雀은 웃녁 새, 下道雀은 아랫녁 새, 全州高阜 綠豆雀은 전주고부 녹두새, 둥근 박을 의미하는 圓瓠는 두류박, 방아 찧는 소리와 관련된 의성어 橐橐은 싹싹, 소리지르는 것(새 쫓는)을 의미하는 后羿는 우여와 다름 아니기에 구전에 운명에 있던 노래를 황현이 한자로 채록했기에 두 노래는 동일하다. 노래를 한자로 채록한 황현은 동학난 때 "전주와 고부의 피해가 혹독했기에"[26] 동요의 응험을 알 수 있었다고 했다. 반면 예산의 민요 제보자는 "東學 首將 全琫準의 敗할 날이 갓가윗스니 全氏를 싸르지 말라는 寓意"[27]라고 말했다. 결국 동일한 노래가 수용자에 따라 의미에 차이가 생긴 것이다. 이처럼 해석에서 편차가 생긴 것은 결과를 중심으로 노래를 이해했기 때문이다.

참요의 생성과정을 아이들의 모방욕과 우연성 획득에서 찾을 수 있었다. 그리고 우연의 개입은 결과를 중심으로 노래 사설에 의미를 부여함으로써 이루어지며 그에 따라 노래는 예언성을 지닌 신비스런 참요로 거듭나게 된다. 이제는 그것이 사람들에게 어떤 영향을 끼치

---

24) 황현, 「동비기략초고」, 『동학란』, 이민수 역, 을유문화사, 1985, 149면.

25) 김소운 편, 『언문조선구전민요집』, 제일서방, 1933, 58면.

26) 황현, 앞의 책, 149면.

27) 김소운 편, 앞의 책, 149면.

는지에 대하여 언급해야 할 것이다.

> 社會를 統制하는 權威가 集團의 酋長이나 年長者 등 특수한 人間
> 에 獨占되어 있는 未開社會에 있어서라 할지라도 集團의 存立이나
> 秩序維持 등 全體利害에 관련되는 곤란을 극복하기 위해서는 一般
> 的으로 討論이라는 方式이 사용되는 것이다. 그러므로 인간의 集團
> 生活이 營爲되는 곳에서는 어디에서나 輿論의 萌芽가 발견된다고
> 할 수 있다.[28]

어떤 형태의 사회이든 여론은 존재키 마련이다.[29] 여론은 개인이 가지고 있는 의견이 아니라 누구든 그 사회 전체의 이해와 관련된 문제이다. 이것은 생활에 영향을 미치는 공동과제로서 그 사회가 해결해야 할 사회적 정치적 문제가 있을 때 발생 또는 형성되는 것이다.

> 사람들이 왕이 죽었다는 소식을 듣고 슬퍼하는 자가 없었으며 백
> 성들은 기뻐 날뛰면서 이제 다시 갱생의 날을 보게 됐다고 말하였
> 다.[30]

군왕의 죽음에 더하여 백성들이 기뻐 날뛰면서 갱생을 언급했다는 점에서 당대인들이 공유하고 있던 공동과제는 忠惠王의 弊政에 집중되어 있었다. 왕의 폐정이 결국 죽음으로 귀착됐지만 史官은 다음과 같은 평을 부기하기도 했다.

> 충혜왕은 英銳한 재질로써 그것을 옳지 않은 데 써서 惡小를 친근

---

28) 조재권, 『선전여론』, 박영사, 1981, 166~167면.

29) 중세의 여론현상을 "잠재적 여론, 또는 단락현상"이라는 용어로 칭하기도 한다. 장을병, 『정치적 커뮤니케이션론』, 태양문화사, 1978, 81~82면.

30) 『고려사』 권36, 세가36 충혜왕, 國人聞之 莫有悲之者 小民至有欣躍 以爲復見更生之日.

히 하고 방탕하여 안으로는 부왕에게 책망을 듣고 위로는 천자에
게 죄를 얻어 죄수의 몸이 되어 도로에서 죽었으니 마땅하다.[31]

사관이 왕의 죽음을 "마땅하다."고 표현한 것은 백성들이 "갱생의
날을 보게 됐다."[32]며 기뻐 날뛴 것의 연장이다. 이것은 왕이 행한 폐
정의 결과이기에 당대인들이 지닌 공동과제, 즉 여론은 아이들의 노
래와 밀접하게 관련되어 있었다.

    아야마고지나
    인제 가면 언제 오나[33]

위의 노래는 忠惠王이 岳陽縣에서 죽기 전에 궁중과 항간에서 유행
하던 동요이다. 충혜왕이 정사를 돌보지 않고 享樂과 女色에 골몰하자
元 왕실은 "그대의 피를 온 천하의 개에게 먹여도 오히려 부족하다."[34]
하며 그를 소환하여 揭陽縣으로 유배 보낸다. 그는 게양을 향해 가던
중 악양현에서 죽음을 맞는다.

그런데 아이들이 부른 동요에 나타난 "從今去何時來"란 표현이 輓歌
에서 상여를 메고 가며 부르는 운상소리나 장지에 도착했을 때 부르
는 도착소리와 동일하다.

    … 인제가면 인제가네
    내년삼월 봄이되어 …(중원지방)[35]

───────────────

31) 史臣贊曰 忠惠王 以英銳之才 用之於不善 昵比惡小 荒淫縱恣 內則見責於父王 上則得罪於天子 身爲縲
    囚 死於道路 宜矣.

32) 復見更生之日.

33) 『증보문헌비고』 권11, 상위고11 동요. 阿也麻古之那 從今去何時來.

34) 『고려사』 권36, 세가36 충혜왕. 雖以爾血啖天下之狗猶爲不足.

… 너도울고 나도울어
에~인제가면 언제으나 …(여주지방)36)

　왕의 죽음을 예언한 동요의 가사와 死者를 보낼 때 부른 만가으 가사가 동일한 것은 아이들이 지닌 무조건적인 모방욕구에서 비릇된 결과이다. 아이들의 모방행위에 만가 사설이 견인됐는데 이것이 으연히 충혜왕의 죽음을 예언한 참요로 거듭났던 것이다. 이것은 서천지방의 노동요 사설이 元 세조의 죽음을 예언한 경우와 마찬가지이다.

아야 말고지라37)
아야 망가져라38)
아야 마고지나39)
이제야 고수레40)

　그리고 "阿也麻古之那"도 아이들의 모방욕과 결부시켜 이해할 수 있다. 왕의 죽음에 대하여 백성들이 갱생의 날을 보게 됐다며 기뻐했던 것은 폐정 기간 동안 백성들의 삶이 온전하지 않았음을 의미한다. 그에 따라 삶을 체념하는 어투가 자연스럽게 나오는데 그 어투는 특정한 대상이 아니라 자신을 포함한 세계 전체를 향하기 마련이다 예컨대 虐政에 시달리던 백성이 桀王과 같이 죽기를 각오했던 것이 전망부재를 탈출하는 "民欲與之偕亡"41)으로 나타나기도 했다. 결국 阿也麻

35) 신찬균, 『한국의 만가』, 삼성출판사, 1990, 103면.

36) 위의 책, 114면.

37) 양주동, 『여요전주』, 을유문화사, 1954, 34면.

38) 현종호, 『조선 국어 고전시가사 연구』, 교육도서출판사, 1984, 230면.

39) 정동화, 『한국 민요의 사적 연구』, 일조각, 1987, 189면.

40) 오상태, 「아야마가 연구」『어믄연구』95호, 한국어문교육연구회, 1997, 149면.

41) 『맹자』, 양혜왕장구상, 湯書日 時日害喪 予及女偕之 民欲與之偕之 雖有臺池鳥獸 豈能獨樂哉.

古之那 부분은 모두 망해 버리자는 의미로 읽을 수 있다. '망해 버리자'
라는 표현은 망하는 것에 대한 두려움이나 안타까움에서 비롯된 게
아니라 더 이상 망할 것도 없는 철저히 망한 상태에서 가능하기 때문
이다. 그래서 阿也麻古之那는 당대인들이 세계를 향해 내뱉은 체념적
발화이며 그들이 공유하고 있던 공동과제인 여론의 반영이기도 하다.

만가의 사설과 전망부재의 상황에서 발화된 체념적 어투가 아이들
의 모방욕에 의해 결부되어 우연히 왕의 죽음을 예언하는 참요로 상
승했던 것이다. 여론의 한 단면이라 할 수 있는 삶을 체념하는 어투
가 아이들의 모방을 통해 동요로 나타난 것이다.

우리는 참요의 생성과정과 관련된 문제를 통해 아이들의 노래가
사람들에게 어떤 영향을 끼치는지에 대하여 지적할 수 있게 되었다.
왕의 폐정에 따른 당대인들의 체념적 어투가 여론의 반영이었고 아
이들이 그것을 모방하여 노래를 불렀다. 군왕이 죽음에 이르기 전에
조성된 당대인들의 사회적, 정치적 공통과제를 반영한 체념적 어투는
여론과 다름 아니다. 동요가 참요로 격상되면서 폐쇄된 곳에서 소통
되던 체념적 어투—여론—가 개방된 장소로 견인되어 백성들이 갱생
의 날을 보게 됐다며 기뻐 날뛰기도 했던 것이다. 물론 여론이 개방
된 장소로 이동될 수 있었던 것은 아이들의 노래가 천의를 중개하는,
곧 예언적 기능을 수행한다는 당대인의 믿음 때문이다. 공개된 곳에
서 治者와 관련된 어떠한 항명도 할 수 없던 사람들을 공개된 장소로
이동시켰던 것이 아이들의 노래였던 것이다.

반면 여론을 조성시키기 위해 동요가 동원된 경우도 있다.

동요는 강구에서 비롯된다. …… 丈夫 老成의 뜻을 아이가 익혀 노

래 부른 것이다. …… 가히 믿을 만하기에 동요가 일어난다.[42]

허균은 …… 어려서 讖記를 지어 비밀리에 세상에 전했는데 모두
凶慘의 말이다. …… 또 謠를 지어 …….[43]

아이들이 어른의 뜻을 노래로 부르는 것이나 어른이 讖書나 謠를
지어 의도적으로 유포시킨 것은 동요가 여론 조성의 수단으로 사용
된 경우이다. 어른의 적극적 개입에 따른 조작된 노래로 武臣亂이나
易姓革命의 정당성을 확보키 위해 불려진 普賢刹謠와 木子謠가 있다.
물론 薯童謠도 薯童이 동요를 개작하여 유포시킨 것이기에 조작된 노
래라 할 수 있다.

참요의 생성과정과 관련된 주변문제를 살펴보았다. 동요가 참요로
격상되는 과정에서 생성된 예언성은 아이들의 모방욕에서 출발하여
관련사건과 우연성을 지닐 때 획득된다. 그리고 우연의 개입은 결과
를 중심으로 노래사설에 의미를 두려는 의도와 밀접하다. 동요가 참
요로 견인된 후 참요는 사람들의 공동과제, 즉 여론을 폐쇄된 장소에
서 개방된 장소로 견인시키는 계기이기도 하다.

4. 조선시대의 참요

조선시대의 참요는 문헌기록이나 구전을 포함하여 31편이 전한다.
참요를 수록하고 있는 문헌으로『增補文獻備考』,『稗官雜記』,『龍泉談寂

---

42)『성호사설』, 경사문 동요. 童謠自康衢始 …… 丈夫老成之意而童幼亦習而歌之也 …… 可信故必擧童謠.
43) 이가원,『한문학연구』, 탐구당, ˙969, 494〜495면 재인용,「荷潭破寂錄」, 許筠 …… 早年作讖記秘傳于
世 皆凶慘之語 …… 又作謠曰 …….

記』, 『太宗實錄』 등이 있으며 구전으로는 1930년대 이후 채록된 민요
집들이 있다.

　이 글의 목적에 따라 생성과정과 주변문제를 구체적으로 논의할
수 있는 조선시대 참요를 논의대상으로 삼겠다.

　　　每伊斁可　　　　　　　매이역가
　　　每伊斁可 首墨墨44)　　매이역가 수묵묵

　燕山君의 실정이 끝날 무렵 불린 동요이다. 김안로의 설명에 따르면,
'매이'는 존장자를 불러 告할 때 쓰는 어사이고(俗人呼尊長告語之辭),
'斁'은 왕위에 오른 中宗의 諱인 '懌'과 同聲이고(斁字同聲於國諱), '可'는
서로 이름을 부를 때 따라다니는 조어이다(凡人相呼名助語之辭). 그리고
'수묵묵'은 반정의 주목자들인 '首'가 묵사동에 살고 있다는 뜻이다(首
其策者在墨寺洞也). 결국 이 동요는 묵사동에 사는 朴元宗과 成希顏 등이
연산을 폐위시키고 中宗을 등극시키려는 것을 암시한 노래이다.

　의성어와 유사한 단어들에 대하여 채록자의 해설이 없었으면 위의
동요는 무의미한 단어들의 반복으로 아이들의 유희요 정도로 남아
있을 노래이다.

　　　맥이동동 파리동동
　　　맥이동동 파리동동45)

　아이들이 잠자리를 쫓아다니며 부르던 노래이다. 알 수 없는 단어

---

44) 『용천담적기』.

45) 김소운, 앞의 책, 62면.

들이 반복되지만 창자인 아이들에게 字義는 그리 중요하지 않다. 그
들은 다만 잠자리를 쫓아다니며 부른다는 데에 관심을 둘 뿐이다. 이
러한 경향은 오래전부터 모방을 통해 거듭된 것이다.

참요의 생성과정을 염두에 둘 때 위의 노래와 수묵묵요가 유사한
이유를 짐작할 수 있다. 잠자리를 쫓아다니며 부르던 아이들의 우희
요가 약간의 변개를 거쳐 예언적인 참요로 상승할 가능성은 높다. 물
론 이런 과정에서 유희요에 의미를 두려 했던 어른들의 개입은 필수
적이다. 그들이 유희요에 의미를 두려 했던 근본적인 이유는 중종반
정이라는 획기적 사건에 대한 정당성을 확보하기 위해서이다. 이것은
동요가 지닌 신비스런 예언적 성향에 기대려는 의도에서 출발한다.

其客也耶　　　　　　그 손님야
萬孫也哉[46]　　　　　만손이다

연산군의 폐위는 그의 아들 陽平君을 죽음에 이르게 했다. 그러나
후에 萬孫이란 사람이 나타나 자기와 비슷한 사람이 대신 죽었다고 하
며 자신을 연산의 아들이라 했다. 그러나 조정에서 관리를 보내 조사
해 보니 양평이 아니라 만손이라는 사람이었다. 결국 그는 誅殺되었다.

손임왔다 밥해라[47]

중왔다 죽써라
나그내왔다 밥해라[48]

---

46) 『용천담적기』.

47) 김소운, 앞의 책, 153면.

48) 위의 책, 549면.

아이들이 가재를 가지고 놀 때 부르던 노래이다. 가재에게 손님 왔으니 밥하라고 한 것은 가재의 흰 거품을 보기 위해서이다. 물론 밥이 끓을 때의 모습에서 가재의 거품을 연상한 아이들의 소박한 사고에서 기인한 것이다.

만손요의 원형을 위의 노래로 추정할 수 있는 것은 "그 손님야"는 "손임왔다"나 "나그내왔다"와 다름 아니고 "만손"이란 것도 "손임"이나 "나그내"에서 "만"자가 첨가된 경우이기 때문이다. 양평군 빙자사건의 담당자인 만손이 항간에 회자되었고 그것이 아이들의 모방욕에 의해 기존에 있던 유희요와 결부되어 참요로 상승하였던 것이다. 결국 만손 관련 사건이라는 결과를 중심으로 아이들의 노래에 의미를 둠으로써 동요가 예언적 기능을 지닌 참요로 변한 것이다.

見笑矣盧古　　　웃을 로고
仇叱其盧古　　　궂을 로고
敗阿盧古[49]　　패할 로고

연산군의 狂淫遊樂은 날이 갈수록 심해졌다. 成均館에서 宴樂을 열기도 하고 圓覺寺를 妓樂의 장소로 만들기도 했다. 백성을 안중에 두지 않은 연산군의 이 같은 폐정은 위의 동요에 잘 반영되어 있다. "웃을"은 연산군의 행동이 일반적인 데에서 벗어났으니 사람들이 웃을 일(謂所爲多悖道見笑於人也)이고 "궂을"은 거칠고 어지러워 다스려지지 않는 일(荒亂不靖之謂)이니 말 그대로 "패할" 길로 귀착될 수밖에 없는 것이다(破毀已成之謂). 결국 위의 동요는 연산군의 폐정이 웃을 만하고 통제될 수 없었기에 그가 폐위될 수밖에 없다는 내용을 담은 노래라

---

49) 『용천담적기』.

할 수 있다. 그리고 이 노래에서 세 번 반복된 "로고"는 말을 마칠 때
사용된다고 한다(語畢決之辭).

　이 노래가 지닌 형식상의 특징은 세 차례에 걸쳐 반복된 "~로고"
앞에 적당한 단어가 들어갔다는 점이다. 이런 경우는 위의 노래에만
한정된 게 아니라 민요 전반에 흔히 나타난다.

> 물우에는 배가고
> 배우에는 선녀고
> 선녀압혜 풍물고[50]

　"~가고"를 중심으로 "배가", "선녀", "풍물"이 결합된 사례이다. 민
요의 특징을 염두에 둘 때, 창자에 따라 "~가고" 앞에 적정 단어가
개입될 가능성은 언제든 열려 있다. 이러한 반복의 형식이 동원되는
근본적인 이유는 구비전승물이라는 민요가 형식적 통일을 이루거나
창·청자가 노래를 기억하거나 이해하는 데에 용이하기 때문이다.

瑟破縣[51]　　　　　　　　슬파곤

　김안로는 노래의 뜻에 대하여 未詳이라 했다(此未可詳). 중종대의 인
물이 미상으로 판단한 것을 지금 해명할 수는 없다. 다만 中宗反正과
결부된 동요로 추단하기도 한다.[52]
　"슬파곤"은 喜怒哀樂의 하나로 인생사에서 언제든 일어날 수 있는 哀
(슬프다)와 관련된 발어사이다. 이 노래가 참요로 견인된 것은 단순한

---

50) 김소운, 앞의 책, 721면.
51) 『용천담적기』.
52) 임동권, 앞의 책, 119면.

발어사가 예언적 기능을 수반할 수 있도록 중종반정이라는 결과를 중심으로 의미를 부여했기 때문이다. 물론 의미 부여의 전제 조건은 노래의 사설과 결과가 어떤 식으로든 연계되는 우연성의 개입이다. 이런 사례는 만수산요에 노동요 사설이 견인된 것을 통해 거듭 확인된다.

首墨墨謠나 盧古謠는 중종을 등극시켰던 세력들이 아이들의 노래에 그럴듯한 해설을 덧붙임에 따라 참요로 상승할 수 있었다. 정치적으로 중요한 사건에는 항상 승패가 갈리기 마련이기에 승자에 속해 있던 사람들이 그들의 행위에 대한 정당성을 확보코자 아이들의 노래에 예언적 의미를 두었던 것이다. 그들의 이런 의도는 동요가 하늘의 뜻을 매개한다는 당대인들의 믿음을 충실히 이용하려는 데에서 출발한 것이었다. 반면에 萬孫謠는 허황되게 부귀를 꿈꾸던 한 인간의 말로를 예언한 노래라 할 수 있었다. 물론 가재를 갖고 놀면서 부르는 노래에 일정한 의미를 둠으로써 그것이 참요로 상승할 수 있었다. 瑟破鰈謠는 화자에 따라 해설이 바뀌기 때문에 구체적인 예언 내용을 적시할 수 없다.

5. 맺음말

참요는 기상 이변과 동일한 취급을 받을 정도로 신비스러운 노래였다. 아이들이 미래의 일을 예언하는 노래를 부른다는 점에서 참요는 신비스러운 대상이었던 것이다. 그러나 참요가 어떤 과정을 통해 신비스러운 노래로 기능하게 되는가를 논의한 결과 그것은 더 이상 신비스러운 대상이 아니었다. 참요는 막연하게 신비스러운 것이 아니라 아이들의 모방과 우연이 결부되어 미래의 일을 예언하는 노래로 거듭 태어나는 과정을 밟았을 뿐이다.

　아이들의 모방과 우연의 개입 그리고 거기에 일정한 의미를 두려는 어른들의 의도가 결합해야 비로소 참요가 나타난다. 모방과 우연이 결부된 노래라도 의미가 개입되지 않으면 단순한 모방에 그치기 때문에 아이들의 노래가 참요가 되기 위해서는 어른들의 의미부여가 수반되어야 한다. 그러나 어른들의 의도가 노래의 신비스런 기능에 치우친 나머지 조작된 노래를 낳게 하기도 했다. 특히 참요가 역사적 사건과 결부된 것이 닳다는 점에서 이런 경향을 확인할 수 있었다. 물론 이런 의도의 밑바탕에는 아이들이 하늘의 뜻을 매개한다는 당대인들의 童謠觀이 자리 잡고 있기 때문이다.

　아이들의 노래에 대하여 지극히 관심을 두었던 시대가 역사적으로 중대한 사건과 결부되어 있었던 것은 우리나라 참요를 통해 확인할 수 있다. 사건의 중심에 있던 사람들은 그들의 행위를 일반인들과 공동과제로 만들기 위해 아이들의 노래에 각별한 의미를 부여했던 것이다. 격변기는 물론 연산군과 결부된 참요가 많다는 점에서 이 같은 점을 발견할 수 있는 것도 결코 우연이 아니다.

　이 글에서 미처 다루지 못한 참요는 현전하는 민요집에 대한 면밀한 검토 후에 생성과정과 결부된 문제를 논의할 수 있을 것이다.

동요를 통해 본 『삼국지』 한국어 판본[*]

1. 머리말

이 글은 『삼국지』 한국어 역본 판본 비교를 목적으로 한다. 판본을 비교하는 방법에 여러 가지가 있겠지만 이 글에서는 '동요'를 그 중심에 놓고자 한다. '동요'가 단어 그대로 '아이들의 노래'를 지칭하는 듯하지만 선인들의 동요관은 이와 달랐다.

> '童謠란 天上의 熒惑星이 地上에 내려와 童子로 變成하여 노래지어 부르는 것이다.'는 말은 童謠를 어떤 時變의 先兆로 나타내는 것으로 알아 온 民信의 始初이어니와, 말하면 童謠란 것은 民衆의 입을 빌려 가장 정직히 발표되는 示唆的 또는 後驗的인 一種의 豫言이라 할 수 있다.[1]

하늘의 형혹성이 시변을 예고하기 위해 아이로 변해 부른 것이 동요이다. 그래서 『증보문헌비고』에서 동요를 예문고(藝文考)에 싣지 않

---

* 이 글은 「삼국지 판본 연구 – 역자의 동요관과 문맥의 변화를 중심으로」(『한국학연구』 14집, 인하대한국학연구소, 2005)에 수록된 것으로 글의 제목만 바꾸었다.
1) 이은상, 「한국참요고」, 『노산문선』, 민중서관, 1933, 471면.

고 천지의 변이, 기상의 이변, 동식물의 변이 등 정상적이지 않은 자연현상을 기록한 상위고(象緯考)에 수록된 것도 '동요(아이들의 노래)'의 예사롭지 않은 기능과 관계된 것이다. 물론『연려실기술』에 있는 동요를 천문전고(天文典考) 항목에 포함시킨 것도 이와 같은 이유에서다.

『삼국지』에도 등장인물의 죽음이나 특정 사건을 예고하는 동요가 있다. 그런데 판본 담당자[역자]의 동요관에 따라 판본별 변용양상이 뚜렷하다. 동요에 대한 생각이 선인들과 동일하거나 독자적으로 재해석한 경우, 동요를 유언비어로 파악하거나 그것을 일부러 삭제한 경우 등이 그것이다. 판본별 변화는 모종강(毛宗崗), 요시카와 에이지(吉川英治), 평역(評譯)[:독자적 재창작]의 각 계열에서 더욱 두드러지기 때문에『삼국지』판본을 검토하는 데에 '동요'가 한 방법일 수 있다.

2.『삼국지』각 판본의 동요들

『삼국지』에서 동요로 판단할 수 있는 첫 노래는 장각의 등장과 관련돼 있다.

> 장각의 지시 아래 그들은,
>
> "蒼天(푸른 하늘)은 이미 죽었다. 앞으로는 黃天(누런 하늘)의 시대
> 가 온다."
> "甲子년에 천하가 크게 吉하리라."
>
> 이러한 말을 퍼뜨리며 집집마다 대문 위에 '甲子' 두 자를 白土로
> 써두게 했다.(김구용 1:28)[2]

위 판본은 "이제까지 출판된 한국어 역본들 가운데서 원문에 가장 가깝다"3)는 평가를 받은 김구용 본이다. '장각의 지시'로 '말을 퍼뜨리며' 집집마다 '두 자를 白土'로 써두게 했다는 점에서 아이들의 부르는 노래와는 무관하다. 그리고 이러한 경우는 다음의 판본에서도 마찬가지이다.

> 장각은 …… 가만히 요언을 지어내어 널리 세상에 퍼뜨리되,
>
> 蒼天已死/黃天當立(푸른 하늘이 이미 죽었으니/누른 하늘이 마땅히 서리라)
>
> 하며, 다시
>
> 歲在甲子/天下大吉(갑자년에는/천하가 대길이라)
>
> 하고, 백성들로 하여금 『甲子』 두 자를 각기 자기집 대문 위에다 白土로 써 놓게 하니(박태원 1:10)4)

앞의 판본과 동일하되 '요언'이란 표현이 등장한다. '말을 퍼뜨린'이 '요언(妖言)'으로 바뀌었는데 이는 모종강 본에 있는 '와언(訛言)'이란 표현을 역자 나름대로 대체시킨 것이다.5) 아래 판본의 '유언비어'라는 용어도 마찬가지이다.

---

2) 이 글에서 거론하는 판본은 본문에 역자 · 권수 · 면수를 병기한다. 김구용 판본은 일조각(1974)→삼덕출판사(1981)→솔(2000, 2003)에서 큰 변동 없이 재출판된다. 위의 판본은 솔(2003)에 의거한다.

3) 인하대 한국학연구소 기초학문연구단, 『'삼국지' 한국어 역본 해제』, 다인아트, 2005, 23면.

4) 박태원 판본은 『신시대』(1941. 4.~1943. 1.)→정음사(1950, 1953, 1954, 1959, 1970)에서 재출판됐다. 정음사 판권란에 '번역 및 발행'을 최영해가 했다고 나타나지만 실제로 이 판본의 용를 박태원이 담당했다는 게 널리 알려진 이야기다. 이 글은 정음사(1959)에 의거한다.

5) '와언'이란 표현은 모종강 계열을 따르고 있는 『현토 삼국지』(영창서관, 1942)와 『삼국지 통속연의』(박재연 교주, 이회, 2001)도 마찬가지이다.

장각은 …… 유언비어를 퍼뜨렸다. …… (생략) …… 푸른 하늘은 푸른 뱀이 임금의 용상에 떨어진 것을 암시해서 죽었다고 하고 누른 하늘은 자기가 장차 황건을 쓰고 일어날 것을 내포한 수작이었다. …… 집집마다 백토를 물에 개어 갑자 두 글자를 쓰니 …… 장각을 신처럼 받들었다.(박종화 1:16~17)[6]

위의 판본 담당자는 모종강 본을 직역하는 데 머물지 않고 적극적으로 윤색에 가담하고 있다. 앞의 두 판본과 달리 판본 담당자가 유언비어에 대한 해설을 부기해 놓았으며 그것에 대해 부정적으로 바라보는 '수작'이라는 표현도 사용하고 있다.

그런데 아래 판본은 유언비어의 발생 및 유포방법까지 구체적으로 설명한다.

또 황건당 패는 군기도 모두 누런 색을 쓰되 큰 기에는

창천기사/황부당립/세재갑자/천하대길(蒼天已死/黃天當立/歲在甲子/天下大吉)

이라는 선언문을 쓰고 당의 樂謠部는, 그 선언문에 童歌 식의 쉬운 작곡을 붙여 당병들로 하여금 노래시켜 부락으로부터 군·현·주·도로 열병처럼 유행시켰다.
대현양사장각!/더현양사장각!
지금은 세 살짜리 어린이도 그 이름을 모르는 사람이 없고

<-창천 이미 죽었으니 황부 마땅히 서야 하네>

하고 노래한 끝에는 장각의 이름만 받들고 이제라도 천상의 낙원이 지상에 실현되는 듯한 느낌을 민중에게 주었다.(이용호 1:26)[7]

---

6) 박종화 판본은 삼성출판사(1967)→어문각(1974, 1984, 1991, 1992, 1994)→영문출판사(1975)→삼경출판사(1978)→대현출판사(1999)에서 재출판됐다. 이 글은 삼성출판사(1967)에 의거한다.

7) 이용호 판본은 백조(1966)→선일문화사(1978, 1980, 1982)→광신출판사(1993)에서 재출판됐다. 이 글은

요시카와 에이지 본을 직역한 이용호 판본이다. 장각의 황건당 무리가 누런 색의 '큰 기'에 '선언문'을 써서 그것을 '동가 식'[8]에 얹어 '열병처럼 유행'시킴에 따라 '세 살짜리 어린이'마저 '천상의 낙원이 지상에 실현되는 듯한 느낌'을 받을 정도였다는 점에서 유언비어의 발생과 유포방법을 엿볼 수 있다. 선언문 유포 방식을 고려해서인지 요시카와 에이지가 소목차를 '流行る 童歌'로 설정했는데 이용호도 이것('유행하는 童歌')을 전적으로 따르고 있다.

> 그뿐인가, 머리가 총명한 장각은 천하의 민심을 끌어 모으기 위해 아무도 모르게 노래를 지어 백성들에게 퍼뜨렸다. …… (생략) …… 이 노래에서 "누런 하늘이 마땅히 일어서리"라는 구절의 '누런 하늘'이란 황건적이 두르고 다니는 두건을 암시적으로 지칭한 것임은 두말할 필요도 없다.
> 노래가 퍼져 나가자 도탄 속에서 허덕이는 백성들은 누구나 갑자년이 오기만을 손꼽아 기다리게 되었다.(정비석 1:52~53)[9]

앞의 판본들이 '말(요언, 유언비어)을 퍼뜨리'며 '백토로 갑자를 써두게' 하거나 선언문을 동가식 노래에 얹어 부르게 했던 것과 달리 위의 판본은 '머리가 총명'한 장각이 '아무도 모르게 노래를 지었'는데, 그 목적이 '천하의 민심을 끌기' 위한 것이었다고 지적한다.

그리고 이 판본보다 노래의 속성을 좀 더 구체적으로 파악한 경우도 있다.

선일문화사(1982)에 의거한다.

8) 요시카와 에이지 전집(동경; 강담사, 1966)에는 '童歌風'으로 표기돼 있다.

9) 정비석 판본은 광희문화사(1975)→개선문(1976)→대현(1978)→지혜문화사(1982)→고려원(1판; 1985, 5판; 1997)→은행나무(2004)에서 재출판됐다. 이 글은 은행나무(2004)에 의거한다.

거기다가 또 저들의 검은 속셈을 짐작하게 하는 것은 요즘 들어 항간에 퍼지고 있는 讖謠 때문이다.

푸른 하늘은 이미 죽었으니/마땅히 누른 하늘이 서리라./때는 바로 갑자년/천하가 크게 길하리라(蒼天已死/黃天當立/歲在甲子/天下大吉)

이러한 노래인데 이게 무슨 뜻이겠느냐? 푸른 하늘은 지난 建寧 2년 溫德殿에 떨어져 군신을 놀라게 한 푸른 뱀에 빗대어 우리 漢朝를 말했음에 분명하고, 천하가 뒤집히는 해로 잡고 있는 갑자년은 이제 몇 해 남지 않았다. 그렇다면 그 짧은 동안에 이 한의 천하를 엿볼 만한 세력이 저들 말고 누가 있겠는가? 거기다가 저들은 또 가르침의 머리에 老子 외에 黃帝까지 내세워 黃老之學이라 부르거니와, 특별히 누른 빛깔을 숭상하니 그 참요의 누른 하늘은 저들 스스로를 가리키고 있다고 보아 틀리지 않을 것이다.(이문열 1:36)[10]

노식이 유비에게 하는 말이다. '저들의 검은 속셈'과 관련된 노래의 의미를 풀이하며 그것이 '틀리지 않을 것'이라 단정하고 있다. "蒼天已死~"에 대한 해설이 박종화나 정비석보다 구체적으로 나타나고 있다. 그리고 항간에 퍼져 있는 노래를 '참요'라 지칭했는데 이는 『삼국지』 판본에서 처음 등장한 용어이다.[11]

참요는 후대인들이 만든 용어일 뿐 선인들이 남긴 문헌에 예외 없이 동요(童謠[謠])로 나타난다. 아이들의 노래를 참요라 한 것은 이것이 지닌 예언적 성격에 주목했기 때문인데 실제로 문헌들에 수록된 동요는 '참(讖)'의 자의(字義)처럼 "驗也, 預言也(『說文解字』)"나 "兆也 如符讖圖等 皆言將來得失之兆也(『辭源』)"의 기능을 하고 있다. 동요가 미래의 일을 예언한다는 생각은 동양권에서 오래 전부터 내려오던 전

---

10) 이문열 판본은 『경향신문』(1983. 10. 24.~1988. 1. 20.)→민음사(초판 1쇄; 1988, 초판 19쇄 1993, 신조판 1쇄 1993, 신조판 ⋿쇄 1994, 신조판 68쇄 2002, 개정판 1쇄 2002, 개정판 19쇄 2004)에서 재판됐다. 이 글은 민음사(2004)에 의거한다.

11) 물론 이 판본에 전적으로 의지하고 있는 김홍신 판본(대산출판사, 1999)에서도 이를 확인할 수 있다.

통이었다.[12]

그런데 아이들의 노래가 정치적 상황과 결부되는 경우가 대부분이다. 예언성과 정치성의 결부는 동요들이 '驗'이라는 글자와 조응하는 것을 통해 확인된다.[13] 정치적인 문제는 노래뿐만 아니라 표현되는 방법에 따라 도참(圖讖), 부참(符讖), 충참(虫讖), 언참(言讖) 등과 연계되기도 한다. 그래서 동요를 동원하여 자기들에게 유리한 정치상황을 만들려는 시도가 있게 마련이다.

> 동요는 강구에서 비롯된다. …… 丈夫 老成의 뜻을 아이가 익혀 노래 부른 것이다. …… 가히 믿을 만하기에 동요가 일어난다.[14]
>
> 허균은 …… 어려서 讖記를 지어 비밀리에 세상에 전했는데 모두 凶慘의 말이다. …… 또 謠를 지어 …….[15]

아이들이 어른의 뜻을 노래에 얹어 부르거나 어른이 참서(讖書)나 요(謠)를 지어 의도적으로 유포시킨 것은 동요가 어른들의 특정 목적에 사용된 경우이다.[16]

결국 참요의 성격을 감안할 때 앞의 역자[이문열]는 선인들의 동요관은 물론 참요의 발생·유포·목적에 대하여 인식하고 있었다고 판

---

12) "요제가 천하를 다스린 지 15년 천하의 다스림을 알 수 없자 변장하고 강구에 나아가 아이들의 노래를 들었다(『열자』, 중니편, 堯治天下五十年 不知天下治歟不治歟 乃微服遊於康衢 聞童兒謠)"는 것도 이에 해당한다.

13) 『증보문헌비고』에 수록된 동요들이 '驗'의 의미와 일정하게 조응하고 있는 것을 보더라도 예언성이 참요의 요건이다. 『증보문헌비고』 권11 상위고11 동요, "童謠云 …… 武臣之變 …… 童謠云 …… 未幾元世祖計至 …… 童謠云 …… 未幾王被竄于元 …… 童謠云 …… 今見其驗 …… 童謠云 …… 其言乃驗."

14) 『성호사설』, 경사문 동요, "童謠自康衢始 …… 丈夫老成之意而童幼亦習而歌之也 …… 可信故必擧童謠."

15) 이가원, 『한문학연구』, 탐구당, 1969, 494~495면 재인용, 「荷潭破寂錄」, "許筠 …… 早年作讖記秘傳于世 皆凶慘之語 …… 又作謠曰……."

16) 참요에 대해서는 졸고, 「조선시대 참요연구」, 『어문연구』 101호, 한국어문교육연구회, 1999 참조.

단할 수 있다. 그리고 이러한 면은 동탁의 죽음을 예견한 동요를 통해서도 알 수 있다.

> 동탁은 수레를 타고 미오를 떠나 앞뒤로 호위를 받으며 장안을 향해 간다. 30리를 못 갔을 때였다. 동탁이 탄 수레바퀴 하나가 갑자기 부러졌다. 동탁은 수레에서 내려 말을 탔다. 다시 10리도 못 갔을 때였다. 말이 갑자기 코를 불고 소리치며 날뛰더니 고삐 줄을 끊어 버린다. …… 그날 밤 교외에서는 수십 명의 아이들이 노래를 부른다. 그 노랫소리는 바람결에 실려 帳內에까지 들려온다.
>
> 천 리 풀이 어찌 푸르리오/열흘 너머 못 산다네/千里草何靑靑/十日上不得生
>
> 천리초는 董자를 분해한 말이요. 십일상은 卓자를 분해한 것이고, 부득생은 죽는다는 뜻이니 이 노래를 풀이하면 동탁이 죽는다는 뜻이다. …… 이숙은 대답한다. "劉씨(한나라 황제의 성)는 망하며 동씨가 일어난다는 뜻입니다."(김구용 1:217)

동탁이 아이들의 노래가 가리키는 게 무엇인지 묻자 이숙은 '동씨가 일어난다는 뜻'이라며 그를 안정시킨다. 하지만 다음날 이숙이 여포와 함께 동탁을 죽임으로써 아이들의 노래가 예견한 대로 맞은 셈이다. 동요가 있는 판본인 경우 그 해설은 위의 판본과 유사하다. 다만 동요 원문 "十日上不得生"[17]을 따르는 판본(김구용, 정비석, 이문열)이 있는가 하면 "十日先猶不生"으로 변형시킨 판본(이용호)도 있다. '十日先'을 "십일선, 즉 열흘 앞은 탁(卓)의 뜻"[18]이라고 번역하고 있지만 이는 요시카와의 본문 "十日の上とは卓の字のことであった"를 오

---

17) 참고로 '上'자가 '복(卜)'자로 되어 있거나(『三國志魏書武帝紀』) '上'자가 '해(下)'자로 된 경우(『삼국지통속연의』)도 있다.

18) 이용호 1:324.

역(誤譯)한 것이다.[19]

그리고 동요가 등장하기 전의 상황에서 판본별 차이가 확연한데, 예컨대 위의 판본에서 '수레바퀴 하나가 부러졌을 때'가 30리, 말이 '고삐 줄을 끊어 버'릴 때가 다시 10리인데 다른 판본들은 사정이 다르다. '수레바퀴'와 '고삐 줄'이 각각 30리와 10리여야 하지만 박태원의 경우 각각 40리와 10리로 나타나며, 한 가지 더 특이한 것은 '앞바퀴'가 부서지자 동탁이 "御者를 내어다 목 베어 죽인다"[20]는 내용이 참가돼 있다는 점이다.[21] 이용호 본의 경우 각각 100리와 60~70리로 나타나며 차바퀴가 부서지자 "연도의 백성들이 길의 청소를 게을리 해서 작은 돌들을 남겨 두었기 때문이다. 본보기로 촌장의 목을 베어라."[22] 하며 뜬금없이 마을 촌장을 죽인다. 정비석의 경우 각각 100여 리와 50~60리로 나타나며 바퀴가 부서지자 "말을 어떻게 몰았기에 수레바퀴가 부러진단 말이냐? 당장 마부의 목을 베"[23]라고 한다.

지금까지 살펴본 판본들은 동탁의 죽음을 예견하고 있는 '바퀴'와 '고삐 줄' 사건이 시간·공간상 거리를 두고 일어난 것으로 파악한

---

19) 역자 이용호는 5권 말미에 다음과 같이 번역에 대한 소회를 밝힌다.
　　"역자는 요시카와 『삼국지』 외에, 중국의 『삼국지연의』·이와나미 문고의 『삼국지』, 헤이본샤판 『삼국지』 등을 참고하여 군데군데 역자 나름대로 윤색·추가한 부분이 적지 않음을 덧붙여 둔다. …… 장장 1년여에 걸친 번역이었으나 미흡한 점이 적지 않다고 자인하는 바이다."
　　그러나 2단 조판으로 2,300면에 이르는 방대한 분량을 '1년' 남짓의 기간에 해결했다고 자긍하는 모습에서 부실한 번역을 했을 가능성을 읽어 낼 수 있다. 요시카와 본에도 예외 없이 '십일상'으로 나타나는 것을 이용호만 '십일선'으로 오독했던 것이다.

20) 박태원 1:124.

21) 게다가 모종강 계열을 따르는 박태원이지만 「千里草~」 동요의 의미를 모른 채 동탁이 "그냥 두어라. 마음대로 밤새도록이라도 부르게 내버려 두"(박태원 1:124)라고 모종강 본에 없는 내용을 첨가시키고 있는데 이는 자신의 죽음을 예견한 노래를 자신이 나서서 권장하고 있는 꼴이다. 그리고 요시카와 계열의 정비석 판본이 "저 노래를 마음껏 부르게 내버려 두라(1:322)."처럼 박태원 판본을 계승하고 있다.

22) 이용호 1:321.

23) 정비석 1:322. 특이한 것은 민정사(1979) 판본에서 정비석은 '말 소동'을 생략하고 바퀴가 부러진 거리를 40리로, 그리고 목 벤인 자가 '마부'가 아니라 '여자'로 기술한다. 물론 여자가 왜 목을 베었는지 하등의 설명이 없다. 민정사 판본은 고구려출판사(1979)→새빛문학사(1994)의 순서로 계속 간행됐다.

반면 다음의 판본은 그렇지 않다.

> 기세 좋은 동탁의 행렬이 장안을 바라보고 떠난 지 삼십 리쯤 되었
> 을 무렵이었다. 갑자기 동탁이 타고 있던 수레바퀴가 와지끈 부러
> 져 내려앉았다. 먼 길을 가다 보면 있을 수도 있는 일이어서 동탁
> 은 별 생각 없이 수레를 버리고 말을 탔다. 그런데 그 말이 또 미친
> 듯 울부짖으며 고삐와 재갈을 끊고 길길이 뛰었다.(이문열 2:208)

> 그런데 그날 밤이었다. 하늘만이 아니라 사람 가운데도 더러는 진
> 심으로 동탁을 아끼고 위하는 이가 있었던 듯했다. 승상부는 이미
> 여포의 엄명을 받은 군사들로 에워싸여 있어 직접 돈탁을 만날 길
> 이 없게 되자 수십 명 인근 마을 아이들의 동요에 실어 은근히 위
> 험을 알렸다.

> 천리의 풀, 푸르고 푸르건만　　　　　千里草 何靑靑
> 열흘을 넘겨서는 살지를 못하네　　　　十日上 不得生

> …… 이숙이 속으로 곰곰 헤아려보니 천리초는 동의 파자(破字)요
> 십일상은 탁의 파자라 곧 동탁이 죽는다는 뜻이었다.
> 왕윤과 여포를 중심으로 한 계략의 낌새를 알고 동탁에게 알리려
> 고 애쓴 것은 그날 밤 동요를 지은 이뿐만이 아니었다.(이문열
> 2:210~211)

　마부나 촌장, 혹은 여자의 목을 베지는 않았지만 30리쯤에서 브서
진 수레를 버리고 말을 탔는데 그 말이 소동을 부렸다고 한다. 모종
강 계열을 따랐다면 '바퀴'와 '고삐 줄' 사건이 각각 30리, 10리어 이
르러 발생했어야 하는데 위의 역자는 두 사건이 동시에 일어난 것으
로 판단하고 있다. 그리고 동탁을 아끼는 무리들이 위험에 빠져 있는
동탁에게 경계를 즈기 위해 동요를 이용했다는 지적은 어느 판본에
서도 발견할 수 없다. 위의 판본 담당자가 '참요'라는 용어를 처음 사

용했듯이 동탁의 죽음과 관련한 동요가 어떻게 지어졌는지 설명하고
있다. 아이들의 노래가 미래의 일을 예견한다는 신비감을 걷어 내고
그것이 어른들의 특정한 목적에 의해 사용된 경우, 즉 동요 생성을
지적하고 있는 것이다.

전부터 낙양에서는 아이들 간에 이러한 동요가 유행했다.

황제는 황제가 아니며/왕도 왕이 아니네./천 수레, 만 마리 말을 타
고/모두가 북망산으로 달리네(帝非帝/王非王/千乘萬騎/走北邙)

이번 사건으로써 그 동요는 들어맞은 셈이다.(김구용 1:81)

장양과 단규에게 황제와 진류왕이 납치된 것과 관계된 동요이다.
모종강 계열이건 요시카와 계열이건 '전부터(앞서: 박태원, 초여름부
터: 이용호, 일찍이: 이문열)'에서 '들어맞은 셈(이날에 이르러 맞춘
것: 박태원, 오늘의 변고를 예언하고 있던 것: 이용호, 과연 그 노래대
로 된 셈: 이문열)'으로 나타난다.[24] 다만 이문열의 경우에는 다른 판
본과 달리 "황제는 황제가 아니고/왕도 왕이 아니네./천 수레 만 말이/
북망산으로 내닫네.(帝非帝/王非王/千乘萬騎/走北邙)"에 대한 동요에 대
하여 "실로 그 전날 밤은 황제는 황제 같지 아니했고 왕도 왕 같지
아니했다. 그리고 그날은 고요하던 북망산에 수천의 인마가 들끓게
된 것"[25]이라며 해설을 첨가해 놓았다.
　동요를 풀어서 설명하는 일은 독자의 '독서능률'을 높이는 것과 밀
접한데 다음에서도 이를 확인할 수 있다.

---

24) 정비석 판본에서는 위의 동요가 없다.

25) 이문열 1:266.

유장이 그 이유를 묻자 초주가 대답한다.
"제가 밤에 천문을 보니, 많은 별이 촉 땅 위에 모였는데, 그중에 큰별은 그 빛이 달브다도 밝으니 바로 제왕의 기운이더이다. 더구나 1년 전에는 아이들 사이에 이런 동요가 유행했는데,

새로운 밥을 먹으려거든/선주께서 오실 때를 기다리라.(若要喫新飯/須待先主來)

했으니, 이는 다 새로운 징조였습니다. 하늘의 뜻을 거역해서는 안 됩니다."
황권과 유파가 그 말에 격분하여 초주를 참하려는데, 유장이 말린다.
…… "촉군 태수 허정이 성벽으로 넘어가 마초에게 항복했습니다."
이에 유장은 방성통곡하며 부중으로 돌아왔다.(김구용 6:156)

천문에 밝은 초주가 유장을 설득하여 유비에게 항복하기를 권하는 부분이다. 여기에서 천문의 '큰별'과 동요의 '선주'는 유비를 가리킨다. 박태원과 박종화 판본도 위의 판본과 별반 다를 바 없다. 다만 요시카와 계열의 이용호 판본과 정비석 판본에 동요가 없다.

성중에는 主戰派·籠城派 그리고 화평파 등 몇 갈래로 갈라져 이틀간의 철야회의에서 대 논쟁을 벌였다. 그래도 끝내 玉碎냐·항복이냐의 결정을 보지 못했다.
그동안에도 유장을 단념하고 성중을 빠져나가는 투항병은 꼬리를 물었다. 蜀郡의 許靖까지도 성을 넘어 도망쳤다는 소문을 듣고 유장은

『성도도 이젠 끝판인가!』

하고 밤새도록 통곡했다.(이용호 4:266)

참모들 간에는 異論이 분분했다.
대장 董和는 삼단 대군이 남아 있으니 끝까지 싸우자고 주장했고 모사 초주는 天數를 인력으로 막을 길이 없으니, 깨끗이 항복하자

고 주장했다.

> 황권, 유파 등이 대로하여, 초주를 잡아 죽이려는데 때마침 촉군
> 태수 허정이 성벽을 넘어 달아나 유비에게 항복했다는 소식이 날
> 라들었다. 유장은 하도 기가 막혀 회의 도중에 부중으로 돌아와 버
> 리고 말았다.(정비석 4:196)

이용호 본에는 천문과 동요에 기대어 항복을 권하는 초주가 등장
하지 않는 대신 '이틀간의 철야회의'에서 '玉碎냐·항복이냐의 결정
을 보지 못'한 것으로 유장의 고민이 처리돼 있다. 한편 정비석 본에
서는 '참모들 간에는 異論이 분분'한 상태에서 초주가 '天數를 인력으
로 막을 길이 없으니, 깨끗이 항복하자.'고 한다. 초주가 유장에게 항
복하기를 청하면서 기댄 것은 천수(천문) 하나일 뿐 동요에 대한 언급
은 없다. 이용호는 요시카와를 따르고 있지만 정비석은 요시카와와
모종강을 부분적으로 수용하고 있는 셈이다.

> 제가 밤에 하늘을 살펴보니 뭇 별들이 蜀郡으로 모이고 있었습니
> 다. 그중에 한 큰 별이 있는데, 그 빛이 밝기가 마치 보름달 같은
> 게 틀림없이 帝王의 별이었습니다. 거기다 일 년 전부터 이곳 아이
> 들이 부르는 노래에 이런 것이 있습니다.
>
> <만약 새밥을 얻어먹으려거든(若要喫新飯) 선주가 오기를 기다려
> 보세(須待先主來)>
>
> 바로 오늘 이 같은 일을 하늘이 미리 아이들의 입을 빌려 알리고
> 있었음이 분명합니다. 天道를 거슬러서는 결코 아니 됩니다.
> 이미 항복할 뜻을 굳힌 유장은 그 말을 듣고도 별다른 표정이 없었
> 으나 전부터 유비와 싸우기만을 권해 온 황권과 유파는 몹시 노했
> 다.(이문열 7:248)

초주가 등장하여 천문과 동요를 운운, 그리고 초주에 대한 황권과

유파의 분노 등으로 보건대 모종강 계열을 따르고 있는 판본이다. 하지만 모종강 계열의 판본들에 비하여 문장이 잘 다듬어져 있다. 예컨대 '천문을 보니(김구용, 박태원)'가 '하늘을 살펴보니'로 '많은 별(김구용, 박태원)'이 '굿 별'로 나타난다. 특히 큰 별의 밝기와 관련하여 '달보다도 밝으니(김구용)' '달과 같았으니(박태원)'인 반면에 '마치 보름달 같은 게 틀림없이'로 표현하고 있다.26) 유비를 상징하는 별이 '달보다도 밝'거나 '달과 같'은 게 아니라 '마치 보름달 같은 게 틀림없이 帝王의 별'로 표현된 것을 통해 보건대 유장은 항복 이외에 다른 방도가 없으니 당연히 유비를 익주의 주인으로 삼아야 한다는 점을 받아들여야 한다. 물론 이러한 점은 유장에게만 해당하는 게 아니라 위의 판본을 읽고 있는 『삼국지』 독자에게도 적용된다. 이는 논의자들이 모두 인정하고 있는 역자의 문장력인데 이것이 곧 독자의 득서 능률을 높이는 데 일정하게 기능했다고 판단할 수 있다.27)

3. 마무리

이제까지 『삼국지』에 등장하는 동요를 통해 각 판본을 검토해 보았다. 『삼국지』에서 동요는 선인들의 동요관과 동일하게 등장인물의 죽음이나 특정 사건을 예고하는 기능을 하고 있었다. 하지만 판본 담

---

26) 모종강 본을 따르고 있는 박종화 판본에 '건상(乾象)을 보니' '큰 별은 광채가 호월(晧月)과 같아서'로 나타난다(3:373). '건상'이니 '호월'이란 표현은 『현토 삼국지』(영창서관, 1942)에서도 확인할 수 있다.

27) 참고로 이문열 판본은 『경향신문』(1983. 10. 24.~1988. 1. 20.)→민음사(초판 1쇄; 1988, 초판 19쇄 1993, 신조판 1쇄 1993, 신조판 5쇄 1994, 신조판 68쇄 2002, 개정판 1쇄 2002, 개정판 19쇄 2004)에서 재판될 정도로 '삼국지' 열풍을 일으킨 이면에 이러한 점이 자리 잡고 있다. 장편소설을 독서하는 데 이러한 면이 긍정적으로 작용했을 것이다.

당자[역자]들이 동요를 독자적으로 재해석하거나 유언비어로 파악하거나 혹은 일부러 삭제한 경우가 있었다. 판본별 변화는 모종강, 요시카와, 평역[독자적 재창작] 계열에서 더욱 컸다. 특히 동요 발생과 관련한 부분을 검토해 보았을 때, 특정 계열을 따르는 판본이라고 해서 끝까지 그것을 견지해 나가는 게 아니라 경우에 따라 다른 계열을 수용·윤색·첨가하는 경향도 있었다. 어찌 보면 『삼국지』 판본은 모종강 본과 요시카 본을 완역한 초창기 판본 이외의 모든 판본은 기존 판본을 '수용·윤색·첨가'시킨 결과물이라 할 수 있다.

특히 동요를 '참요'라 칭하면서 그것의 발생 및 유포 방법까지 고려한 판본이 있었는데 평역[독자적 재창작] 계열의 이문열 판본이 그것이다. 역자는 해당 동요를 지은 자와 그 목적까지 구체적으로 설명하고 있는데, 이는 독자들의 독서능률을 높이는 데 일정한 기능을 했던 것으로 판단된다. 게다가 독서능률과 밀접하게 관계하고 있는 문장력까지 갖추고 있는 판본이라 평가할 수 있다. 그러나 판본에 문제가 없는 경우에는 상관없겠지만 착오가 있는 상태라면 문제의 심각성은 크다.[28) 무엇보다 올바른 독서행위는 독자가 독서물에서 생략·상징된 부분을 나름대로 재해석하는 여유를 지니는 데서 출발한다. 독서삼도(讀書三到)라 말이 있듯이 심(心), 안(眼), 구(口)를 함께 기울여 독서를 해야 올바른 독서행위일진대, 동요를 시시콜콜하게 해설하는 일은 안(眼)에만 의존하는 독서행위를 낳을 수 있다. 물론 이것이 베스트셀러를 만드는 한 방편인지 혹은 독자들의 독서행위가 이렇게 고정화된 것인지 더 논의를 해야 할 것이다.

---

28) 좀 더 자세한 것은 인하대 한국학연구소 기초학문연구단, 『'삼국지' 한국어 역본 해제』, 다인아트, 2005, 243~245면 참조.

　끝으로『삼국지』판본은 초기 판본을 자양분 삼아 수용·윤색·첨가한 판본들이라 할 수 있다. 그런데 특이하게도 역자들은 이러한 사실을 독자에게 알리지 않은 채 한결같이 '시중에 나돌고 있는 판본에 오류가 많아 자신이 원전을 방증할 만한 여러 책을 참고하여 충실히 완역했다.'고 머리말에 밝히곤 한다. 계열을 달리하는 판본임에도 불구하고 역자의 머리말이 유사한 경우가 있을 정도로 머리말은 그정화되어 있다. 그래서 역자들이 머리말에서 밝힌 대로 기존 판본에 비해 과연 변화가 있었는지를 실증해야 하는데 이 과정은 판본을 섬세하게 읽는 데에서 출발한다. 과제로 남긴다.

참고문헌

제1부

「공무도하가」의 배경설화에 나타난 광부 처의 행동

『고금주』, 『금조』, 『맹자』, 『북당서초』, 『송본악부시집』, 「열녀전」, 『예기』, 『예문유취』, 『중문대사전』, 『증정한위총서』, 『초학기』

김성기, 「공무도하가의 해석」, 『한국문학사의 쟁점』, 집문당, 1986.
김영수, 「공무도하가 신해석 – 백수광부의 정체와 被髮提壺의 의미를 중심으로」, 『한국시가연구』 3집, 한국시가학회, 1998.
김학성, 「공후인의 신고찰」, 『한국고전시가의 연구』, 원광대출판부, 1980.
성기옥, 「공무도하가 연구 – 한국 서정시의 발생문제와 관련하여」, 서울대 박사논문, 1988.
정병욱, 「한국시가문학사(상)」, 『한국민족문화사대계(Ⅴ), 언어문화사』, 고대민족문화연구소, 1967.
정하영, 「공무도하가의 성격과 의미」, 『한국고전시가작품론(1)』, 집문당, 1992.
조동일, 『한국문학통사(1)』, 3판; 지식산업사, 1994.
양재연, 「공무도하가(공후인) 소고」, 『국어국문학』 5호, 국어국문학회, 1953.
이영태, 『한국고시가의 새로운 인식』, 경인문화사, 2003.
최신호, 「공후인 이고」, 『동아문화』 10호, 서울대 동아문화연구소, 1971.

「황조가」 해석의 다양성과 가능성 – 『삼국사기』와 『시경』의 글자용례를 통해

『대동운부군옥』, 『동사강목』, 『삼국사기』, 『삼국사절요』, 『삼국유사』, 『시경』, 『신증동국여지승람』

김창룡, 『고구려 문학을 찾아서』, 보고사, 2002.
김영수, 「황조가 연구 재고 – 악부시 '황조가'의 해석을 원용하여」, 『한국시가
    연구』 6집, 한국시가학회, 2000.
김학성, 「황조가의 작품성격」, 『한국고전시가작품론』 1, 집문당, 1992.
문선규, 『한국한문학』, 이우출판사, 1980.
신형식, 조동걸·한영우·박찬승 엮음, 「김부식」, 『한국의 역사가와 역사학』
    상, 창작과비평사, 1994,
이경수, 「황조가의 해석」, 『한국문학사의 쟁점』, 집문당, 1986,
임주탁·주문경, 「황조가의 새로운 해석 – 관련서사의 서술의도와 관련하여」,
    『관악어문연구』 29집, 서울대국문과, 2004.
정병욱, 『한국고전시가론』, 증보판; 신구문화사, 1993.
조용호, 「황조가의 구애민요적 성격」, 『고전문학연구』 32호, 한국고전문학연
    구회, 2007.
허남춘, 「황조가 신고찰」, 『한국시가연구』 5집, 한국시가학회, 1999.

「구지가」의 수록경위와 해석의 문제

『삼국사기』, 『삼국유사』, 『태종실록』, 『읍지』 2 경상도편

김종우, 「고시가의 샤머니즘적 해석」, 『향가문학연구』, 선명문화사, 1974.
김태식, 『가야연맹사』, 일조각, 1993.
김현용, 『한국고설화론』, 새문사, 1984.
이영태, 『한국 고전시가의 재조명』, 국학자료원, 1998.
프레이저, 장병길 역, 『황금가지』, 삼성출판사, 1982.

김태식, 「가락국기 소재 허황후 설화의 성격」, 『한국사연구』 120, 한국사연구
    회, 1998.
민영규, 「삼국유사 해제」, 『한국의 고전백선』, 『신동아』 1969 1월호 부록.
박지홍, 「구지가연구」, 『국어국문학』 16호, 국어국문학회, 1957.
성기옥, 「구지가의 작품적 성격과 그 해석(2)」, 『배달말』 제12호, 배달말학회, 1987.
오건환, 「완신세후반의 낙동강 삼각주 및 그 주변해안의 고환경」, 『한국고대
    사논총』 2, 1991.

이영태, 「일연의 가요 기술상 특징과 수록태도」, 『국어국문학』 117호, 국어국
　　　문학회, 1996.
임병태, 「신라소경고」, 『역사학보』 제35·36집, 1967.
황패강, 「구지가고」, 『국어국문학』 29호, 국어국문학회, 1965.

가사부전의 「도솔가」를 이해하는 한 방법

『삼국사기』, 『삼국유사』

고전연구실 역, 『삼국사기』, 과학원, 1958.
김종권 역, 『삼국사기』, 대양서적, 1972.
김학성, 『한국 고시가의 거시적 탐색』, 집문당, 1997.
이종욱 역주해, 『화랑세기』, 소나무, 1999.
정기호, 『고려시대 시가의 연구』, 인하대출판부, 1986.
홍재휴, 『한국고시율격연구』, 태학사, 1983.

김성언, 「도솔가재고」, 『국어국문학논문집』 6집, 동아대, 1985.
김승찬, 「신라인의 가악관」, 『국어국문학』 11집, 부산대, 1974.
이영태, 「일연의 가요기술상 특징과 수록태도」, 『국어국문학』 117집, 국어국문
　　　학회, 1996.
이영태, 「황조가 해석의 다양성과 가능성」, 『국어국문학』 151, 국어국문학회, 2009.

* 보론 1. '사뇌(詞腦)'의 정체

『균여전』, 『삼국사기』, 『삼국유사』

고전연구실 역, 『삼국사기』, 과학원, 1958.
김승찬, 『한국상고문학론』, 새문사, 1987.
김종권 역, 『삼국사기』, 대양서적, 1972.
양주동, 『증정고가연구』, 일조각, 1977.
정기호, 『고려시대 시가의 연구』, 인하대출판부, 1986.
조윤제, 『한국문학사』, 탐구당, 1963.
小倉進平, 『鄕歌及び吏讀の硏究』, 京城帝大法文學部紀要 第一, 1929.

김동욱, 「사뇌가산고」, 『국어국문학』 9호, 국어국문학회, 1954.
김성언, 「도솔가재고」, 『국어국문학논문집』 6집, 동아대, 1985.
민영규, 「삼국유사 해제」, 『한국의 고전백선』, 『신동아』 1969 1월호 부록.
정기호, 「사뇌고」, 『인문과학연구소논문집』 19집, 인하대, 1992.
조지훈, 「신라가요연구논고」, 『민족문화연구』 1호, 고려대, 1964.
황패강, 「사뇌가양식의 고찰」, 『국문학논집』 9집, 단국대, 1978.

* 보론 2. 향가론의 전개와 과제 - 향가작가 문제를 중심으로

『삼국사기』, 『삼국유사』

국어국문학회 편, 『국어국문학 40년』, 집문당, 1992.
국어국문학회 편, 『국어국문학회 50년』, 태학사, 2002.
김대문, 이종욱 역주, 『화랑세기』, 소나무, 1999.
김완진, 『향가와 고려가요』, 서울대출판부, 2000.
김완진, 『향가해독법연구』, 서울대학교 출판부, 1980.
김종우, 『향가문학연구』(3판), 이우출판사, 1978.
김학성, 『한국 고시가의 거시적 탐구』, 집문당, 1997.
신재홍, 『향가의 해석』, 집문당, 2000.
안자산, 최원식 역, 『조선문학사』, 을유문화사, 1984.
양주동, 『증정고가연구』, 일조각, 1977.
열상고전연구회 편, 『한국의 서발』, 바른글방, 1992.
이가원 외 4인 편, 『한국학연구입문』, 지식산업사, 1981.
임기중, 『신라가요와 기술물의 연구』, 이우출판사, 1981.
조동일, 『한국문학통사 1』, 지식산업사, 1982.
프레이저, 장병길 역, 『황금가지』, 삼성출판사, 1988.
황패강 외 3인 편, 『한국문학연구입문』, 지식산업사, 1982.
小倉進平, 『鄕歌及び吏讀の研究』, 京城帝大法文學部紀要 第一, 1929.

권덕영, 「필사본 화랑세기 진위논쟁 10년」, 『한국학보』 99, 일지사, 2000.
김완진, 「향가의 해독과 그 역사적 전망」, 김열규 · 신동욱 편, 『삼국유사와 문
          예적 가치해명』, 새문사, 1982.

김열규, 「향가의 문헌적 연구 일반」, 『향가의 어문학적 연구』, 서강대, 1972.
김영배, 「국어학사상의 두애 양주동」, 김장호 외, 『양주동연구』, 민음사, 1998.
김영욱·백두현, 「구결자료를 통해 본 국어사의 연구, 화랑세기 진위에 관한
　　　　문법사적 접근―향가해독을 중심으로」, 구결학회, 제22회 공동연구회
　　　　발표논문집, 2000.
노태돈, 「필사본 화랑세기의 사료적 가치」, 『역사학보』 147, 역사학회, 1995.
류준필, 「한국학연구 50년 점검: 광복 50년, 고전문학연구사의 전개과정」, 『한
　　　　국학보』 21, 일지사, 1995.
박희숙, 「화랑세기 향가의 차자표기에 대하여」, 『청람어문연구』 25, 청람어문
　　　　교육학회, 2002.
성기옥, 「'감동천지귀신'의 논리와 향가의 주술성 문제」, 『고전시가의 이념과
　　　　표상』, 임하최진원박사정년기념논총간행위원회, 더한, 1991.
신재홍, 「화랑세기의 신빙성에 대한 어문학적 접근」, 『고전문학연구』 29, 한국
　　　　고전문학회, 2006.
신채호, 「조선고래의 문자와 시가의 변천」, 『동아일보』, 1924. 1. 1.
양주동, 「향가의 해독, 특히 원왕생가에 취하여」, 『청구학총』 19호, 1937, 『양
　　　　주동전집』 3, 동국대출판부, 1995.
유효석, 「풍월계 향가의 장르성격 연구」, 성균관대학교 박사학위논문, 1993.
이종욱, 「화랑세기 연구 서설」, 『역사학보』 146, 역사학회, 1995.
임경화, 「향가의 근대　향가가 국문학으로 탄생하기까지」, 『한국문학연구』 32,
　　　　동국대한국문화연구소, 2007.
임기중, 「신라가요의 연구사 고찰」, 『새국어교육』 29·30호, 한국국어교육학
　　　　회, 1979.
최재석, 「신라의 화랑과 화랑집단」, 『민족문화논총』 8, 영남대민족문화연구소, 1987.
황패강, 「무애 양주동과 조선고가연구」, 김장호 외, 『양주동연구』, 민음사, 1998.

제2부

신라시대 참요(서)를 이해하는 한 방법 ― 형혹의 설을 중심으로

『고려사』, 『열자』, 『맹자』, 『사원』, 『삼국유사』, 『삼국사기』, 『서포만필』, 『설
문해자』, 『성호사설』, 『용천담적기』, 『증보문헌비고』

김소운 편, 『언문조선구전민요집』, 제일서방, 1933.
박노준, 『신라가요의 연구』, 4쇄; 열화당, 1990.
신찬균, 『한국의 만가』, 삼성출판사, 1990.
양주동, 『여요전주』, 을유문화사, 1954.
이가원, 『한문학연구』, 탐구당, 1969.
이은상, 『노산문선』, 민중서관, 1958.
임동권, 『한국민요사』, 집문당, 1964.
임동권, 『한국민요집』, 동국문화사, 1966.
임동권, 『한국민요연구』, 이우출판사, 1980.
정동화, 『한국 민요의 사적 연구』, 일조각, 1987.
현종호, 『조선국어고전시가사연구』, 교육도서출판사, 1984.
『관서지방무가』, 무형문화재지정자료 제24호.
아리스토텔레스, 『시학』, 천병희 역, 문예출판사, 1976.
지그문트 프로이트, 『정신분석학의 근본 개념』, 10쇄; 윤희기·박찬부 옮김,
        열린책들, 2010.

강혜인, 「전래동요 놀리는 노래의 음악분석 연구」, 『유희요연구』 I, 한국민요
        학회 엮음, 민속원, 2006.
공용배, 「정치적 커뮤니케이션으로서의 민요 연구-조선조 민요를 중심으로」,
        연세대 석사논문, 1981.
권오경, 「참요의 기능과 유형적 특성」, 경북대학교 석사논문, 1990.
민찬, 「서동요 해석 및 해석의 관점」, 『한국문화』 33, 서울대, 2004.
박기원, 「조선시대 이전의 참요 연구」, 『어문논집』 19, 중앙대, 1985.
박연희, 「정치민요의 현실반영과 그 해석」, 최철 편, 『한국민요론』, 집문당, 1986.
성무경, 「한국 참요의 연구-구술상황을 중심으로」, 성균관대학교 석사논문, 1990.
오상태, 「아야마가 연구」, 『어문연구』 95호, 한국어문교육연구회, 1997.
우남희, 「아동의 언어발달에서의 모방의 역할: 각 이론에 따른 연구절차 분석」,
        『아동학회지』 13호, 한국아동학회, 1992.
유혜령, 「유아의 역할 놀이에 나타난 모방과 창조의 미학」, 『유아교육연구』 24
        집, 한국유아교육학회, 2004.
이영태, 「조선시대 참요 연구-생성과정과 관련된 주변문제를 중심으로」, 『어
        문연구』 101호, 한국어문교육연구회, 1999.
이창식, 「민요의 정치시학」, 『비교민속학』 26집, 비교민속학회, 2004.

조영주, 「참요에 대한 정신분석학적 연구」, 건국대석사논문, 2001.

고려시대 참요에 대하여 - 예언성 획득과정을 중심으로

『논어』, 『맹자』, 『고려사』, 『신증동국여지승람』, 『증보문헌비고』, 『동각잡기』, 『삼국사기』, 『서전』, 『설문해자』, 『중문대사전』, 『사원』

신찬균, 『한국의 만가』, 삼성출판사, 1990.
유약우, 『중국의 문학이론』, 이장우 역, 명문당, 1994.
임동권, 『한국민요사』, 집문당, 1974.
임동권, 『한국민요연구』, 이우출판사, 1980.
임동권, 『한국민요집』 Ⅱ. 집문당, 1974.
정동화, 『한국 민요의 사적 연구』, 일조각, 1987.
최수정, 『정감록에 대한 사회학적 고찰』, 해방서림, 1948.
현종호, 『조선국어고전시가사연구』, 교육도서출판사, 1984.

박기원, 「조선시대 이전의 참요 연구」, 『어문논집』 19, 중앙대, 1985.
성무경, 「한국 참요의 연구 - 구술상황을 중심으로」, 성균관대석사논문, 1990.
오상태, 「아야마가 연구」, 『어문연구』 제25권, 한국어문교육연구회, 1997.
이영태, 「삼국유사 소재 향가 연구 - 배경설화의 수록경위를 중심으로」, 인하
　　　　대박사논문, 1997.
이은상, 「한국참요고」, 『노산문선』, 민중서관, 1933.

조선시대 참요 연구 - 생성과정과 관련된 주변문제를 중심으로

『고려사』, 『맹자』, 『사원』, 『삼국사기』, 『삼국유사』, 『서전』, 『설문해자』, 『성호사설』, 『신증동국여지승람』, 『열자』, 『예기』, 『오산설림초고』, 『용천담적기』, 『증보문헌비고』

고정옥, 『조선민요연구』, 수선사, 1949.
김소운 편, 『언문조선구전민요집』, 제일서방, 1933.
신찬균, 『한국의 만가』, 삼성출판사, 1990.
아리스토텔레스, 『시학』, 천병희 역, 문예출판사, 1976.

양주동, 『여요전주』, 을유문화사, 1954.
이가원, 『한문학연구』, 탐구당, 1969.
이은상, 「한국참요고」, 『노산문선』, 민중서관, 1933.
임동권, 『한국민요사』, 집문당, 1974.
임동권, 『한국민요집』 II, 집문당, 1974.
장덕순 외 3인, 『구비문학개론』, 일조각, 1971.
장을병, 『정치적 커뮤니케이션론』, 태양문화사, 1978.
정동화, 『한국 민요의 사적 연구』, 일조각, 1987.
조재권, 『선전여론』, 박영사, 1981.
현종호, 『조선국어고전시가사연구』, 교육도서출판사, 1984.
황현, 「동비기략초고」, 『동학란』, 이민수 역, 을유문화사, 1985.

성무경, 「한국 참요의 연구 - 구술상황을 중심으로」, 성균관대학교 석사논문, 1990.
오상태, 「아야마가 연구」, 『어문연구』 95호, 한국어문교육연구회, 1997.

동요를 통해 본 『삼국지』 한국어 판본

『성호사설』, 『열자』, 『증보문헌비고』

김구용, 『삼국지연의』, 솔, 2003.
김홍신, 『삼국지』, 대산출판사, 1999.
박재연 교주, 『삼국지 통속연의』, 이회, 2001.
박종화, 『삼국지』, 삼성출판사, 1967.
박태원, 『완역삼국지』, 정음사, 1959.
이가원, 『한문학연구』, 탐구당, 1969.
이문열, 『삼국지』, 민음사, 2004.
이영태, 「조선시대 참요연구」, 『어문연구』 101호, 한국어문교육연구회, 1999.
이용호, 『삼국지』, 선일문화사, 1982.
이은상, 「한국참요고」, 『노산문선』, 민중서관, 1933.
인하대 한국학연구소 기초학문연구단, 『'삼국지' 한국어 역본 해제』, 다인아
        트, 2005.
정비석, 『삼국지』, 은행나무, 2004.
『현토 삼국지』, 영창서관, 1942.

이영태 ─────────────────────────────────

인천 출생
인하대학교 국어국문학과 졸업
동 대학원 석·박사 수료(문학박사)
현) 인하대학교 동아시아한국학 연구교수

『한국고전시가의 재조명』(1998)
『한국 고시가의 새로운 인식』(2003)
『고려속요와 기녀』(2004)
『한국문학연구의 현단계』(공저, 2005)
『삼국지연의 한국어 번역과 서사변용』(공저, 2006)
『인천고전문학의 이해』(2010)
『쌍화점, 다섯 개의 시선』(공저, 2010)
『강도고금시선(전집)』(공역, 2010)

『인천의 섬』(공저, 2004)
『옛날 옛적에 인천은』(공저, 2004)
『근대문화로 읽는 한국최초 인천최고』(공저, 2005)
『인천 개항장 풍경』(공저, 2006)
『인천 개항장 역사기행』(공저, 2007)
『바다와 섬, 인천에서의 삶』(공저, 2008)
『인천의 문화유산을 찾아서』(공저, 2008)
『인천역사산책』(공저, 2012)

「공무도하가의 배경설화에 나타난 광부 처의 행동」(2007)
「고려시대의 단오풍속으로 읽는 청산별곡」(2007)
「청구영언 '연장' 등장 만횡청류 재론」(2007)
「조선후기 수작·기지시조의 행방」(2008)
「동동의 송도와 선어」(2008)
「불구동물 등장시조와 '청개구리 腹疾하여 죽은 날~'의 해석」(2009)
「스토리텔링을 통한 속요의 교육방안 모색」(2009)
「어업노동요에 나타난 복선율과 소통」(2009)
「황조가 해석의 다양성과 가능성」(2009)
「동동 화자의 심리」(2009)
「고려시대 기녀와 무당 풍속으로 읽는 사모곡」(2010)
「향가론의 전개와 과제—향가작가 문제를 중심으로」(2010)
「중국 조선족 고중 신편『조선어문』소재 고전시가의 양상과 특징」(2010)
「신라시대 참요(서)를 이해하는 한 방법—형혹의 설을 중심으로」(2011)
「유구곡 해석의 다양성과 가능성」(2011)

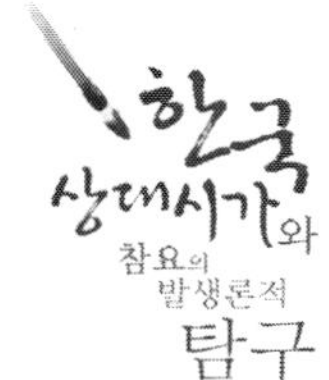

한국
상대시가와
참요의
발생론적
탐구

초판인쇄 | 2011년 6월 15일
초판발행 | 2011년 6월 15일

지 은 이 | 이영태
펴 낸 이 | 채종준
펴 낸 곳 | 한국학술정보㈜
주　　소 | 경기도 파주시 교하읍 문발리 파주출판문화정보산업단지 513-5
전　　화 | 031) 908-3181(대표)
팩　　스 | 031) 908-3189
홈페이지 | http://ebook.kstudy.com
E-mail | 출판사업부　publish@kstudy.com
등　　록 | 제일산-115호(2000. 6. 19)

ISBN　　978-89-268-2312-5 93810 (Paper Book)
　　　　　978-89-268-2313-2 98810 (e-Book)

내일을여는지식 ■ 은 시대와 시대의 지식을 이어 갑니다.